MYSTÈRE À VENISE

Paru au Livre de Poche :

A.B.C. contre Poirot
À l'hôtel Bertram
L'Affaire Protheroe
Allô, Hercule Poirot…
Associés contre le crime
Le Bal de la victoire
Black Coffee
Cartes sur table
Le Chat et les pigeons
Le Cheval à bascule
Le Cheval pâle
Christmas Pudding
Cinq heures vingt-cinq
Cinq petits cochons
Le club du mardi continue
Le Couteau sur la nuque
Le Crime de l'Orient-Express
Le Crime d'Halloween (Mystère à Venise)
Le Crime du golf
Le crime est notre affaire
La Dernière Énigme
Destination inconnue
Dix brèves rencontres
Drame en trois actes
Les Enquêtes d'Hercule Poirot
Le Flambeau
L'Heure zéro
L'Homme au complet marron
Ils étaient dix
Les Indiscrétions d'Hercule Poirot
Je ne suis pas coupable
Jeux de glaces
La Maison biscornue
La Maison du péril
Le major parlait trop
Marple, Poirot, Pyne et les autres
Meurtre au champagne
Le Meurtre de Roger Ackroyd
Meurtre en Mésopotamie
Le Miroir du mort
Le miroir se brisa
Miss Marple au club du mardi
Mme McGinty est morte
Mon petit doigt m'a dit
La Mort dans les nuages
La mort n'est pas une fin
Mort sur le Nil
Mr Brown
Mr Quinn en voyage
Le Mystère de Listerdale
La Mystérieuse Affaire de Styles
Le Mystérieux Mr Quinn
N. ou M. ?
Némésis
Le Noël d'Hercule Poirot
La nuit qui ne finit pas
Parker Pyne enquête
Passager pour Francfort
Les Pendules
Pension Vanilos
La Plume empoisonnée
Poirot joue le jeu
Poirot quitte la scène
Poirot résout trois énigmes
Pourquoi pas Evans ?
Les Quatre
Rendez-vous à Bagdad
Rendez-vous avec la mort
Le Secret de Chimneys
Les Sept Cadrans
Tant que brillera le jour
Témoin à charge
Témoin indésirable
Témoin muet
Le Train de 16 h 50
Le Train bleu
Les Travaux d'Hercule
Trois souris…
La Troisième Fille
Un cadavre dans la bibliothèque
Un meurtre est-il facile ?
Un meurtre sera commis le…
Un, deux, trois…
Une autobiographie
Une mémoire d'éléphant
Une poignée de seigle
Les Vacances d'Hercule Poirot
Le Vallon

AGATHA CHRISTIE

Mystère à Venise

TRADUCTION RÉVISÉE DE JANINE LÉVY

Préface inédite de Michael Green

ÉDITIONS DU MASQUE

Titre original :
HALLOWE'EN PARTY

Cet ouvrage est également disponible
sous le titre *Le Crime d'Halloween*.

ISBN : 978-2-253-19615-0 – 1re publication LGF

Préface inédite

Je dois l'admettre : j'ai commis un meurtre.

Un homicide avec circonstances atténuantes peut-être, mais il y a bel et bien eu meurtre. Et ce meurtre ressemble beaucoup au livre que vous tenez entre vos mains.

J'avais un mobile. J'avais une opportunité. On m'a même donné la permission – ce qui ne change rien à la nature même de l'acte, qu'il mérite la condamnation ou l'indulgence. Les millions de fans d'Agatha Christie demanderont ma tête, et ils auront raison. Sous prétexte qu'on m'avait confié la tâche de rédiger un scénario pour le cinéma, j'ai osé modifier l'histoire d'un des romans les plus aimés d'Agatha Christie, et tout cela à des fins personnelles.

Laissez-moi vous expliquer.

L'un des nombreux avantages à être scénariste sur les adaptations de l'indémodable Hercule Poirot est que, si je le demande gentiment, on m'envoie *tous* les livres de l'autrice. J'ai demandé gentiment.

Ils sont arrivés dans un gros colis expédié par l'éditeur, et sont maintenant alignés sur une étagère dans mon bureau en une longue et magnifique rangée de trois douzaines de romans et nouvelles. Tous les volumes de la collection Hercule Poirot. Quand je cale sur une réplique, ou plus fréquemment que je cherche laquelle des répliques je dois supprimer, il est réconfortant de pouvoir les consulter.

Et puis quelque chose d'étrange est arrivé. *Le Crime d'Halloween* s'est mis à me fixer.

Ce livre avait quelque chose de bizarre… peut-être son titre ?

Je l'ai saisi, lu et aimé, mais, tandis que je tournais les pages, je sentais qu'il ne serait pas possible d'adapter ce livre tel quel. Ce n'est pas un jugement sur la qualité du livre. Les romans brillants sont souvent complexes à adapter fidèlement, et réaliser un film nécessite parfois quelques ajustements, car les exigences (en termes de longueur, de structure et de rythme) ne sont pas les mêmes.

Néanmoins, le livre continua d'occuper mes pensées.

On était alors à l'automne 2019, peu avant que je ne quitte Londres pour le tournage de *Mort sur le Nil*, la deuxième adaptation d'Agatha Christie sur laquelle j'ai eu la chance de travailler pour la société de production 20th Century Studios avec Kenneth Branagh qui officiait à la fois en tant que réalisateur et en tant qu'acteur – il portait la moustache pour le rôle d'Hercule Poirot, le grand détective belge. *Mort sur le Nil* et *Le Crime de l'Orient-Express* étaient deux adaptations volontairement fidèles aux excellents romans d'Agatha Christie. Avec ces films, je sentais que mon rôle en tant que scénariste était de magnifier les personnages et le déroulement des scènes. En ce qui concerne l'intrigue, « n'essaie pas de faire plus Christie que Christie » me parut un bon leitmotiv. Personne n'a émis d'objections.

Mais quelques semaines plus tard, en me promenant sur le pont du *Karnak* pendant le tournage de *Mort sur le Nil*, je rêvais déjà de réaliser un troisième film. Quelle aventure d'Hercule Poirot adapter ensuite ? *Le Crime d'Halloween* me revint à l'esprit. Je me dis qu'un film se déroulant au cœur d'une terrifiante nuit d'Halloween permettrait à Hercule Poirot d'affronter de nouveaux démons. Et peut-être même des fantômes.

Tout ce que j'avais à faire, c'était de préparer un meurtre.

Dans *Le Crime d'Halloween*, une fête pour enfants tourne à la tragédie. Ce ne serait pas vraiment spoiler l'intrigue que de révéler que quelqu'un meurt. Je confesse que j'ai volé cette brillante et ingénieuse première scène – un meurtre lors d'une fête d'Halloween – et que j'ai tué le reste.

Notre troisième film sur Poirot, *Mystère à Venise*, est le résultat de mes crimes. La situation, le contexte et les personnages y sont traités de façon différente. Grâce à Kenneth Branagh (à sa réalisation et à sa performance d'acteur, ainsi qu'à l'excellence de la distribution), le scénario a évolué en quelque chose d'étrange, de surprenant et de poignant. Quelque chose de *nouveau*.

Cependant, cela n'enlève rien au *Crime d'Halloween*. Le roman reste un chef-d'œuvre qui ne peut être qu'apprécié en tant que tel.

D'après ses carnets de notes, Agatha Christie a commencé sa rédaction le 1er janvier 1969, ne gaspillant pas même un jour de repos après la période des fêtes. (L'incroyable capacité de travail de Christie n'est jamais assez évoquée. Âgée de soixante-dix-huit ans, après presque six décennies passées à écrire des romans, elle avait « ralenti » son rythme, passant à un livre par an en plus de poèmes, pièces ou nouvelles inédites. Prenons à titre de comparaison sa fébrile année 1934 où elle publia *Le Crime de l'Orient-Express*, *Le Mystère de Listerdale*, *Pourquoi pas Evans ?*, *Mr Parker Pyne* et, sous son nom de plume Mary Westmacott, *Portrait Inachevé*.) Elle déclare le manuscrit terminé le 7 janvier. Après six mois d'efforts (d'abord au dictaphone, puis en corrigeant les brouillons de sa dactylographe Mme Jolly), elle tenait entre ses mains, comme vous, ce livre. Pour de nombreux fans, il s'agit d'un de leurs romans préférés, si ce n'est LEUR roman préféré. Et à juste titre.

Pour commencer, le livre est choquant : le choix de la victime est particulièrement glaçant, tout comme les complications qui jalonnent ensuite l'enquête d'Hercule Poirot. Le roman suscite un sentiment de gêne et d'angoisse présent en Grande-Bretagne dans les années 1960 (alors que Poirot, par une espièglerie de l'autrice, garde le même âge). Les personnages se heurtent aux opinions libérales modernes sur le sexe et la police avec résignation et inquiétude. Les choses ne sont plus ce qu'elles étaient.

Ce qui demeure, cependant, c'est qu'encore une fois Hercule Poirot doit résoudre rapidement une enquête sur un meurtre dans une petite ville paisible, ici Woodleigh Common. (Lorsqu'il se retrouve seul dans une petite ville tranquille plus de cinq minutes, la plupart des gens semblent tomber comme des mouches. Si jamais vous vous retrouvez dans un roman policier où l'action a lieu dans une bourgade endormie, partez tout de suite pour une grande ville mal fréquentée, c'est plus sûr.)

Deux invités célèbres et familiers des lecteurs viennent apporter leur aide : le superintendant Spence de *Mme McGinty est morte*, une ancienne connaissance qu'il ne faudrait surtout pas sous-estimer sous prétexte qu'il est vieux et à la retraite, et Ariadne Oliver, l'énergique autrice et vieille amie d'Hercule Poirot et des lecteurs, celle qui généralement le prévient quand un corps est découvert. Interrogatoires, pommes, dossiers classés, testaments, jardins, chantages, thé et saucisses s'ensuivent. Que du bon.

Mais toutes ces choses n'apparaîtront pas forcément dans notre film.

Peut-être nous le pardonnerez-vous.

Les vrais fans d'Agatha Christie ne seront pas tendres avec nous, et je les aime pour ça. Ses fans l'aiment de façon inconditionnelle. Ils ont investi de leur temps. Ils n'ont pas juste relu, ils ont maintes fois relu les mêmes ouvrages, dans la même chaise, en sirotant le même thé, dans la même tasse usée. La lecture des livres d'Agatha Christie s'entoure de tout un rituel, de sorte que la moindre entorse à l'histoire d'origine est perçue comme un grain de sable dans des draps en soie.

Il est assez simple de deviner pourquoi. Quand on lit un livre, on s'en fait une représentation spécifique. On voit les cheveux d'un personnage s'agiter d'une certaine façon. Leur écharpe est du même bleu que les rideaux que vous aimiez tant dans votre ancienne chambre. Vous placez inconsciemment la caméra dans un coin précis de la pièce. D'une certaine façon, vous avez déjà vu une version filmée à la lecture, si bien que, lorsque vous vous asseyez pour voir un film adapté du livre, un film qui apporte son propre regard (sur les coupes de cheveux, les couleurs des écharpes et les angles de caméra), vous ne pourrez vous empêcher de comparer les deux œuvres, ce qui donnera lieu à un affrontement féroce entre les deux versions.

Généralement, la trêve arrive vite. Mais quand on aime un livre, quand on révère et qu'on admire l'autrice, il est difficile de ne pas jouer à ce jeu de la préférence. C'est dur de lâcher prise.

Tout ce que je peux dire pour ma défense, c'est que je comprends. Je partage votre sentiment. Je dois énormément à Agatha Christie. J'aime ce livre aussi. J'ouvre une page, tombe dans l'histoire et me demande si je mérite quelque clémence que ce soit.

À vous de le lire pour le découvrir.

Michael GREEN
JetBlue 458, de Burbank à JFK
2 avril 2023

*À P.G. Wodehouse dont les histoires
et les livres m'ont amusée et ont ensoleillé mon existence et
pour le remercier de m'avoir dit qu'il avait plaisir
à me lire.*

1

Avec Judith Butler, l'amie chez laquelle elle séjournait, Mme Ariadne Oliver était venue participer à la préparation d'une soirée enfantine qui devait avoir lieu le soir même.

Pour l'instant, il régnait dans la place une activité démentielle. Des femmes entraient, sortaient, bougeaient des chaises, empilaient des tables basses, déplaçaient des vases de fleurs et portaient d'énormes citrouilles qu'elles disposaient en des points stratégiques.

Il s'agissait d'une fête pour Halloween, destinée à des invités dont l'âge s'échelonnait de dix à dix-sept ans.

Mme Oliver s'était éloignée du groupe principal et, adossée à un pan de mur vacant, considérait d'un œil critique une grosse citrouille orangée qu'elle tenait à bout de bras.

— La dernière fois que j'ai vu une de ces choses, c'était l'année dernière, aux États-Unis, dit-elle en écartant ses cheveux gris de son front proéminent. Des centaines. Dans toute la maison. Je n'avais jamais vu autant de citrouilles. En fait, ajouta-t-elle en réfléchissant, je n'ai jamais très bien compris la différence entre une citrouille et une courge ? Celle-ci, c'est quoi ?

— Désolée ma chère, gémit Mme Butler qui venait de trébucher sur les pieds de son amie.

Mme Oliver se plaqua un peu plus contre la paroi.

— Non, non, c'est ma faute, admit-elle. Je reste plantée là, en plein dans le passage. Mais c'était vraiment extraordinaire de voir tant de citrouilles ou de courges, quoi que ça puisse être. Il y en avait partout : dans les boutiques, chez les gens, avec des bougies ou des veilleuses à l'intérieur. Fascinant, vraiment. Mais ce n'était pas pour Halloween, c'était pour Thanksgiving. J'ai toujours associé, les citrouilles avec Halloween, à la fin d'octobre. Thanksgiving vient beaucoup plus tard, non ? La troisième semaine de novembre, je crois ? De toute façon, ici, Halloween se fête le 31 octobre, n'est-ce pas ? D'abord Halloween et après... qu'est-ce qui vient après ? La Toussaint ? Ça, c'est quand, à Paris, tout le monde va au cimetière porter des fleurs sur les tombes. Cela n'a rien d'une fête triste, d'ailleurs, tous les enfants y vont et s'amusent beaucoup. On va d'abord au marché aux fleurs acheter des monceaux de fleurs ravissantes. Et elles n'ont jamais l'air aussi jolies que sur les marchés parisiens.

Les femmes, cependant, se prenaient les unes après les autres les pieds dans ceux de Mme Oliver mais ne l'écoutaient pas, beaucoup trop occupées par leurs préparatifs.

La plupart étaient des mères de famille, mais il y avait parmi elles quelques vieilles filles compétentes, quelques adolescents serviables de seize ou dix-sept ans qui faisaient leur B.A. en grimpant à l'échelle ou en montant sur des chaises pour installer à bonne hauteur guirlandes, citrouilles – ou courges ? – et globes de verre multicolores. Et il y avait aussi des filles dont l'âge variait de onze à quinze ans qui s'agglutinaient dans les coins pour chuchoter et pouffer tout à leur aise.

— Et après la Toussaint et les cimetières, poursuivit sur sa lancée Mme Oliver en se laissant aller de tout son poids sur l'accoudoir d'un fauteuil, vous avez le jour des Morts. Je ne me trompe pas ?

Personne ne répondit à sa question. Mme Drake, hôtesse et agréable femme âgée de la quarantaine, tint à préciser :

— Je n'appelle pas ça une fête d'Halloween, bien qu'en réalité ce soit le cas. Je la baptise soirée des passages en 6e. Les onze ans et plus. C'est la tranche d'âge concernée. Pour la plupart, ils quittent le primaire pour différents établissements du secondaire.

— Ce n'est pas très exact, Rowena, la réprimanda Mlle Whittaker en rajustant ses lunettes d'un air désapprobateur.

Membre du corps enseignant local, Mlle Whittaker était particulièrement à cheval sur l'exactitude.

— Nous avons aboli l'examen de passage en 6e il y a quelque temps déjà.

Mme Oliver se leva de son siège en s'excusant.

— Je ne me rends pas très utile. Je reste là à débiter des âneries à propos de citrouilles et de courges...

« Et à reposer mes pieds », songea-t-elle avec un léger remords, mais sans se sentir suffisamment coupable pour l'exprimer à haute voix.

— Que puis-je faire maintenant pour vous aider ? demanda-t-elle. Oh ! Les jolies pommes !

Quelqu'un venait d'en apporter une coupe pleine. Mme Oliver avait toujours eu un faible pour les pommes.

— Rouges et appétissantes, ajouta-t-elle.

— Elles ne sont pas vraiment bonnes, signala Rowena Drake, mais elles sont belles à voir et tout à fait indiquées pour la fête. Elles sont surtout très tendres, et comme le jeu consiste à les attraper avec les dents, il vaut mieux qu'elles ne soient pas trop dures. Emporte-les dans la bibliothèque, tu veux, Béatrice ? On ne peut pas aller à la pêche aux pommes avec ses dents dans un baquet plein d'eau sans asperger tout autour. Heureusement, le tapis de la bibliothèque est tellement vieux. Il ne craint plus rien. Oh ! merci, Joyce !

Joyce, robuste fillette de treize ans, s'était emparée de la coupe de pommes. Deux d'entre elles s'en échappèrent et allèrent rouler aux pieds de Mme Oliver où elles s'arrêtèrent, comme immobilisées par la baguette d'une sorcière.

— Vous aimez les pommes, n'est-ce pas ? lui demanda Joyce. J'ai lu ça quelque part, ou je l'ai entendu dire à la télé. Vous êtes la femme qui écrit des romans policiers, n'est-ce pas ?

— Oui, avoua Mme Oliver.

— On aurait dû vous demander pour ce soir quelque chose en rapport avec le meurtre. Que vous en imaginiez un et qu'on dise aux invités de résoudre l'énigme, par exemple.

— Non, merci bien, répliqua Mme Oliver. On ne m'y reprendra jamais plus.

— Pourquoi « jamais plus » ?

— Eh bien, parce que j'ai fait ça une fois et que ça n'a pas réellement été un franc succès.

— Mais vous avez écrit un tas de bouquins, riposta Joyce, et ils vous ont rapporté un tas d'argent, non ?

— En un sens, oui, répondit Mme Oliver qui songeait à son impôt sur le revenu.

— Et vous avez un détective finlandais.

Mme Oliver acquiesça. Un petit garçon flegmatique, dont elle n'aurait jamais cru qu'il avait déjà franchi la glorieuse barre des onze ans, s'enquit gravement :

— Pourquoi un Finlandais ?

— Je me le suis souvent demandé et je me le demande encore, répondit Mme Oliver, sincère.

Haletante, Mme Hargreaves, la femme de l'organiste, arriva avec un grand seau en plastique vert.

— Qu'en dites-vous, pour le jeu des pommes ? C'est plutôt gai, non ?

— Mieux vaudrait une bassine en acier galvanisé, objecta Mlle Lee, l'assistante du médecin local. Elle se renverserait moins facilement. Où voulez-vous l'installer, madame Drake ?

— J'ai pensé à la bibliothèque. Le tapis est vieux et comme on arrose toujours tout autour...

— Parfait. Nous allons porter les pommes là-bas. En voilà encore un panier.

— Permettez-moi de vous aider, offrit Mme Oliver.

Elle ramassa les deux pommes qui étaient à ses pieds. Machinalement, elle planta les dents dans l'une et se mit à la croquer. Mme Drake lui reprit d'autorité la seconde et la remit dans le panier.

Un bruit de conversation leur parvint soudain :

— Où allons-nous installer le Snapdragon[1]?

— Dans la bibliothèque, ce serait le mieux, c'est la pièce la plus obscure.

— Non, on va le faire dans la salle à manger.

— Alors, il faut d'abord mettre quelque chose pour protéger la table.

— Il n'y a qu'à prendre le tapis vert, avec la toile cirée par-dessous.

— Et les miroirs ? Est-ce que nous allons vraiment y voir nos maris ?

Mme Oliver ôta subrepticement ses chaussures et, mâchonnant toujours sa pomme, se rassit et examina d'un œil critique le monde qui l'entourait. « Bon, se dit-elle, la romancière en elle reprenant le dessus, si je devais écrire un livre à propos de tous ceux-là, comment m'y prendrais-je ? Ce sont tous de braves gens, j'imagine, mais qui sait ? »

En un sens, elle trouvait passionnant de ne rien savoir d'eux. Ils vivaient tous à Woodleigh Common et elle pouvait rattacher à quelques-uns de vagues souvenirs de ce que Judith lui avait raconté. Mlle Johnson avait des accointances avec l'église. Sœur du pasteur ? Mais non, bien sûr, sœur de l'organiste. Rowena Drake, elle, paraissait tout régenter à Woodleigh Common. Et puis il y avait la femme haletante qui avait apporté ce seau en plastique particulièrement hideux. Il faut avouer que Mme Oliver n'était pas folle des objets en plastique.

1. Le Snapdragon est un jeu populaire anglais qui consiste à jeter des raisins secs dans un récipient peu profond rempli d'alcool en feu. Le but étant alors d'attraper les raisins le plus vite possible au risque de se brûler.

Et puis il y avait les enfants, les adolescents, garçons et filles.

Pour elle, ils ne représentaient guère, jusqu'à présent, que des prénoms. Il y avait une Nan, une Béatrice et une Cathy, une Diana et une Joyce vantarde et pleine de questions. « Cette Joyce ne me plaît pas beaucoup », se dit Mme Oliver. Et une certaine Ann, grande et sans doute prétentieuse. Il y avait aussi deux garçons qui paraissaient avoir essayé à peu près tous les styles de coiffures, sans résultats probants.

Un petit garçon entra, la mine embarrassée.

— Maman vous envoie ces miroirs pour voir s'ils feront l'affaire, déclara-t-il d'une voix légèrement essoufflée.

Mme Drake les lui prit des mains.

— Merci infiniment, Eddy.

— Ce sont des miroirs tout ce qu'il y a d'ordinaire, déplora la dénommée Ann. Est-ce que nous allons vraiment y voir le visage de nos futurs maris ?

— Certaines oui, d'autres non, répondit Judith Butler.

— Vous avez déjà vu le visage de votre mari dans une soirée... je veux dire, dans ce genre de soirée ?

— Bien sûr que non, intervint Joyce.

— Elle aurait pu, repartit la hautaine Béatrice. On appelle ça P.E.S., Perception Extra-Sensorielle, précisa-t-elle, visiblement enchantée de se sentir tout à fait à l'aise avec les expressions à la mode.

— J'ai lu un de vos livres, confia Ann à Mme Oliver. *La Mort du poisson rouge.* C'était très bien, déclara-t-elle gentiment.

— Celui-là, moi, il ne m'a pas plu, intervint Joyce. Il n'y avait pas assez de crimes sanglants.

J'aime que ça saigne beaucoup, dans les romans policiers.

— Ça peut finir par devenir un peu dégoûtant, non ? plaida Mme Oliver.

— N'empêche que c'est excitant, répliqua Joyce.

— Pas nécessairement, insista Mme Oliver.

— Un jour, j'ai assisté à un meurtre, reprit Joyce.

— Ne dis pas de bêtises, Joyce, s'offusqua Mlle Whittaker en digne enseignante.

— Mais si, c'est vrai, riposta Joyce.

— Vrai de vrai ? s'émerveilla Cathy qui regardait Joyce, les yeux écarquillés. Tu as vraiment, pour de vrai, vu un meurtre ?

— Certainement non, intervint Mme Drake. Ne sois pas ridicule, Joyce.

— J'ai vu un meurtre, répéta Joyce. Je l'ai vu, je l'ai vu et je l'ai vu.

Perché sur une échelle, un adolescent de dix-sept ans la regardait avec intérêt.

— Quel genre de meurtre ? demanda-t-il.

— Je n'y crois pas, dit Béatrice.

— Bien évidemment, approuva la mère de Cathy. C'est pure invention de sa part.

— Pas du tout. Je l'ai bel et bien vu, je vous dis.

— Pourquoi n'es-tu pas allée raconter ça à la police ? demanda Cathy.

— Parce que je ne me suis pas rendu compte tout de suite que c'en était un. C'est seulement longtemps après que j'ai commencé à comprendre, il y a un mois ou deux, quand quelqu'un a dit quelque chose qui m'a fait brusquement penser : « Mais bien sûr, ce que j'ai vu, c'était un meurtre ! »

— Vous voyez bien qu'elle invente, ricana Ann. C'est grotesque.

— Ça s'est passé quand ? interrogea Béatrice.

— Il y a des années. Je n'étais encore qu'une gamine, à l'époque.

— Qui a tué qui ? voulut encore savoir Béatrice.

— Je ne le dirai à aucun d'entre vous, trépigna Joyce. Vous êtes trop bêtes.

Mlle Lee surgit avec une bassine. On se mit alors à disserter des mérites comparés des bassines en acier galvanisé et des seaux en plastique et à se demander lesquels conviendraient le mieux au jeu des pommes flottantes. La majorité des assistants se dirigea vers la bibliothèque pour en juger sur place. Il va de soi que quelques-uns des plus jeunes étaient impatients de faire le tour de toutes les difficultés du jeu, histoire d'être à même de donner plus tard la preuve de leur savoir-faire. On se mouilla les cheveux, on arrosa le tapis, on alla chercher des serviettes pour sécher le tout. En fin de compte, on décida qu'une bassine en acier galvanisé était préférable aux charmes plus criards du seau en plastique, lequel se renversait trop facilement.

Mme Oliver, qui avait apporté une nouvelle coupe de pommes pour compléter le stock nécessaire, en prit encore une.

— J'ai lu dans un journal que vous adoriez les pommes, remarqua d'un ton accusateur Ann ou Susan, elle ne savait pas trop laquelle.

— C'est mon péché mignon, avoua Mme Oliver.

— Ce serait beaucoup plus amusant avec des melons, observa un des garçons. C'est beaucoup plus juteux. Quelles saletés on pourrait faire ! ajouta-t-il en regardant le tapis avec un regret non dissimulé.

Accusée publiquement de gourmandise et se sentant un peu coupable, Mme Oliver partit en quête d'une pièce de la maison dont on se figure en général aisément la géographie. Elle emprunta l'escalier et, comme elle tournait le palier, à mi-hauteur, elle se heurta à un couple, garçon et fille enlacés et précisément adossés à la porte dont elle était quasi certaine que c'était celle de la pièce dans laquelle elle aspirait à entrer. Le couple ne lui prêta pas la moindre attention. Pelotonnés dans les bras l'un de l'autre, ils échangeaient des soupirs alternés. Quel âge pouvaient-ils bien avoir ? Quinze ans peut-être pour le garçon, à peine un peu plus de douze pour la fille dont la poitrine montrait cependant déjà toutes les caractéristiques de la maturité.

Les Pommiers était une demeure de belle taille. Elle possédait de nombreux coins et recoins. « Les gens sont d'un égoïsme, soupira Mme Oliver. Aucune considération pour autrui. » Cette vieille rengaine, qui venait de lui revenir à l'esprit, elle l'avait entendu proférer successivement par sa nourrice, sa gouvernante, sa grand-mère, ses deux grand-tantes, sa mère et quelques autres encore.

— Excusez-moi ! clama Mme Oliver d'une voix forte et claire.

Le garçon et la fille se serrèrent plus étroitement que jamais, bouches collées l'une sur l'autre.

— Excusez-moi, répéta Mme Oliver un ton plus haut. Cela vous ennuierait vraiment beaucoup de me laisser passer ? Je voudrais entrer.

Ils se séparèrent de mauvaise grâce en lui jetant des regards offensés. Mme Oliver entra, claqua la porte et poussa le verrou.

Cette porte, qui n'était pas très épaisse, laissait filtrer les propos de l'extérieur.

— Décidément, ils sont tous pareils ! frémissait une voix proche du ténor. Ils pourraient quand même se rendre compte qu'on ne veut pas être dérangés !

— Les gens sont d'un égoïsme ! renchérit une voix flûtée de fillette. Ils ne pensent jamais qu'à eux et à leurs petits problèmes.

— Aucune considération pour autrui, conclut la voix de garçon.

2

Les préparatifs d'une soirée enfantine causent beaucoup plus de soucis que ceux d'une réception pour adultes. Pour celle-ci, de la nourriture de bonne qualité et des boissons alcoolisées bien choisies – sans oublier la citronnade pour les amateurs – suffisent amplement à en assurer le succès. Cela revient peut-être plus cher, mais les embêtements sont moindres. C'était la conclusion à laquelle Ariadne Oliver et son amie, Judith Butler, en étaient arrivées.

— Et les fêtes d'adolescents ? demanda Judith.

— Je n'y connais pas grand-chose, avoua Mme Oliver.

— Dans un sens, remarqua Judith, ce sont probablement eux qui vous causent le moins d'ennuis. Ils se contentent de nous jeter dehors, nous, les adultes, en déclarant qu'ils vont s'occuper de tout eux-mêmes.

— Et c'est ce qu'ils font ?

— Oh, pas exactement comme nous l'entendons, répondit Judith. Ils oublient le nécessaire et commandent des montagnes d'horreurs dont personne ne voudra. Ils nous mettent à la porte, mais prétendent que nous aurions dû laisser ci ou ça à leur disposition. Ils cassent les verres et toute une série d'objets, et il y a toujours parmi eux un individu indésirable, ou qui est venu avec un ami indésirable. Vous voyez à quoi je fais allusion. Des drôles de drogues... comment les appellent-ils déjà ? ... Cannabis, ou chanvre indien, ou L.S. D., dont j'avais toujours pensé que cela signifiait *Librae, Solidi, Denari*, autrement dit de l'argent, mais ce n'est apparemment pas ça du tout.

— Je suppose que ça coûte cher, remarqua Ariadne Oliver.

— C'est très déplaisant, et le chanvre sent mauvais.

— C'est déprimant, tout ça, déplora Mme Oliver.

— Quoi qu'il en soit, cette fête va très bien se passer. Faites confiance à Rowena Drake. C'est une organisatrice hors pair. Vous verrez.

— Je ne me sens pas d'humeur à faire la fête, soupira Mme Oliver.

— Montez vous allonger une heure ou deux. Vous verrez. Le moment venu, vous serez ravie. Si seulement cette pauvre petite Miranda n'avait pas la fièvre... elle est tellement déçue de ne pas pouvoir venir.

La fête commença à 19 h 30. Ariadne dut reconnaître que son amie avait raison. Les invités arrivèrent en temps voulu. Tout se passa à merveille. Tout avait été bien pensé, bien organisé et se déroulait avec la précision d'un mécanisme d'horlogerie. Il y avait des lumières rouges et bleues dans l'escalier et une profusion de citrouilles du plus bel orangé. Les garçons et les filles étaient venus avec des manches à balai décorés pour participer à un concours. Après les avoir accueillis, Rowena leur avait fait part du programme de la fête :

— Pour commencer, concours de manches à balai, avec trois prix, le premier, le second et le troisième. Après, nous couperons le gâteau de farine. Nous ferons ça dans la petite serre. Ensuite aura lieu la pêche aux pommes – une liste des participants sera épinglée au mur – et puis nous danserons. À chaque fois que les lumières s'éteindront, il faudra changer de partenaire. Les filles se rendront ensuite dans la petite salle d'étude où on leur donnera leurs miroirs. Après quoi, souper, jeu des raisins secs et distribution des prix.

Comme toutes les fêtes, celle-ci fut un peu lente à démarrer. On admira les balais, dont certains étaient des balais miniatures, mais dans l'ensemble, le niveau artistique n'était pas très élevé.

— Ce qui rend la chose plus facile, chuchota Mme Drake à l'oreille d'une amie. Parce qu'il y a toujours un ou deux enfants, on ne les connaît que trop bien, qui seront incapables de gagner un prix à quoi que ce soit d'autre. Alors, on triche un peu là-dessus.

— Vous n'avez pas honte, Rowena !

— Pas vraiment. Je m'arrange pour que le partage soit aussi équitable que possible. Ce qui compte, c'est que chacun gagne un lot.

— Qu'est-ce que c'est que le jeu du gâteau de farine ? demanda Ariadne Oliver.

— Ah ! c'est vrai, vous n'étiez pas là quand nous l'avons préparé. Eh bien, vous remplissez simplement un gobelet de farine, vous la tassez bien, puis vous retournez le gobelet sur un plateau, vous le retirez, et vous placez une pièce de six pence au sommet du pâté. Ensuite, chacun doit en couper une tranche, en faisant bien attention à ne pas faire tomber la pièce. Celui qui la fait tomber est aussitôt éliminé. Le dernier à rester gagne les six pence. Et maintenant, allons-y.

Ce qu'elles firent. On entendait des cris d'excitation venant de la bibliothèque où se déroulait le jeu des pommes et d'où les concurrents sortaient les cheveux trempés et les vêtements éclaboussés.

Le jeu le plus populaire, du moins parmi les filles, commençait avec l'arrivée de la sorcière d'Halloween, qu'incarnait Mme Goodbody, femme de ménage de la région qui non seulement possédait l'indispensable nez crochu et le menton allant à sa rencontre mais était aussi prodigieusement douée pour ce qui était d'émettre, d'une voix caverneuse aux sinistres intonations, des couplets magiques autant qu'incantatoires :

— Maintenant, viens ici, Béatrice. C'est bien ça ? Ah ! Béatrice... Un nom très intéressant. Tu veux savoir à quoi va ressembler ton mari, n'est-ce pas ? Eh bien, ma chère petite, assieds-toi ici. Oui, oui, sous cette lampe, là. Assieds-toi là, tiens ce miroir dans ta main et, quand les lumières s'éteindront, tu le verras apparaître. Tu le verras regarder par-dessus ton épaule. Tiens le miroir. *Abracadabra, qui vais-je regarder ? Le visage de l'homme que je vais épouser. Béatrice, Béatrice, tu vas apercevoir le visage de l'homme qui répond à tes espoirs*.

Un soudain éclair de lumière, en provenance d'un escabeau installé derrière un écran, traversa la pièce. Il alla frapper, juste au bon endroit, le miroir que Béatrice, surexcitée, tenait en main.

— Oh ! s'écria Béatrice. Je l'ai vu ! Je l'ai vu ! Je le vois dans ma glace !

Le faisceau de lumière disparut brusquement, les lampes se rallumèrent et une photographie en couleurs, collée sur un carton, tomba du plafond.

Ivre de bonheur, Béatrice se mit à danser tout autour.

— C'était lui ! C'était lui ! Je l'ai vu ! criait-elle. Oh ! il a une barbe rousse a-do-ra-ble !

Elle se précipita sur Mme Oliver, la personne la plus proche.

— Regardez, regardez ! Il n'est pas merveilleux ? Il ressemble à Eddie Presweight, le chanteur pop, vous ne trouvez pas ?

Mme Oliver trouvait qu'il avait la même tête que ceux qu'elle déplorait de voir, chaque matin, dans la rubrique des faits divers de son journal. La barbe, à son avis, était un coup de génie de dernière minute.

— D'où vient tout ça ? s'enquit-elle.

— Oh ! Rowena a mis Nicky à contribution. Et son ami Desmond l'a aidé. Il s'y connaît en photographie. Lui et deux autres se sont maquillés, à grand renfort de cheveux, de favoris, de barbes et d'encore un tas d'autres choses. Et avec la lumière qui tombe sur lui et tout le reste, évidemment les filles sont folles de joie.

— Je ne peux pas m'empêcher de penser, trancha Ariadne Oliver, que les filles sont vraiment devenues idiotes.

— Ne l'ont-elles pas toujours été ? demanda Rowena Drake.

Mme Oliver réfléchit.

— Vous devez avoir raison, reconnut-elle.

— Et maintenant, cria Mme Drake, à table !

Le souper fut un succès. Crevettes, fromages, entremets, somptueuses pâtisseries glacées et confiseries aux noisettes. Les passages en 6e s'empiffrèrent.

— Et maintenant, annonça Rowena Drake, la dernière attraction de la soirée : le jeu des raisins secs. Par là, après l'office. C'est ça. Mais d'abord les prix.

Les prix furent décernés en grande pompe, et soudain un long gémissement d'outre-tombe se fit entendre. Les enfants retournèrent en courant dans la salle à manger.

La table avait été débarrassée. Elle était recouverte d'une feutrine verte et supportait un grand plat de raisins secs en train de flamber dans le cognac. Tout le monde se mit à hurler, à se précipiter, à essayer d'attraper les raisins en flammes aux cris de : « Ouille ! Je me suis brûlé ! C'est chouette, non ? » Petit à petit, les raisins refroidirent, les lumières s'éteignirent... La soirée avait pris fin.

— Ç'a été un grand succès, déclara Rowena.

— C'est bien normal, après tout le mal que vous vous êtes donné.

— C'était charmant, reconnut volontiers Judith. Absolument charmant. Mais maintenant, se rembrunit-elle, il va falloir remettre un peu d'ordre. On ne peut quand même pas laisser tout ça aux pauvres femmes qui vont venir demain matin.

3

Le téléphone sonna dans un appartement situé en plein cœur de Londres. Mécontent, Hercule Poirot, propriétaire dudit appartement, s'agita dans son fauteuil. La déception venait de s'emparer de lui. Il savait déjà ce que signifiait ce coup de fil : son ami Solly, avec lequel il devait passer la soirée à reprendre leur éternelle discussion à propos du vrai coupable du meurtre des Bains Municipaux de Canning Road, allait se décommander. Pour Poirot, qui avait rassemblé des éléments de preuves pour étayer sa théorie – quelque peu farfelue, il est vrai –, c'était une sérieuse déconvenue. Non qu'il ait pensé que son ami Solly se serait rendu à ses arguments, mais il ne doutait pas que, quand Solly à son tour lui aurait fait part de ses invraisemblables convictions, lui, Hercule Poirot, n'aurait eu aucun mal à les réduire à néant, au nom du bon sens, de la logique, de l'ordre et de la méthode. C'était pour le moins ennuyeux que Solly ne puisse pas venir ce soir. Mais il était non moins vrai qu'il l'avait vu, plus tôt dans la journée, toussant abondamment et comme menacé de bronchite infectieuse.

« Il a attrapé froid, se dit Hercule Poirot, et malgré tous les remèdes que j'ai ici, à portée de la main, il m'aurait sans doute passé son rhume. Mieux vaut qu'il ne vienne pas. N'empêche, ajouta-t-il en soupirant, que ma soirée va être bien morne. »

C'était désormais le cas de la plupart de ses soirées, songea-t-il. Aussi puissant que fût son esprit

– de cela, il n'avait jamais douté –, celui-ci avait besoin de stimulant extérieur. Il n'avait pas un esprit philosophique. Il avait presque regretté, un temps, de n'avoir pas fait d'études de théologie plutôt que d'entrer dans la police. Avec toutes ces discussions stériles sur le sexe des anges... il aurait été intéressant de creuser la question et d'en discuter passionnément avec des collègues.

George, son domestique, apparut :

— C'était M. Solomon Lévy, monsieur.

— Je m'en doutais, maugréa Poirot.

— Il est désolé, il ne peut pas venir ce soir. Il est au lit avec une forte grippe.

— Il n'a pas « la grippe », répliqua Poirot. Il a simplement attrapé un bon rhume. Tout le monde pense toujours avoir « la grippe ». Ça a l'air plus grave. On s'attire la sympathie. Le problème, c'est qu'il est difficile de s'attirer la compassion de son entourage avec un mal de gorge.

— En tout cas, c'est aussi bien qu'il ne vienne pas, monsieur. Ces rhumes de cerveau sont très contagieux. Il ne faudrait pas que vous en attrapiez un.

— Cela serait extrêmement désagréable, reconnut Poirot.

Le téléphone sonna de nouveau.

— Et maintenant, qui a encore pu attraper un rhume ? demanda-t-il. Je n'ai invité personne d'autre.

George se dirigea vers l'office pour répondre.

— Je vais prendre la communication ici, lui dit Poirot. Ça n'a sûrement aucun intérêt. Mais quoi qu'il en soit, ça me fera peut-être passer le temps, ajouta-t-il en haussant les épaules. Qui sait ?

— Comme monsieur voudra, répondit George en sortant.

Poirot tendit la main et attrapa le combiné.

— Hercule Poirot à l'appareil, proféra-t-il d'un ton plein de noblesse, destiné à impressionner quiconque se trouvait à l'autre bout du fil.

— Quelle chance ! claironna une voix alerte, une voix féminine, légèrement entrecoupée. J'étais certaine de ne pas vous trouver, certaine que vous seriez sorti.

— Pourquoi étiez-vous si pessimiste ? s'enquit Poirot.

— Parce que je ne peux m'empêcher de penser que, de nos jours, tout se ligue pour vous frustrer. Si vous avez besoin de quelqu'un sans attendre, eh bien vous êtes quand même forcé d'attendre. Il fallait que je mette la main sur vous d'urgence... de toute urgence.

— Et qui êtes-vous ? demanda Poirot.

La voix féminine sembla surprise :

— Vous ne le savez pas ?

— Bien sûr que si, je le sais. Vous êtes mon amie Ariadne.

— Et je suis dans un état épouvantable.

— Oui, oui, cela s'entend. Auriez-vous par hasard couru ? Vous semblez hors d'haleine.

— Non, je n'ai pas précisément couru. C'est l'émotion. Est-ce que je peux venir vous voir tout de suite ?

Poirot laissa passer un instant avant de répondre. Son amie, Mme Oliver, paraissait dans tous ses états. Quelle qu'en soit la raison, elle allait sans aucun doute mettre un temps infini à étaler ses griefs, ses malheurs, ses frustrations ou Dieu sait ce qui la faisait souffrir. Une fois installée dans le sanctuaire de Poirot, il pourrait s'avérer difficile de la renvoyer chez elle sans se montrer grossier. Les sujets de mécontentement qui mettaient Mme Oliver hors d'elle étaient si nombreux et, en général, si inattendus, qu'il fallait se montrer très prudent avant de s'embarquer dans une discussion avec la digne romancière.

— Vous êtes bouleversée ?

— Évidemment, je suis bouleversée ! On le serait à moins ! Je ne sais pas quoi faire. Je ne sais pas... oh ! je ne sais plus rien du tout. Tout ce que je sais, c'est qu'il faut que je vienne vous voir pour vous raconter... vous raconter ce qui est arrivé. Vous êtes le seul qui pourra savoir quoi faire. Qui pourra me dire ce que je dois faire. Alors, je peux venir ?

— Mais certainement, certainement. Je serai enchanté de vous voir.

On raccrocha brutalement à l'autre bout. Poirot réfléchit une minute, appela George et le pria d'apporter une eau minérale avec une tranche de citron vert pour la visiteuse, ainsi qu'un verre de brandy pour lui-même.

— Mme Oliver sera là dans dix minutes, lui expliqua-t-il.

George se retira, revint avec le cognac de Poirot et alla s'occuper de la boisson sans alcool qui serait du goût de Mme Oliver. Poirot sirota une gorgée de cognac, prenant ainsi des forces pour affronter l'épreuve qui l'attendait.

— Quel dommage qu'elle soit si fantaisiste, murmura-t-il pour lui-même. Elle a un esprit original, pourtant. Après tout, ce qu'elle a à me raconter va peut-être m'amuser. Ou alors, se renfrogna-t-il, il s'agira d'absurdités qui vont me faire perdre toute ma soirée... Pourtant, qui ne risque rien n'a rien.

Une sonnerie retentit. À la porte de l'appartement, cette fois. Et il ne s'agissait pas d'une simple pression sur un bouton mais d'une sonnerie prolongée, insistante, stridente, et qui faisait vibrer les murs.

— Pas de doute, elle est en crise.

Il entendit George aller ouvrir la porte et, avant toute introduction mondaine possible, Ariadne Oliver entra au pas de charge dans le salon, George sur ses talons, vêtue d'une sorte de bâche qui pouvait passer pour un ciré de pêcheur.

— Que diable portez-vous là ? demanda Hercule Poirot. Laissez George vous en débarrasser. C'est complètement trempé.

— Bien sûr que c'est trempé, répliqua Mme Oliver. Il pleut des cordes. Je n'avais jamais réfléchi à l'eau jusqu'à présent. C'est terrible, l'eau, quand on y pense.

Poirot la regarda avec intérêt.

— Voulez-vous un verre d'eau minérale avec une tranche de citron ou puis-je vous gagner à l'idée d'un petit verre d'eau-de-vie ?

— Je hais l'eau, répondit Mme Oliver.

Devant l'air surpris de Poirot, elle poursuivit :

— Je hais l'eau. Je n'y avais jamais pensé. À tout ce qu'elle peut faire et tout ça.

— Ma chère amie, conseilla Poirot tandis que George l'extirpait des plis battants de son ciré dégoulinant, venez vous asseoir ici. Laissez George vous débarrasser de... comment s'appelle ce curieux vêtement que vous portez ?

— Je l'ai acheté en Cornouailles, déclara Mme Oliver. Un ciré. Un authentique ciré de pêcheur.

— Qui lui est certainement très utile, au pêcheur, remarqua Poirot, mais qui ne vous va pas tellement bien, il me semble. Un peu difficile à porter. Et lourd, avec ça. Mais venez, asseyez-vous et racontez-moi tout.

— Je ne sais pas comment, dit Mme Oliver en s'effondrant dans un fauteuil. Vous savez, j'ai parfois l'impression que ça ne peut pas être réellement vrai. Mais si. C'est vraiment arrivé.

— Racontez.

— Je suis venue pour ça. Mais maintenant que je suis là, c'est très dur, parce que je ne sais par où commencer.

— Par le commencement, suggéra Poirot, ou bien trouvez-vous cela trop conventionnel ?

— Je ne sais pas quand cela a commencé. Pas exactement. Peut-être il y a très longtemps, vous savez.

— Reprenez-vous, dit Poirot. Rassemblez dans votre esprit les différents fils de votre histoire et allez-y. Qu'est-ce qui vous a tellement bouleversée ?

— Ça vous aurait bouleversé aussi, se rebiffa Mme Oliver. Du moins, je l'imagine, ajouta-t-elle, prise d'un doute. On ne sait jamais trop, en vérité, ce qui est susceptible de vous bouleverser. Vous prenez tout avec un tel calme !

— C'est souvent la meilleure politique, signala Poirot.

— Très bien, capitula Mme Oliver. Cela a commencé au cours d'une fête enfantine.

— Ah ! oui, s'exclama Poirot, soulagé d'avoir affaire à un événement aussi banal, aussi normal qu'était censée l'être une soirée – enfantine qui plus est. Vous êtes allée à une soirée et il s'est passé quelque chose.

— Vous savez ce qu'est une fête pour Halloween ?

— Je sais ce qu'est Halloween. Le 31 octobre, répondit Poirot dont les yeux pétillèrent quelque peu lorsqu'il ajouta : quand les sorcières chevauchent leur balai.

— Justement, il y avait des balais, confirma Mme Oliver. Et on leur a attribué des prix.

— Des prix ?

— Oui, pour les plus joliment décorés.

Poirot la dévisagea, un peu inquiet. D'abord calmé quand Mme Oliver lui avait parlé d'une soirée, il était soudain repris par le doute. Comme il savait qu'elle ne s'adonnait pas aux boissons spiritueuses, il ne pouvait guère la soupçonner de ce qui lui serait venu à l'idée autrement.

— Une soirée enfantine, reprécisa Mme Oliver. Ou, plus exactement, une soirée pour les passages en 6e.

— Les passages en 6e ?

— Eh bien, c'est comme ça qu'on les appelle à l'école. C'est-à-dire qu'à onze ans, vous passez un examen, et si vous êtes assez brillant pour décrocher votre passage en 6e, vous devenez un passage en 6e vous-même et vous allez dans un collège ou ailleurs. Mais si vous échouez, vous restez en primaire. Drôle de nom. Qui ne signifie pas grand-chose.

— J'avoue que je ne vois pas très bien où vous voulez en venir, déclara Poirot. On dirait que nous avons quitté le domaine des soirées pour entrer dans celui de l'éducation.

Mme Oliver respira profondément et reprit :

— En vérité, tout cela a commencé avec les pommes.

— Ah ! oui, s'écria Poirot. Évidemment. C'est toujours le cas avec vous, non ?

Il avait à l'esprit une petite voiture dont s'extrayait difficilement une grosse femme dont le sac se déchirait laissant alors échapper des pommes qui roulaient et slalomaient jusqu'à atteindre le bas d'une colline.

— Oui, dit-il d'un ton encourageant. Des pommes...

— Les pêcher avec les dents, précisa Mme Oliver. C'est un des jeux auxquels on joue, à Halloween.

— Ah ! oui. Il me semble avoir entendu parler de ça aussi, oui.

— Vous comprenez, on avait organisé tout un tas de concours. Il y avait la pêche aux pommes, la pièce de six pence qu'il fallait laisser perchée au sommet d'un monticule de farine qui s'écroulait tout le temps, le miroir dans lequel il fallait regarder pour...

— Pour y voir le visage de son grand amour ? suggéra Poirot, bien informé.

— Enfin, dit Mme Oliver, vous commencez à comprendre.

— Tout le folklore traditionnel, en quelque sorte, dit Poirot. Et vous avez fait tout ça pendant cette fête ?

— Oui. Ça a eu beaucoup de succès et ça s'est terminé avec le Snapdragon. Vous savez, des raisins secs qu'il faut attraper dans un grand plat où du cognac est en train de flamber. Et je suppose...

Sa voix s'altéra :

— Oui, je suppose que c'est à ce moment-là que ça a dû se passer.

— Que quoi a dû se passer ?

— Le meurtre, manifestement. Après le Snapdragon, tout le monde devait rentrer chez soi, expliqua Mme Oliver. Et c'est alors, voyez-vous, qu'on n'a pas réussi à la trouver.

— Trouver qui ?

— Une fille. Une fille qui se prénommait Joyce. Tout le monde l'appelait, la cherchait partout, se demandait si elle n'était pas déjà rentrée chez elle avec quelqu'un d'autre, et sa mère était furieuse, elle disait que Joyce avait dû se sentir fatiguée ou malade, ou Dieu sait quoi, et qu'elle avait dû partir de son côté, et que c'était bien désinvolte de sa part de n'avoir prévenu personne. Tout ce qu'une mère peut dire dans ces cas-là. Quoi qu'il en soit, elle était introuvable.

— Et elle était rentrée de son côté ?

— Non, elle n'était pas rentrée, répondit Mme Oliver dont la voix s'altéra de nouveau. Nous avons fini par la trouver... dans la bibliothèque. C'était là... c'était là que quelqu'un avait fait le coup, comprenez-vous. Les pommes. La bassine était là. Une grande bassine en acier galvanisé. Ils n'avaient pas voulu du seau en plastique. Peut-être qu'avec le seau en plastique ce ne serait pas arrivé. Il n'aurait pas été assez lourd. Il se serait renversé...

— Qu'est-ce qui est arrivé ? demanda Poirot d'un ton sec.

— C'est là qu'on l'a trouvée. Quelqu'un lui avait plongé la tête dans l'eau au milieu des pommes. La lui avait plongée et l'y avait maintenue, et elle était morte, évidemment. Noyée. *Noyée*. Dans une bassine en acier galvanisé pleine d'eau. À genoux, la tête projetée en avant alors qu'elle croquait dans une pomme. Je hais les pommes, décréta Mme Oliver. Je ne veux plus voir une pomme de ma vie...

Poirot remplit un petit verre de cognac.

— Buvez ça, dit-il. Ça vous fera du bien.

4

Mme Oliver posa son verre et s'essuya les lèvres.

— Vous aviez raison, dit-elle. Ça... ça aide. Je frisais l'hystérie.

— Vous avez subi un grand choc, je comprends maintenant. Quand est-ce arrivé ?

— Hier soir. Hier soir seulement ? ... Oui, oui, sans l'ombre d'un doute.

— Et vous êtes venue me voir...

Ce n'était pas vraiment une question mais, de la part de Poirot, l'expression d'un désir d'informations supplémentaires.

— Vous êtes venue me voir... pourquoi ?

— J'ai pensé que vous pourriez m'aider. Voyez-vous, ce n'est pas... ce n'est pas simple.

— Ça l'est peut-être, et ça ne l'est peut-être pas. Tout dépend. J'ai besoin d'en savoir plus. J'imagine que la police s'est chargée de l'affaire. On a certainement appelé un médecin. Qu'a-t-il dit ?

— Il va y avoir une enquête préliminaire, expliqua Mme Oliver.

— Bien entendu.

— Demain ou après-demain.

— La fille, cette Joyce, quel âge avait-elle ?

— Je ne sais pas au juste. Sans doute douze ou treize ans.

— Elle était petite pour son âge ?

— Non, non, plutôt mûre au contraire. Bien en chair.

— Vous voulez dire, bien développée ? L'air sexy ?

— Oui. C'est plutôt ça. Mais je ne pense pas que ce soit ce genre de crime-là... c'est-à-dire... ç'aurait été plus simple, n'est-ce pas ?

— C'est le genre de crime dont on lit tous les jours le récit dans les journaux, grommela Poirot. Une fillette attaquée, une écolière violée... oui, tous les jours. Ceci a eu lieu chez un particulier, c'est ce qui fait toute la différence, mais ce n'est peut-être pas si différent que ça, après tout. Quoi qu'il en soit, je ne suis pas sûr que vous m'ayez encore tout dit.

— Non, bien évidemment pas, reconnut Mme Oliver. Je ne vous ai même pas dit pourquoi j'étais venue vous voir.

— Vous la connaissiez, cette Joyce ? Vous la connaissiez bien ?

— Je ne la connaissais pas du tout. Il vaut mieux que je vous explique comment j'en suis venue à me trouver là.

— Où ça, là ?

— Dans un endroit dénommé Woodleigh Common.

— Woodleigh Common, répéta Poirot, songeur et à qui le nom rappelait soudain quelque chose. Là où dernièrement...

Il s'interrompit.

— Ce n'est pas très loin de Londres, à... cinquante, soixante kilomètres, je pense. Près de Medchester. C'est un de ces coins où on trouve encore quelques jolies maisons mais où on a beaucoup construit. Très résidentiel. Il y a une bonne école tout près et Londres ou Medchester sont facilement accessibles. Un endroit tout à fait banal, où vivent des gens dont les revenus sont, dirons-nous, raisonnables.

— Woodleigh Common, insista Poirot, en fouillant dans ses souvenirs.

— Je séjournais là-bas chez Judith Butler, une amie, une veuve. J'ai fait une croisière en Grèce cette année, elle y était aussi et nous avons sympathisé. Elle a une fille de douze ou treize ans, Miranda. Quoi qu'il en soit, elle m'avait invitée à venir et m'avait dit que des amies à elle donnaient une soirée enfantine à l'occasion d'Halloween. Elle pensait que j'y glanerais peut-être des idées intéressantes.

— Ah ! s'exclama Poirot, elle ne vous a pas, elle aussi, persuadée d'organiser une course à l'assassin ou autre suggestion de même acabit ?

— Grands dieux, non ! s'étrangla Mme Oliver. Est-ce que vous croyez qu'il pourrait me venir à l'idée de recommencer une horreur pareille ?

— Cela me paraît peu probable, en effet.

— Et pourtant, c'est arrivé, voilà ce qui est terrible ! Je veux dire... Ça ne peut pas être arrivé pour l'unique raison que j'étais là, non ?

— Je ne pense pas. Mais est-ce que quelqu'un savait, là-bas, qui vous êtes ?

— Oui, répondit Mme Oliver. Une de ces petites m'a dit quelques mots à propos de mes romans et du fait qu'elles raffolaient toutes des meurtres. C'est ainsi que... c'est la raison pour laquelle... c'est-à-dire c'est la raison qui m'a amenée à venir vous voir.

— Et que vous ne m'avez toujours pas dite.

— Eh bien, comprenez-vous, au début je n'y ai pas pensé. Pas tout de suite. Je veux dire, les enfants ont de drôles de comportements, parfois. Vous comprenez, il y a de drôles d'enfants, des enfants qui… J'imagine qu'autrefois on les aurait placés dans des maisons spécialisées, mais aujourd'hui on les renvoie chez eux et on les encourage à mener une vie normale, et alors voilà, ils font des choses comme ça.

— Il y avait des adolescents parmi eux ?

— Il y avait deux garçons, deux jeunes comme on les appelle dans les rapports de police. D'environ seize à dix-huit ans.

— L'un d'entre eux pourrait l'avoir fait. C'est ce que pense la police ?

— Ils n'ont pas dit ce qu'ils pensaient, mais ils avaient en effet l'air de le penser.

— Cette Joyce, elle était attirante ?

— Je ne crois pas, répondit Mme Oliver. Vous voulez dire pour les garçons, c'est ça ?

— Non, répliqua Poirot. Je voulais dire... Je pensais au pur et simple sens du mot.

— Elle n'était pas très sympathique, me semble-t-il. Ce n'était pas une fille avec laquelle on avait vraiment envie de parler. Plutôt le genre à se donner des airs et à se vanter. C'est un âge assez pénible. C'est méchant, ce que je dis, mais...

— Quand il s'agit d'un meurtre, il n'est jamais méchant d'expliquer ce qu'était la victime, répliqua Poirot. C'est absolument, absolument nécessaire. La personnalité de la victime est la cause directe de bien des meurtres. Combien y avait-il de personnes présentes ?

— Vous voulez dire à la soirée ? Eh bien, il y avait cinq ou six femmes, quelques mères, une enseignante, la femme d'un médecin, ou sa sœur, un couple marié dans la quarantaine ou la cinquantaine, les deux garçons de seize à dix-huit ans, une fille de quinze ans, deux ou trois autres de onze ou douze ans... environ vingt-cinq ou trente personnes en tout.

— Des étrangers ?

— Ils se connaissaient tous, je pense. Les uns mieux que les autres, sans doute. Je crois que les filles vont toutes à la même école. Deux femmes étaient venues aider à préparer le souper et je ne sais quoi encore. À la fin de la soirée, la plupart des mères sont rentrées chez elles avec leurs enfants. Je suis restée avec Judith et deux autres pour aider Rowena Drake, l'organisatrice de la fête, à ranger un peu, par égard pour les femmes de ménage qui viendraient le lendemain. Il y avait de la farine partout, les papiers des biscuits et des confiseries traînaient dans tous les coins avec un tas d'autres détritus. Nous avons donc balayé un peu, et c'est en dernier que nous sommes entrées dans la bibliothèque. C'est alors... c'est alors que nous l'avons trouvée. Et je me suis rappelé à ce moment-là ce qu'elle m'avait dit.

— De qui parlez-vous ?

— Joyce.

— Et qu'est-ce qu'elle vous avait dit ? Nous y arrivons enfin, n'est-ce pas ? Nous arrivons enfin à la raison de votre présence ici ?

— Oui. Je me suis dit que cela n'aurait aucun sens pour... oh ! pour un médecin, ou pour la police, ou pour qui que ce soit, mais j'ai pensé que cela pourrait en avoir un pour vous.

— Eh bien, racontez. Est-ce une phrase que Joyce avait prononcée au cours de la soirée ?

— Non, plus tôt dans la journée. L'après-midi, pendant les préparatifs de la fête. Quand elles ont parlé de mes romans policiers, Joyce a ajouté : « Un jour, j'ai assisté à un meurtre. » Sur quoi sa mère, ou quelqu'un d'autre, a répliqué : « Certainement non. Ne sois pas ridicule, Joyce. Ne dis pas de bêtises. » Et une des filles, une des plus grandes, a décrété : « Vous voyez bien qu'elle invente ! » Ce qui a mis Joyce hors d'elle et l'a fait s'écrier : « Pas du tout. Je l'ai bel et bien vu, je vous dis. J'ai vu quelqu'un commettre un meurtre. »

Mais personne ne l'a crue. Ils ont tous ri et elle en a été très fâchée.

— Et vous, vous l'aviez crue ?

— Non, bien sûr que non.

— Je vois, dit Poirot. Oui, je vois...

Il resta un moment silencieux, à pianoter sur la table.

— Je me demande... Elle n'a pas donné de détails ? Pas de noms ?

— Non. Elle n'a fait que se vanter et trépigner un peu, furieuse que les autres se moquent d'elle. Je crois que les mères et les plus vieux étaient agacés. Mais les enfants la tournaient plutôt en dérision. Ils lui disaient par exemple : « Allez, Joyce, ça s'est passé quand ? Pourquoi tu ne nous en as jamais parlé ? » Et Joyce a répondu : « Je l'avais complètement oublié, c'était il y a si longtemps. »

— Tiens, tiens ! Et combien de temps ? Elle l'a dit ?

— « Il y a des années. » Elle a dit ça d'un ton de grande personne parlant de son enfance. Quelqu'un – Ann, je crois, ou Béatrice, une fille très contente d'elle-même – a demandé alors : « Pourquoi n'es-tu pas allée tout de suite raconter ça à la police ? »

— Tiens donc ! Et qu'a-t-elle répliqué ?

— « Parce que je ne me suis pas rendu compte tout de suite qu'il s'agissait d'un meurtre. »

— Très intéressante remarque, déclara Poirot en se redressant dans son fauteuil.

— Elle a fini par avoir l'air très gêné, reprit Mme Oliver. Mais, face à l'insistance des autres qui persistaient à lui demander pourquoi elle n'était pas allée à la police, elle a continué à répondre : « Parce que je ne me suis pas rendu compte tout de suite que c'était un meurtre. C'est seulement longtemps après que j'ai commencé à comprendre. »

— Et personne ne l'a crue – vous-même vous ne l'avez pas crue – jusqu'au moment où, l'ayant trouvée morte, il vous est soudain venu à l'idée qu'elle avait peut-être dit la vérité ?

— Oui, exactement. Je ne savais ni ce que je devais faire ni ce que je pouvais faire. Après quoi j'ai pensé à vous.

Poirot inclina gravement la tête.

— Je dois vous poser une question très sérieuse, dit-il après un moment de silence, et je vous prie de bien réfléchir avant de me répondre. À votre avis, cette fille avait-elle vraiment assisté à un meurtre ? Ou croyait-elle tout au plus avoir assisté à un meurtre ?

— Je penche pour la première hypothèse. Sur le moment, j'ai pensé qu'elle brodait, pour enjoliver son histoire, autour d'une scène quelconque dont elle avait été le témoin. Mais à la fin, elle affirmait avec une belle véhémence : « Pas du tout. Je l'ai vu, je vous dis. Je l'ai vu, je l'ai vu, je l'ai vu. J'ai vu quelqu'un commettre un meurtre. »

— Et alors ?

— Et alors je suis venue à vous parce que, s'il y avait bel et bien eu meurtre et si elle en avait été le témoin, ce serait une explication plausible à sa mort.

— Ce qui impliquerait certains impératifs. Tout d'abord que le meurtrier ait été présent à cette fête, et qu'il ait été présent également plus tôt dans la journée, quand Joyce en a parlé.

— Vous ne pensez pas que je fabule, n'est-ce pas ? s'inquiéta Mme Oliver. Que tout ça n'est que le fruit de mon imagination débridée ?

— Une fille a été tuée, répliqua Poirot. Tuée par quelqu'un qui a eu assez de force pour lui tenir la tête plongée dans une bassine d'eau. Un très vilain meurtre commis comme s'il n'y avait pas un instant à perdre. Quelqu'un s'est senti menacé, et ce quelqu'un a frappé aussi vite qu'il était humainement possible de le faire.

— Joyce ne connaissait pas l'auteur du meurtre, repartit Mme Oliver. Elle n'aurait pas tenu de tels propos s'ils avaient concerné une personne présente dans la pièce à ce moment-là.

— Non, reconnut Poirot, vous avez raison sur ce point. Elle a vu commettre un meurtre mais elle n'a pas vu le visage du meurtrier. Cependant nous ne devons pas en tenir compte.

— Je ne comprends pas ce que vous voulez dire.

— Il se pourrait que quelqu'un, présent ce jour-là et ayant entendu l'accusation de Joyce, ait connu le meurtrier, sache qui il est, ait peut-être des relations très étroites avec lui. Il se pourrait que ce quelqu'un se soit dit qu'il était la seule personne à savoir ce qu'avait fait sa femme, sa mère, sa fille ou son fils. Ou que ce quelqu'un soit une femme qui savait ce que son mari, sa mère, sa fille ou son fils avait fait. Quelqu'un qui pensait que personne d'autre n'était au courant. Et voilà que Joyce se mettait à parler...

— Et alors...

— Alors Joyce devait mourir.

— Oui. Qu'allez-vous faire ?

— Je viens juste de me rappeler ce que le nom de Woodleigh Common évoquait pour moi.

5

Hercule Poirot jeta un coup d'œil par-dessus le portillon d'entrée de La Crête du Pin, ravissante maisonnette moderne. Il était légèrement hors d'haleine. Cette charmante maison avait été bien nommée, perchée qu'elle était au sommet d'une colline plantée de quelques pins épars. Un homme de bonne taille et d'un âge certain poussait une brouette, dans une allée de son petit jardin bien entretenu, un énorme arrosoir en fer galvanisé.

Au lieu des quelques mèches de cheveux blancs qu'il aurait dû avoir sur les tempes, la chevelure du commissaire Spence était devenue d'un gris uniforme. Et il avait pris du ventre. Il s'arrêta de secouer son arrosoir et regarda le visiteur planté à sa porte. Hercule Poirot ne bougeait pas.

— Dieu me pardonne ! s'exclama le commissaire Spence. Ce n'est pas possible, et pourtant si. Oui, c'est bien lui. Hercule Poirot, aussi vrai que j'existe.

— Tiens, tiens ! sourit Poirot. Vous m'avez reconnu. Cela fait plaisir.

— Pourvu que vos moustaches ne cessent jamais de pousser !

Il abandonna son arrosoir et vint au portillon.

— Saletés de mauvaises herbes ! Mais qu'est-ce qui vous amène ici ?

— Ce qui, de mon temps, m'a déjà conduit dans bien des endroits et qui, un jour, il y a bien des années, vous a conduit jusqu'à moi : un meurtre.

— J'en ai fini avec les meurtres, répliqua Spence, excepté en ce qui concerne les mauvaises herbes. C'est ce qui m'occupe à présent : je répands un tueur de mauvaises herbes. Ce n'est pas aussi facile que vous le croyez, il y a toujours quelque chose qui ne tourne pas rond, en général le temps. Il ne doit pas être trop humide, ni trop sec. Comment diable m'avez-vous déniché ? demanda-t-il en ouvrant le portillon et en faisant entrer Poirot.

— Vous m'avez envoyé une carte de vœux à Noël, avec votre nouvelle adresse.

— Ah ! oui, c'est vrai. Je suis vieux jeu, comme vous pouvez le constater. J'aime envoyer des cartes à quelques amis, au moment des fêtes.

— J'y ai été sensible, répliqua Poirot.

— Je suis un vieux bonhomme, maintenant, dit Spence.

— Nous sommes vieux tous les deux.

— Je ne vous vois guère de cheveux blancs, nota Spence.

— J'y veille, à l'aide de certaine potion miracle, répondit Hercule Poirot. Se montrer en public avec des cheveux blancs n'est pas inévitable, à moins que l'on n'en ait envie.

— Oh, je ne crois pas que votre noir de jais m'irait très bien.

— Je le reconnais, dit Poirot. Vous faites beaucoup plus distingué avec vos cheveux gris.

— Un homme distingué... l'idée ne me serait pas venue.

— À moi si. Pourquoi vous êtes-vous installé à Woodleigh Common ?

— En fait, c'était pour venir en aide à ma sœur. Elle a perdu son mari, et ses enfants, mariés, vivent à l'étranger, l'un en Australie, l'autre en Afrique du Sud. Les pensions ne vont pas toujours chercher bien loin, de nos jours. Mais, à nous deux, nous parvenons à vivoter assez confortablement. Venez, asseyez-vous.

Il le fit entrer dans une mini-véranda où se trouvaient une table et des fauteuils. Le soleil automnal rendait encore plus plaisante cette retraite.

— Que puis-je vous offrir ? demanda Spence. Nous n'avons rien de bien recherché, ici. Pas de cassis, pas de sirop de cynorhodon, aucune de vos boissons industrielles. Une bière ? Ou voulez-vous que je demande à Elspeth de vous faire un thé ? Je peux encore vous proposer un panaché, un Coca-Cola ou un cacao si vous aimez ça. Ma sœur Elspeth est amateur de cacao.

— Vous êtes très aimable, merci. Pour moi, ce sera un panaché. C'est de la bière et de la limonade, c'est bien ça ?

— Exactement.

Le commissaire à la retraite entra dans la maison et revint bientôt avec deux grandes chopes.

— Je vous accompagne, dit-il.

Il rapprocha un fauteuil, posa les deux chopes sur la table et s'assit.

— Qu'avez-vous donc dit il y a un instant ? demanda-t-il en levant sa chope. Nous n'allons pas boire au crime, j'en ai fini avec lui. Mais si le crime qui vous occupe est celui auquel je pense – et cela ne peut être que celui-là car il n'y en a pas eu d'autre récemment –, cette forme-là de crime me déplaît tout particulièrement.

— Oui, je n'en doute pas.

— Nous parlons bien de cette enfant dont on a plongé la tête dans une bassine d'eau ?

— Oui, dit Poirot. Je parle bien de cela.

— Je ne comprends pas pourquoi vous êtes venu me voir, reprit Spence. Je n'ai maintenant plus rien à faire avec la police. Tout cela est fini depuis longtemps.

— Policier un jour, policier toujours, répliqua Hercule Poirot. Derrière le point de vue de l'homme ordinaire, il y a toujours celui du policier. J'en sais quelque chose. Moi qui vous parle, j'ai aussi fait partie de la police de mon pays.

— Oui, c'est vrai. Je me rappelle maintenant que vous me l'aviez dit. Ma foi, notre vision des choses est peut-être un peu déviée, mais il y a si longtemps que je n'ai eu aucune activité en rapport avec ça !

— Mais vous entendez les ragots, dit Poirot, vous avez des amis dans votre ancienne profession, vous savez ce qu'ils pensent, ce qu'ils soupçonnent ou ce qu'ils savent.

Spence soupira.

— On en sait trop. C'est bien là l'ennui, aujourd'hui. Il se commet un crime sur un modèle connu et vous savez, je veux dire la police sait parfaitement qui en est probablement l'auteur. Ils n'en informent pas les journaux mais ils font leur propre enquête, et ils savent. Mais pourront-ils jamais aller plus loin ? Ils se heurtent à bien des difficultés.

— Vous voulez dire les femmes, les petites amies et le reste ?

— En partie, oui. À la fin des fins, on trouve peut-être son homme. Après un an ou deux, quelquefois. En gros, voyez-vous, Poirot, je dirais qu'aujourd'hui les filles épousent beaucoup plus souvent des fripouilles que de mon temps.

Hercule Poirot réfléchissait, tirant sur ses moustaches.

— Oui, sans doute. Je crains cependant fort que les filles n'aient de tout temps été attirées par les fripouilles, comme vous les appelez. Seulement il y avait autrefois des garde-fous.

— C'est juste. On veillait sur elles. Les mères s'occupaient de leur progéniture. Les tantes et les oncles aussi. Les frères et sœurs plus jeunes étaient au courant de ce qui se passait. Les pères n'hésitaient pas à chasser de leur maison les jeunes gens indésirables. Il arrivait, bien sûr, que les filles se sauvent avec un de ces vauriens. Aujourd'hui, ce n'est même plus nécessaire. Les mères ne savent plus avec qui sortent leurs filles, on ne dit pas aux pères avec qui leurs filles sont sorties, les frères savent avec qui la fille est sortie mais ils se disent « tant pis pour elle ». Si les parents refusent leur consentement, le couple se présente devant un magistrat et s'arrange pour obtenir l'autorisation de se marier, et quand le jeune homme, dont tous savent que c'est un vaurien, prouve à tout le monde, y compris à sa femme, qu'il est effectivement un vaurien, les jeux sont faits. Mais l'amour sera toujours l'amour, et la fille refuse d'admettre que son Henry a des manières révoltantes, des tendances criminelles et tout ce qui s'ensuit. Elle mentira pour lui, jurera pour lui que le noir est blanc, jurera tout ce qu'on voudra. Oui, c'est bien difficile. Difficile pour nous, j'entends. Enfin, ça ne mène à rien de dire que tout allait mieux avant. C'est peut-être une idée que nous nous faisons. Cela dit, Poirot, comment se fait-il que vous soyez mêlé à tout ça ? Vous ne vivez pas par ici, n'est-ce pas ? Je vous croyais à Londres. Vous y étiez en tout cas quand je vous ai connu.

— J'y vis toujours. Je suis ici à la demande d'une amie, Mme Oliver. Vous vous rappelez Mme Oliver ?

Spence leva la tête, ferma les yeux et parut réfléchir.

— Mme Oliver ? Je ne vois pas, non.

— Elle écrit des romans. Des romans policiers. Vous l'avez rencontrée, si vous voulez vous en souvenir, à l'époque où vous m'avez poussé à enquêter sur le meurtre de Mme McGinty. Vous n'avez quand même pas oublié Mme McGinty ?

— Grands dieux, non ! Mais c'est très vieux, tout ça. Vous m'avez rendu à ce moment-là un fier service, Poirot, oui, un fier service. Je vous ai appelé à l'aide et vous ne m'avez pas laissé tomber.

— J'étais très honoré, très flatté que vous soyez venu me consulter, se rengorgea Poirot. Je dois avouer que j'ai désespéré plus d'une fois. L'homme que nous devions sauver – à l'époque, je pense que c'était sa tête que nous devions sauver – était quelqu'un pour lequel il était très compliqué de faire quoi que ce soit. Un parfait exemple de ceux qui ne font jamais rien pour eux-mêmes.

— Il a épousé cette fille, non ? La nunuche, pas l'intelligente aux cheveux oxygénés. Je me demande ce que ça a donné. Vous avez eu de leurs nouvelles ?

— Non, répondit Poirot. J'imagine que tout va bien pour eux.

— Je n'arrive pas à comprendre ce qu'elle a bien pu lui trouver.

— Difficile à dire, mais c'est très réconfortant de penser qu'aussi peu séduisant que soit un homme, il y aura toujours une femme pour lui trouver du charme, et même pour le trouver follement séduisant. On ne peut que dire, ou espérer, qu'ils se sont mariés et ont vécu heureux à jamais ensuite.

— Je ne pense pas qu'ils aient pu vivre heureux à jamais ensuite s'ils ont dû cohabiter avec la mère.

— Non, en effet, reconnut Poirot qui renchérit : ou avec le beau-père.

— Bon, reprit Spence, voilà que nous évoquons encore le passé. Tout ça est loin. Il m'a toujours semblé que ce garçon – je n'arrive pas à me rappeler son nom – aurait dû diriger une entreprise de pompes funèbres. Peut-être l'a-t-il fait. La fille avait de l'argent, non ? Je le vois d'ici, tout de noir vêtu, organisant des funérailles. Il aurait même pu s'enthousiasmer pour du beau bois d'orme, du teck ou de celui utilisé pour fabriquer les cercueils. Mais il n'aurait jamais fait un bon agent d'assurances ou immobilier. Oh ! et puis arrêtons avec le passé... Mme Oliver, dit-il brusquement. Ariadne Oliver. Les pommes. C'est à cause de ça qu'elle s'est trouvée mêlée à cette affaire ? Cette pauvre gamine, on lui a plongé la tête sous l'eau dans une bassine où flottaient des pommes, n'est-ce pas, au cours d'une fête enfantine ? C'est ça qui a attiré l'attention de Mme Oliver ?

— Je ne pense pas que les pommes aient été cette fois pour elle le déclencheur, répondit Poirot. Non, en réalité, elle assistait à cette fête.

— Elle vit ici ?

— Non. Elle séjournait chez une amie, une certaine Mme Butler.

— Butler ? Oui, je la connais. Elle habite près de l'église. Une veuve. Son mari était pilote de ligne. Elle a une fille. Plutôt jolie. Bien élevée. Mme Butler est assez charmante, vous ne trouvez pas ?

— Je l'ai à peine entrevue mais oui, elle m'a semblé très séduisante.

— Et en quoi cela vous concerne-t-il, Poirot ? Vous étiez là quand ça s'est passé ?

— Non. Mme Oliver est venue me voir à Londres. Elle était bouleversée, plus bouleversée qu'on ne saurait dire. Elle m'a demandé de l'aide.

Le commissaire Spence eut un léger sourire.

— Je vois. Toujours la même histoire. Moi aussi je suis venu à vous pour vous demander votre aide.

— Et maintenant nous échangeons les rôles, déclara Poirot : c'est moi qui viens à vous.

— Pour me demander secours ? Je vous l'ai dit, je ne peux absolument rien faire.

— Oh ! mais si. Vous pouvez tout me raconter sur les gens qui vivent ici. Sur ceux qui étaient présents à cette soirée. Les pères et les mères des enfants qui étaient là. L'école, les professeurs, les avocats, les médecins. Quelqu'un, au cours de cette soirée, a persuadé une enfant de s'agenouiller devant une bassine d'eau et lui a peut-être dit en riant : « Je vais te montrer la meilleure façon d'attraper une pomme avec les dents. Je connais le truc. » Et alors il, ou elle – qui que ce soit – lui a posé la main sur la nuque. Cela s'est sans doute fait sans bruit et sans lutte.

— Très vilaine affaire, remarqua Spence. C'est ce que j'ai pensé dès que je l'ai appris. Que voulez-vous savoir ? Je suis là depuis un an. Ma sœur depuis un peu plus longtemps, deux ou trois ans. C'est une petite communauté. Pas particulièrement stable non plus. Les gens vont et viennent. Le mari travaille à Medchester, à Great Canning ou dans une autre des villes des environs. Les enfants sont scolarisés ici. Puis le mari change de job et ils s'en vont ailleurs. La population n'est pas fixe. Certains sont là depuis longtemps, Mlle Emelyn, notre directrice d'école, par exemple, ou le Dr Ferguson. Mais dans l'ensemble, elle fluctue beaucoup.

— J'ose espérer, maintenant que nous sommes d'accord sur le fait qu'il s'agit d'une bien vilaine affaire, que vous pourrez m'indiquer quels sont ici les vilaines gens.

— Oui, c'est la première chose que l'on cherche, n'est-ce pas ? Et la suivante, dans une histoire de ce genre, c'est un adolescent détestable. Qui peut vouloir étrangler, noyer ou se débarrasser d'une gamine de treize ans ? Il n'y a apparemment eu ni viol ni rien de ce genre, ce qui est la première idée qui vous vient. C'est très fréquent aujourd'hui, dans les petites villes, et même jusque dans les villages. Là aussi, je pense que cela se produit beaucoup plus souvent que de mon temps. Nous avions aussi nos malades mentaux, ou Dieu sait comment on les appelle, mais pas en si grande quantité. Je crains qu'il n'y en ait plus en liberté qu'il ne faudrait. Nos asiles sont surpeuplés, alors les médecins déclarent : « Laissons-le, ou la, mener une vie normale. Qu'il retourne dans sa famille, etc. » Résultat, le sale type, ou le malheureux garçon, comme vous préférez, sera repris des mêmes pulsions et une autre jeune femme, partie se promener ou assez folle pour monter dans une voiture, sera retrouvée au fond d'une gravière. Des enfants ne rentrent pas de l'école parce qu'ils ont accepté une balade en voiture avec un inconnu, et ce malgré toutes les mises en garde qui leur ont été faites. Oui, cela arrive très souvent, de nos jours.

— Est-ce que cela correspond à notre schéma présent ?

— Ma foi, c'est la première idée qui vient, répondit Spence. Un des invités à cette soirée est la proie, mettons, d'une de ces pulsions. Peut-être cela lui est-il déjà arrivé, peut-être n'en a-t-il éprouvé que le désir. Il devrait y avoir des antécédents de viol d'enfant quelque part. Pour autant que je le sache, personne n'a rien signalé de tel. Officiellement du moins. Ils étaient deux, à cette soirée, à avoir l'âge qui conviendrait. Nicolas Ransom, beau garçon de dix-sept ou dix-huit ans. Il vient de la côte Est, je crois, ou de quelque part par là. Il a l'air parfaitement normal, mais qui sait ? Et puis il y avait Desmond, qui a fait une fois l'objet d'un rapport psychiatrique, mais je ne peux pas dire que le rapport en question contenait grand-chose. Il faut nécessairement que ce soit un invité de la fête bien que rien n'empêche, en réalité, que quelqu'un soit venu de l'extérieur. Une maison est rarement fermée à clef pendant une réception. Il sera resté une porte, ou une fenêtre ouverte. Un pauvre d'esprit aura pu essayer de voir ce qui se passait et se glisser à l'intérieur. Un gros risque à courir. Est-ce qu'une gamine, une gamine invitée à une soirée de ce genre, accepterait de jouer au jeu de la pêche aux pommes avec quelqu'un qu'elle ne connaîtrait pas ? Quoi qu'il en soit, Poirot, vous ne m'avez toujours pas expliqué ce qui vous amène ici. Vous dites que c'est à cause de Mme Oliver. Une de ses idées folles ?

— Pas exactement folle, répondit Poirot. Il est vrai que les écrivains ont tendance à avoir des idées folles. Des idées qui sont sans doute à la frontière des probabilités. Mais là, il s'agit simplement de propos qu'elle a entendu tenir par la fillette.

— Par Joyce ?

— Oui.

Spence se pencha vers Poirot et le regarda d'un air interrogateur.

— Vous allez le savoir, déclara Poirot.

Avec calme et brièveté, il lui raconta l'histoire qu'il avait entendue de la bouche de Mme Oliver.

— Je vois, dit Spence en se frottant la moustache. La fillette a dit ça, hein ? Elle a dit qu'elle avait vu commettre un meurtre. A-t-elle dit quand et comment ?

— Non.

— Qu'est-ce qui l'a amenée à en parler ?

— Une remarque, je crois, à propos des meurtres dans les romans de Mme Oliver. Une des filles se serait plainte à Mme Oliver de ce qu'il n'y ait pas assez de sang dans ses romans, ou pas suffisamment de cadavres, je ne sais plus. C'est alors que Joyce a pris la parole pour dire qu'elle avait un jour vu commettre un meurtre.

— Elle s'en vantait ? C'est en tout cas l'impression que vous me donnez.

— C'est l'impression que Mme Oliver a eue également. Oui, elle s'en glorifiait.

— Ce n'était pas forcément vrai.

— Non, certainement pas, lui accorda Poirot.

— Les enfants inventent souvent de ces histoires quand ils veulent attirer l'attention. D'un autre côté, cela pouvait refléter la vérité. C'est ce que vous pensez ?

— Je n'en sais rien, répondit Poirot. Une enfant se vante d'avoir été témoin d'un meurtre. Quelques heures plus tard à peine, cette enfant est morte. Il faut reconnaître qu'il y a des raisons de penser qu'il pourrait y avoir là – l'idée est peut-être tirée par les cheveux – une relation de cause à effet. Dans ce cas, tout ce qu'on peut dire c'est que l'assassin n'a pas perdu de temps.

— Il n'y a pas de doute, approuva Spence. Il y avait combien de personnes présentes au moment où la fillette a fait sa déclaration au sujet du meurtre, vous le savez ?

— Mme Oliver estime qu'il devait y en avoir quatorze ou quinze, peut-être un peu plus. Cinq ou six enfants, cinq ou six adultes qui préparaient les attractions. Mais pour plus de précisions, je vais devoir m'en remettre à vous.

— Eh bien, ce sera assez facile, déclara Spence. Je ne peux pas vous dire ça de but en blanc, mais je peux aisément obtenir ce renseignement auprès des gens du village. Quant à la soirée elle-même, j'en sais déjà pas mal. Dans l'ensemble, une majorité de femmes. Les pères assistent rarement aux soirées enfantines, mais ils viennent y jeter un coup d'œil ou chercher les enfants pour les ramener à la maison. Le Dr Ferguson était présent, le vicaire aussi. Sinon, des mères, des tantes, des assistantes sociales, deux professeurs de l'école. Oh ! je pourrai vous en donner la liste. Et environ quatorze enfants, de dix ans à l'adolescence.

— Et parmi eux, vous pourrez m'indiquer les candidats les plus sérieux ?

— Cela va être maintenant plutôt dur, si ce que vous pensez est juste.

— C'est-à-dire que vous ne cherchez plus un détraqué sexuel, mais quelqu'un qui a commis un meurtre, s'en est sorti, convaincu qu'il ne pourrait jamais être découvert, et qui a soudain reçu le choc de son existence.

— Béni soit Dieu si je peux imaginer de qui il s'agit, avoua Spence. Je n'aurais jamais pensé qu'il pouvait y avoir un criminel parmi nous. Et encore moins quelqu'un d'aussi extraordinaire qu'un meurtrier.

— Il y a partout de possibles meurtriers ou, dirons-nous, d'impossibles meurtriers, mais meurtriers quand même. Car les meurtriers impossibles sont des gens que l'on n'a pas tendance à soupçonner. Les preuves contre eux sont presque inexistantes et ce doit être un coup violent pour un individu pareil d'apprendre comme ça que quelqu'un a été témoin de son crime.

— Pourquoi Joyce n'a-t-elle rien dit à l'époque ? C'est ce que j'aimerais savoir. A-t-elle été contrainte au silence, menacée par quelqu'un ? C'était trop risqué, sans doute.

— Non, répondit Poirot. D'après Mme Oliver, c'est parce qu'elle n'avait pas compris alors qu'il s'agissait d'un meurtre.

— Oh ! ça, c'est difficile à croire, protesta Spence.

— Pas tellement, répliqua Poirot. Il s'agit d'une fillette de treize ans qui se remémore un drame auquel elle a assisté dans le passé, nous ne savons pas au juste quand. Peut-être trois ou quatre ans auparavant. Elle n'avait pas compris alors la vraie signification de ce qu'elle voyait. Cela pourrait s'appliquer à un tas de choses, mon ami. Un accident de la circulation par exemple. Une voiture serait allée droit sur une personne qu'elle aurait blessée, ou tuée. Une enfant pourrait très bien ne pas se rendre compte sur le moment que le chauffeur a agi de façon délibérée. Mais un ou deux ans plus tard, quelqu'un aura dit quelque chose, ou elle aura vu ou entendu quelque chose qui aura remué des souvenirs et elle se sera dit : « A, ou B, ou X l'a fait exprès ! Ce n'était pas un accident, mais bien un meurtre ! » Et il y a encore mille autres variantes. Dont certaines, je le reconnais, suggérées par mon amie, Mme Oliver, laquelle a toujours pour le moins dix solutions au moindre problème, pas toutes très vraisemblables mais toutes vaguement possibles. Des comprimés ajoutés à une tasse de thé. Approximativement ce genre de choses. Une poussée dans un endroit dangereux. Vous n'avez pas de falaises, par ici... Pour appuyer ce genre de théories, c'est bien dommage. Oui, je pense que les possibilités sont innombrables. Il se pourrait que la fillette ait lu une histoire policière qui lui ait rappelé l'événement. Un événement qui l'aurait intriguée, à l'époque, si bien qu'en lisant cette histoire elle se serait dit : « Ça pourrait bien s'être passé comme ci et comme ça. Je me demande si il – ou elle – l'a vraiment fait exprès ? » Non, les possibilités ne manquent pas.

— Et vous êtes venu ici les vérifier ?

— Il en irait de l'intérêt général, non ?

— Or, nous nous devons, vous et moi, de faire preuve de civisme, n'est-ce pas ?

— Vous pouvez pour le moins me donner des renseignements, conclut Poirot. Vous connaissez les gens, ici.

— Je ferai de mon mieux. Et je vais embringuer Elspeth. Ma chère sœur sait pratiquement tout sur tout le monde.

6

Satisfait, Poirot prit congé du commissaire.

Il obtiendrait les renseignements qu'il désirait, cela ne faisait aucun doute. Il avait éveillé l'intérêt de Spence, et celui-ci, une fois lancé, n'était pas homme à renoncer. En sa qualité de retraité de haut rang de la police criminelle, il avait dû se faire des amis dans la police locale.

Et maintenant – Poirot consulta sa montre – il avait rendez-vous avec Mme Oliver, dans exactement dix minutes, devant une maison dénommée Les Pommiers. Nom qui paraissait singulièrement approprié.

Décidément, songea Poirot, impossible d'échapper aux pommes. Rien de meilleur qu'une pomme anglaise juteuse, et pourtant, ici, les pommes se trouvaient associées à des manches à balais, à des sorcières, à de vieilles traditions folkloriques et au meurtre d'une enfant.

En suivant la route qu'on lui avait indiquée, Poirot arriva à la minute près devant une maison de brique rouge, de style georgien, entourée d'une haie de hêtres bien taillée et d'un charmant jardin que l'on apercevait derrière.

Poirot souleva le loquet de la grille en fer, sur laquelle un panneau peint indiquait « Les Pommiers », et la poussa. Une allée conduisait à la porte d'entrée. Comme un de ces automates qui surgissent des horloges suisses, Mme Oliver apparut sur le seuil.

— Vous êtes d'une ponctualité absolue, dit-elle, essoufflée. Je vous guettais par la fenêtre.

Poirot referma soigneusement la grille derrière lui. À chaque fois qu'il se trouvait en présence de Mme Oliver, que ce soit ou non par hasard, presque immédiatement intervenait une pomme. Ou bien il la trouvait en train d'en manger une, ou bien elle venait d'en manger une – témoin un trognon niché sur le promontoire que formait son sein généreux –, ou encore elle en transportait un sac plein. Mais ce jour-là, point de pomme à l'horizon. Parfait, pensa Poirot, approbateur. Il aurait été de très mauvais goût de mâchonner une pomme ici, sur la scène de ce qui avait été non seulement un crime, mais une tragédie. Car la mort subite d'une enfant de treize ans, qu'était-ce d'autre ? Y penser lui faisait horreur, et parce qu'il avait horreur d'y penser, il allait y penser jusqu'à ce que la lumière se fasse et qu'il voie clairement ce qu'il était venu voir.

— Je ne comprends pas pourquoi vous ne voulez pas venir vous installer chez Judith Butler plutôt que de rester à vous morfondre dans une pension de dernier ordre.

— Parce que je préfère rester à l'écart pour me livrer en paix à mes divers examens, répondit Poirot.

— Je ne vois pas comment vous pourrez rester à l'écart, répliqua Mme Oliver. Vous serez bien obligé de voir tout le monde, non ? Et de parler à tout un chacun ?

— C'est indubitable.

— Qui avez-vous déjà vu ?

— Mon ami, le commissaire Spence.

— Comment est-il à présent ?

— Beaucoup plus vieux qu'il n'était autrefois.

— Évidemment, répliqua Mme Oliver, à quoi vous attendiez-vous ? Il entend ? Il voit ? Il a grossi ? Maigri ?

— Il a perdu un peu de poids tout en prenant du ventre, dit Poirot tout en réflechissant. Il porte des lunettes pour lire. Je ne le crois pas sourd, je n'ai rien remarqué qui puisse le trahir dans ce domaine.

— Et que pense-t-il de tout ça ?

— Vous brûlez les étapes, lui reprocha Poirot.

— Qu'avez-vous l'intention de faire au juste, vous et lui ?

— J'ai établi ma programmation. J'ai commencé par lui demander de me procurer des renseignements qu'il me serait difficile d'obtenir autrement.

— Vous voulez dire que la police d'ici va copiner avec lui et lui communiquer ses informations ?

— Oh, je ne le formulerais pas exactement de cette façon mais, oui, c'est un peu comme ça que je le conçois.

— Et après ?

— Je suis aussitôt venu à vous, chère madame. Il faut que je voie où se sont déroulés les événements.

Mme Oliver tourna la tête et contempla la façade des Pommiers.

— Ce n'est vraiment pas le genre de maison à abriter un meurtre, n'est-ce pas ?

« Décidément, quel instinct infaillible cette femme peut avoir ! » s'émerveilla Poirot.

— Non, acquiesça-t-il, ce n'est pas du tout le genre. Et maintenant, après avoir vu où, je vais aller avec vous voir la mère de la petite victime. J'écouterai ce qu'elle a à me dire. Mon ami Spence va me prendre un rendez-vous cet après-midi avec l'inspecteur local. J'aimerais aussi parler au médecin du lieu. Et si possible à la directrice de l'école. À 18 heures, thé et saucisses chez mon ami Spence avec sa sœur, et nous discuterons.

— Vous croyez qu'il pourra vous en dire plus ?

— Je tiens surtout à voir sa sœur. Elle vit ici depuis plus longtemps que lui. C'est à la mort de son mari qu'il est venu la rejoindre. Elle doit connaître tout le monde.

— Vous savez à quoi vous me faites penser ? lança Mme Oliver. À un ordinateur. Vous vous programmez vous-même. C'est bien comme ça que ça s'appelle ? Vous ingurgitez toutes sortes de données tout au long de la journée et vous attendez de voir ce qui va en sortir ensuite.

— Ce n'est pas bête du tout ce que vous dites là, remarqua Poirot, intéressé par l'idée. Oui, oui, je joue le rôle de l'ordinateur. On lui fournit les informations...

— Et supposons que les réponses obtenues soient toutes fausses ?

— C'est impossible de la part d'un ordinateur, répliqua Hercule Poirot.

— En principe, oui, riposta Mme Oliver, mais si vous saviez ce qui arrive parfois ! « L'erreur est humaine », dit le proverbe, mais l'erreur d'un humain n'est que broutille au regard de ce dont est capable un ordinateur quand il s'y met. Venez, entrons, allons voir Mme Drake.

Mme Drake n'était pas n'importe qui, se dit Poirot. Grande et belle femme dans la quarantaine, cheveux blonds légèrement striés de gris, yeux bleus et brillants, elle respirait l'efficacité jusqu'au bout des ongles. Les soirées qu'elle organisait ne pouvaient être que réussies.

Un plateau avec du café et des biscuits les attendait dans le salon.

Les Pommiers était une maison admirablement tenue. Jolis meubles, tapis d'excellente qualité, le tout soigneusement ciré et astiqué. Rien de ce qui s'y trouvait n'offrait un intérêt particulier mais on ne s'y attendait pas non plus et on ne le remarquait pas. Les rideaux et les tapisseries étaient de couleurs agréables mais conventionnelles. On aurait pu louer la maison meublée à tout instant, et moyennant un gros loyer, sans avoir à en retirer des trésors ou à changer quoi que ce soit à la disposition du mobilier.

Mme Drake souhaita la bienvenue à Mme Oliver et à Poirot sans montrer le moins du monde la profonde contrariété que Poirot ne pouvait s'empêcher de subodorer chez elle : quelle humiliation que d'être l'organisatrice d'une manifestation sociale au cours de laquelle un acte aussi anti-social qu'un meurtre avait été commis ! En tant que membre éminent de la communauté de Woodleigh Common, elle devait avoir la pénible impression de ne pas s'être montrée à la hauteur. Ce qui était arrivé n'aurait pas dû se produire. À quelqu'un d'autre, chez quelqu'un d'autre, d'accord. Mais lors d'une soirée enfantine organisée par elle, donnée par elle, rien de tel n'aurait dû avoir lieu. Elle aurait dû veiller à ce que cela n'ait pas lieu. Et Poirot la soupçonnait également de se creuser la tête, avec irritation, à la recherche d'une explication. D'une raison. Pas tellement d'une raison pour le meurtre. Ce qu'elle cherchait surtout à découvrir, et à stigmatiser, c'était par quelle aberration l'une au moins des personnes qui étaient venues l'aider – ah ! ces gens inorganisés, qui ne perçoivent rien et ne comprennent rien à rien – n'avait pas pressenti à temps qu'un tel événement pouvait survenir.

— Monsieur Poirot, dit Mme Drake d'une voix dont la clarté aurait fait merveille au cours d'une soirée de lecture à la salle polyvalente, je suis si heureuse que vous ayez pu venir jusqu'à nous ! Mme Oliver m'a dit de quelle inestimable valeur serait votre aide dans ces terribles circonstances.

— Soyez assurée, chère madame, que je ferai de mon mieux. Mais l'expérience que vous semblez posséder de la vie doit bien vous faire entrevoir que l'affaire s'annonce difficile.

— Difficile ? répéta Mme Drake. Bien sûr que ce sera difficile. Qu'un tel drame ait pu se produire, cela paraît incroyable, absolument in-cro-ya-ble. La police doit savoir quelque chose, non ? L'inspecteur Raglan jouit ici d'une très bonne réputation. Doivent-ils ou non faire appel à Scotland Yard, je n'en sais rien. J'ai dans l'idée que la mort de cette pauvre enfant tient à des causes purement locales. Je n'ai pas besoin de vous dire, monsieur Poirot – après tout, vous devez lire comme moi les journaux –, qu'il y a eu de nombreuses victimes chez les enfants dans nos campagnes. Il semble que cela devienne de plus en plus fréquent. Le nombre des déséquilibrés ne fait que croître, mais il faut dire aussi qu'en général, les mères et les familles veillent de plus en plus mal sur leurs enfants. Ceux-ci rentrent de l'école tout seuls, tard le soir, dans l'obscurité, et s'y rendent tôt le matin tout seuls, également dans l'obscurité. Et vous avez beau les mettre en garde, les enfants sont malheureusement assez stupides pour accepter de monter, quand on le leur propose, dans une belle voiture. Ils ne se méfient de personne. Il n'y a rien à faire à ça.

— Mais ce qui est arrivé, madame, est d'une tout autre nature.

— Oh ! je sais, je sais. C'est pourquoi j'ai usé du terme « incroyable ». Je n'arrive toujours pas à y croire. Rien n'avait été laissé au hasard. Tout avait été bien organisé. Tout se déroulait à la perfection, conformément au plan prévu. Cela paraît absolument inimaginable. Personnellement, j'estime qu'il doit y avoir eu ce que j'appellerai une intervention extérieure. Quelqu'un sera entré dans la maison – ce qui n'était pas bien dur étant donné les circonstances –, quelqu'un de profondément déséquilibré, du genre de ceux qu'on laisse sortir des asiles pour la simple raison qu'on n'a plus assez de place pour eux. De nos jours, il faut sans arrêt pouvoir accueillir de nouveaux malades. N'importe quel détraqué qui aurait regardé par la fenêtre aurait pu voir qu'il se déroulait ici une fête enfantine, et ce pauvre malheureux – si toutefois on peut éprouver de la pitié pour ces gens-là, ce que pour ma part je trouve souvent très difficile – aura, d'une façon ou d'une autre, attiré l'enfant à lui pour la tuer. On ne s'imagine jamais que cela puisse arriver, mais cela arrive...

— Peut-être pourriez-vous me montrer où...

— Bien entendu. Encore un peu de café ?

— Non, merci.

Mme Drake se leva.

— La police a l'air de penser que cela s'est passé pendant le jeu des raisins, qui se déroulait dans la salle à manger.

Elle traversa le vestibule, ouvrit une porte et, à la manière d'un guide faisant visiter une maison historique à un car de touristes, leur montra la grande table et les épais rideaux de velours.

— Il faisait sombre ici, bien sûr, à l'exception du plat où flambaient les raisins. Et maintenant...

Dans le hall, elle ouvrit une autre porte qui donnait sur une pièce où se trouvaient des fauteuils, des rayonnages remplis de livres et des gravures représentant des scènes de chasse.

— La bibliothèque, déclara Mme Drake en frissonnant légèrement. La bassine était ici. Sur une feuille de plastique, naturellement...

Mme Oliver n'était pas entrée. Elle était restée dans le hall.

— Je ne peux pas, avait-elle murmuré à Poirot. Cela me rappelle trop de moments pénibles et...

— Il n'y a rien à voir maintenant, remarqua Mme Drake. Je vous montre simplement l'endroit où cela s'est passé, comme vous me l'avez demandé.

— Il y avait de l'eau, j'imagine, fit observer Poirot... beaucoup d'eau.

— Il y avait de l'eau plein la bassine, bien entendu, répondit Mme Drake.

Le regard qu'elle jeta à Poirot révélait qu'elle doutait qu'il ait tous ses esprits.

— Et il y avait de l'eau sur le plastique. Si quelqu'un a enfoncé la tête de l'enfant sous l'eau, il a dû en éclabousser beaucoup tout autour.

— Oh ! oui. Même pendant le jeu, il a fallu remplir la bassine une ou deux fois.

— Alors, la personne qui a fait ça... cette personne aurait dû être mouillée, elle aussi ?

— Oui, oui, sans doute.

— On n'a rien remarqué de pareil ?

— Non, non, l'inspecteur m'a déjà demandé ça. À la fin de la soirée, comprenez-vous, tout le monde ou presque était un peu échevelé, trempé ou couvert de farine. Je ne pense pas qu'on puisse trouver là un indice. C'est d'ailleurs l'avis de la police.

— En effet. Le seul indice, c'est l'enfant elle-même. Je compte sur vous pour me dire tout ce que vous savez sur elle.

— Sur Joyce ?

Mme Drake semblait un peu éberluée. Comme si Joyce était maintenant tellement loin de ses préoccupations qu'elle était stupéfaite qu'on lui en parle.

— La victime est toujours importante, expliqua Poirot. La victime, voyez-vous, est bien souvent la cause du crime.

— Eh bien, sans doute, oui, je vois ce que vous voulez dire, déclara Mme Drake qui, de toute évidence, ne le voyait pas du tout. Voulez-vous que nous retournions au salon ?

— Et là vous me raconterez tout ce que vous savez sur Joyce.

Ils s'installèrent de nouveau dans le salon.

Mme Drake semblait désormais mal à l'aise.

— Je ne sais vraiment pas ce que vous attendez de moi, monsieur Poirot. Vous pouvez obtenir tous les renseignements que vous désirez auprès de la police ou de la mère de Joyce. La pauvre, ce sera très douloureux pour elle, évidemment, mais...

— Mais ce que je veux n'a rien à voir avec l'opinion d'une mère sur sa fille décédée. Je veux l'opinion sereine et impartiale de quelqu'un qui a une bonne connaissance de la nature humaine. Vous, madame, avez participé ici à de nombreuses activités sociales – mondaines, si vous préférez. Je suis certain que personne n'est plus apte que vous à juger avec justesse du caractère et des dispositions de quelqu'un.

— C'est un peu difficile. Les enfants de cet âge – elle avait treize ans, je crois, douze ou treize ans – se ressemblent tous plus ou moins.

— Alors, là, non, sûrement pas, répliqua Poirot. Ils ont des dispositions, des caractères tout à fait différents. Vous l'aimiez bien ?

— Eh bien, naturellement, je... oui, je l'aimais bien, répondit-elle embarrassée. C'est-à-dire... j'aime tous les enfants. Comme la plupart des gens.

— Ah ! mais c'est que je ne suis de nouveau pas du tout d'accord avec vous, riposta Poirot. Il y a des enfants que je trouve très antipathiques.

— En effet, je reconnais qu'ils ne sont plus très bien élevés, de nos jours. On compte sur l'école pour tout et, évidemment, on les laisse faire leurs quatre volontés. Ils choisissent eux-mêmes leurs amis et... euh... oh ! vraiment, monsieur Poirot.

— Était-elle sympathique ou non, cette enfant ? insista Poirot.

Mme Drake lui lança un regard réprobateur.

— Il ne faut pas oublier, monsieur Poirot, que la pauvre petite est morte !

— Morte ou vivante, c'est important. Si elle avait été sympathique, peut-être que personne n'aurait songé à la tuer, mais si elle ne l'était pas, quelqu'un pouvait désirer la tuer, et l'a effectivement tuée...

— Eh bien, je suppose... Ce n'est sûrement pas un problème de sympathie, n'est-ce pas ?

— Ça pourrait l'être. Si j'ai bien compris, elle a prétendu avoir vu commettre un meurtre.

— Oh, ça ! fit Mme Drake d'un ton méprisant.

— Vous n'avez pas pris cette déclaration au sérieux ?

— Certainement non. C'était stupide de dire ça.

— Comment en était-elle venue à le raconter ?

— Je crois que la présence de Mme Oliver les avait tous un peu survoltés. Vous êtes très célèbre, vous savez, ma chère Ariadne.

Le mot « chère » ne donnait pas l'impression d'avoir été employé avec enthousiasme.

— Je ne pense pas qu'ils auraient abordé le sujet autrement, mais les enfants étaient excités à l'idée de rencontrer une romancière connue.

— Ainsi Joyce a dit qu'elle avait vu commettre un meurtre, répéta Poirot, songeur.

— Oui, elle a dit quelque chose de ce genre. Je n'écoutais pas vraiment.

— Mais vous vous rappelez qu'elle l'a dit ?

— Oh ! oui. Mais je ne l'ai pas crue. Sa sœur l'a fait taire aussitôt, de belle manière.

— Ce qui l'a fâchée, n'est-ce pas ?

— Oui, elle a continué à soutenir que c'était vrai.

— En fait, elle s'en vantait ?

— Oui, on peut le voir comme ça.

— Cela aurait pu être vrai, j'imagine, reprit Poirot.

— Ridicule ! Je n'en crois pas un mot, affirma Mme Drake. C'est le genre d'idioties que Joyce était capable d'inventer.

— Parce qu'elle était stupide ?

— Oh, c'était une fille qui cherchait à épater son monde. Elle voulait toujours en avoir vu plus, ou fait plus que les autres.

— Ce n'est pas un trait de caractère particulièrement charmant.

— Non, en effet, lui accorda Mme Drake. Il fallait tout le temps la remettre à sa place.

— Et les autres enfants présents ? Ils ont été impressionnés ?

— Ils se sont moqués d'elle, répondit Mme Drake. Alors, ça l'a fâchée encore davantage.

— Bien, déclara Poirot en se levant, je suis heureux que vous m'ayez confirmé ce point. Au revoir, madame, ajouta-t-il en s'inclinant courtoisement, merci de m'avoir permis de voir l'endroit où a eu lieu ce très déplaisant événement. J'espère que ma visite n'a pas ravivé en vous trop de mauvais souvenirs.

— Bien sûr, convint Mme Drake, c'est réellement très douloureux de se rappeler une chose pareille. Je souhaitais tellement que notre petite soirée soit un succès ! Et c'était un succès, en vérité, tout le monde semblait s'amuser beaucoup jusqu'à ce que survienne cet affreux contretemps. Quoi qu'il en soit, tout ce qu'on peut faire c'est essayer de l'oublier. Évidemment, c'est bien malheureux que Joyce ait fait cette stupide allusion à un meurtre auquel elle aurait assisté.

— Avez-vous jamais entendu parler d'un meurtre à Woodleigh Common ?

— Pas que je m'en souvienne, rétorqua Mme Drake d'un ton ferme.

— À notre époque, où la criminalité ne fait que croître, remarqua Poirot, cela semble un peu étonnant, non ?

— Un chauffeur de camion a bien tué un jour un de ses camarades – une histoire de ce genre – et on a retrouvé une fillette enterrée dans une carrière, à vingt-cinq kilomètres d'ici, mais ça s'est passé il y a des années. Des crimes sordides et sans intérêt. Imputables à la boisson, sans doute.

— En tout cas, il est improbable que ce soit le genre de meurtres auxquels aurait assisté une gamine de douze ou treize ans.

— Tout à fait improbable, à mon avis. Et je peux vous assurer, monsieur Poirot, que la déclaration qu'avait faite cette fillette n'avait pour but que d'impressionner ses camarades, et peut-être d'attirer l'attention d'une célébrité, ajouta-t-elle avec un regard peu aimable pour Mme Oliver.

— Si je comprends bien, c'est ma présence à cette soirée qui a été la cause de tout, fulmina Mme Oliver.

— Oh ! bien sûr que non, ma chère Ariadne, ce n'est absolument pas ce que j'ai voulu dire.

En partant, accompagné de Mme Oliver, Poirot soupira.

— Un cadre bien mal choisi pour un meurtre, fit-il observer en se dirigeant vers la grille. Aucune atmosphère, pas de tragédie dans l'air, pas de personnage qui mérite la mort... bien que je ne puisse m'empêcher de penser que, de temps à autre, il doit bien se trouver quelqu'un pour avoir envie d'étrangler Mme Drake.

— Je vous comprends. Elle est parfois exaspérante. Tellement contente d'elle, tellement suffisante !

— À quoi ressemble son mari ?

— Oh ! elle est veuve. Son mari est mort il y a un an ou deux. Il était infirme depuis des années des suites de la polio. Je crois qu'il était banquier, à l'origine. Très féru de sport et de compétitions, il avait durement ressenti d'avoir à abandonner tout ça.

— Oui, sûrement. Mais dites-moi, reprit-il, revenant à la petite Joyce, n'y a-t-il eu personne pour prendre au sérieux ses affirmations à propos du meurtre ?

— Je ne sais pas. Il ne me semble pas.

— Les autres enfants, par exemple ?

— C'est à eux que je pensais. Non, je ne crois pas qu'ils aient ajouté foi à ce que disait Joyce. Ils semblaient persuadés qu'elle avait inventé ça de toutes pièces.

— C'était votre opinion aussi ?

— Eh bien, oui, acquiesça Mme Oliver. Évidemment, ajouta-t-elle, Mme Drake aimerait faire comme si ce meurtre n'avait jamais eu lieu, mais elle ne peut vraiment pas aller si loin, non ?

— Je comprends bien que cela doit être très pénible pour elle.

— En un sens, certainement, répondit Mme Oliver, mais vous savez, je parierais qu'elle est maintenant enchantée d'en parler. Elle ne refoule pas tout.

— Vous l'aimez bien ? demanda Poirot. Vous la trouvez sympathique ?

— Vous posez de ces questions ! Vraiment embarrassantes. On dirait que la seule chose qui vous intéresse, c'est de savoir si les gens sont sympathiques ou non. Rowena Drake est du genre autoritaire, elle aime tout mener à la baguette, les choses comme les gens. Elle dirige plus ou moins le village, à mon avis. Mais avec une remarquable efficacité. Tout dépend si vous aimez ou non les femmes autoritaires. Moi, pas tellement...

— Et la mère de Joyce, que nous allons voir maintenant ?

— Elle, elle est très sympathique. Mais elle n'a pas inventé la poudre, si vous voulez mon avis. Je suis désolée pour elle. C'est horrible de voir sa fille assassinée. Et comme tout le monde ici pense qu'il s'agit d'un crime sexuel, c'est encore plus affreux.

— On n'a pourtant rien trouvé qui indiquerait le viol, si j'ai bien compris ?

— Non, mais on se plaît à l'imaginer. C'est d'autant plus excitant. Vous savez bien comment sont les gens.

— On croit le savoir, oui, mais parfois... on ne le sait pas du tout.

— Est-ce qu'il ne vaudrait pas mieux que ce soit mon amie Judith Butler qui vous accompagne chez Mme Reynolds ? Elle la connaît très bien alors que je lui suis totalement étrangère.

— Non, nous nous en tiendrons à ma programmation.

— L'ordinateur obéit à sa banque de données, murmura Mme Oliver, révoltée.

7

Mme Reynolds était l'antithèse de Mme Drake. Rien de suffisant ne se manifestait ni ne se manifesterait sans doute jamais chez elle.

Elle était conventionnellement habillée de noir, serrait dans sa main un mouchoir trempé et était visiblement prête à éclater en sanglots à la première occasion.

— C'est très gentil de votre part, pour sûr, dit-elle à Mme Oliver, d'avoir amené un ami à vous pour nous aider.

Elle mit une main mouillée dans celle de Poirot et le dévisagea, sceptique :

— S'il peut vraiment nous aider, je lui en serai, pour sûr, très reconnaissante, bien que je voie mal ce qu'il est possible de faire. Rien ne me ramènera ma pauvre enfant. C'est horrible d'y penser. Comment peut-on tuer quelqu'un d'aussi jeune ? Si seulement elle avait crié... Mais je suppose qu'il lui a tout de suite enfoncé la tête dans l'eau et qu'il la lui a maintenue au fond... Oh ! ça me rend folle rien que d'y penser, ça me rend complètement folle !

— Je vous assure, madame, que je mesure votre douleur et que je ne voudrais en rien l'augmenter. Je souhaiterais tout au plus vous poser quelques questions susceptibles de me guider... de me guider jusqu'à l'assassin de votre fille. Vous-même, vous n'avez aucune idée, je suppose, de qui cela pourrait être ?

— Comment pourrais-je en avoir une idée ? J'aurais juré qu'il n'y avait personne... personne de ceux qui vivent ici, j'entends. C'est un endroit si charmant ! Et les gens d'ici sont également si charmants ! Je pense qu'il s'agit de quelqu'un... d'un abominable individu qui sera entré par la fenêtre. Il avait peut-être pris de la drogue ou une autre chose. Il aura vu de la lumière et qu'on donnait une réception, alors il se sera invité.

— Vous êtes sûre que l'agresseur était un homme ?

— Oh ! ce n'est pas possible autrement, répondit Mme Reynolds, stupéfaite. Pour sûr que c'en était un. Ça n'aurait quand même pas pu être une femme, non ?

— Une femme en aurait eu la force.

— Oh, je vois ce que vous voulez dire. Vous pensez que, de nos jours, les femmes sont beaucoup plus athlétiques. Mais elles ne feraient jamais une chose comme ça, pour sûr. Joyce n'était qu'une gamine... treize ans...

— Je ne veux pas vous tourmenter en restant ici trop longtemps, madame, ou en vous posant des questions trop difficiles. De cela, la police s'occupe déjà et je ne veux pas vous torturer en remuant des faits douloureux. Je m'intéresse juste à une remarque que votre fille a faite ce soir-là. Vous n'étiez pas présente, je crois ?

— Non. Je n'étais pas très en forme, ces derniers temps, et les soirées enfantines sont en général terriblement fatigantes. Je les ai accompagnés en voiture et je suis retournée les chercher. Les trois enfants y sont allés ensemble, vous savez. Ann, l'aînée – elle a seize ans – et Léopold, qui va en avoir onze. Que voulez-vous savoir à propos de ce qu'aurait dit Joyce ?

— Mme Oliver, qui était présente, vous répétera exactement les paroles de votre fille. Elle a dit, si j'ai bien compris, qu'elle aurait assisté un jour à un meurtre.

— Joyce ? Oh ! elle ne peut pas avoir dit une chose pareille. À quel meurtre aurait-elle bien pu assister ?

— Tout le monde a en effet pensé que c'était plutôt invraisemblable, répliqua Poirot. Je me demandais seulement si vous aussi vous trouveriez cela invraisemblable. Vous a-t-elle jamais parlé d'un événement de ce genre ?

— D'avoir assisté à un meurtre ? Joyce ?

— N'oubliez pas que le mot meurtre a pu être utilisé, par quelqu'un de l'âge de Joyce, de façon imprécise. Il aurait pu être simplement question de quelqu'un qui aurait été renversé par une voiture, ou d'enfants se battant et dont l'un aurait poussé l'autre dans une rivière ou par-dessus le parapet d'un pont. Il aurait pu s'agir d'un acte involontaire qui aurait mal tourné.

— Eh bien, je ne me rappelle rien de pareil que Joyce aurait pu voir, et ce qu'il y a de certain, c'est qu'elle ne m'en a jamais parlé. Elle devait plaisanter.

— Elle était très affirmative, intervint Mme Oliver. Elle a persisté à dire que c'était vrai et qu'elle l'avait vu.

— Est-ce que quelqu'un l'a crue ? demanda Mme Reynolds.

— Je ne sais pas, répondit Poirot.

— Je ne pense pas, dit Mme Oliver, ou alors, ils ne voulaient peut-être pas... euh... enfin, l'encourager en lui disant qu'ils la croyaient.

— Ils avaient plutôt envie de se moquer d'elle et l'accusaient d'avoir tout inventé, déclara Poirot, plus brutal que Mme Oliver.

— Eh bien, ce n'était pas très gentil de leur part, dit Mme Reynolds, offusquée. Comme si Joyce avait pour habitude de raconter des histoires de ce genre !

Elle était rouge d'indignation.

— Je sais. Cela paraît impossible, lui accorda Poirot. Il serait plus vraisemblable, n'est-ce pas, qu'elle ait commis une erreur, qu'elle ait vu quelque chose qu'elle ait interprété comme pouvant être un meurtre. Un accident, par exemple.

— Elle m'en aurait parlé si ça avait été le cas, non ? répliqua Mme Reynolds, toujours indignée.

— Justement, reprit Poirot. Ne vous aurait-elle rien dit dans le passé ? Vous auriez pu oublier. Surtout si c'était sans importance.

— Mais à quel moment ?

— Nous n'en savons rien, c'est bien là que réside la difficulté. Il y a trois semaines... ou il y a trois ans. Elle a dit qu'elle « n'était encore qu'une gamine » à l'époque. Qu'est-ce qu'une fillette de treize ans considère comme une gamine ? Il ne s'est rien passé d'extraordinaire ici, que vous vous rappeliez ?

— Je ne pense pas. Évidemment, on entend des choses, ou on en lit dans les journaux. Des histoires de femmes qui se font attaquer, ou d'une fille avec son amant, des choses comme ça. Mais rien d'important, rien qui ait particulièrement intéressé Joyce.

— Mais puisque Joyce a affirmé avoir vu un meurtre, pensez-vous qu'elle y croyait ?

— Elle ne l'aurait pas dit si elle ne l'avait pas cru, n'est-ce pas ? Elle a dû mal interpréter quelque chose...

— Oui, c'est possible... Pourrais-je parler avec vos deux enfants, qui étaient présents à la soirée ?

— Naturellement, quoique je ne voie pas ce que vous pouvez attendre d'eux. Ann est là-haut, à faire ses devoirs, et Léopold est dans le jardin, en train d'assembler un modèle réduit d'avion.

Léopold était un bon gros garçon à la bouille rubiconde, tout entier absorbé, semblait-il, dans ses tâches mécaniques. Il lui fallut quelques minutes avant de pouvoir prêter attention aux questions qu'on lui posait.

— Tu étais là, n'est-ce pas, Léopold ? Qu'est-ce qu'a dit ta sœur ? Tu l'as bien entendu ?

— Oh ! à propos du meurtre ? bâilla-t-il d'un air de profond ennui.

— Oui, c'est bien ça, déclara Poirot. Elle a prétendu avoir vu un jour commettre un meurtre. Elle en a vraiment vu commettre un ?

— Non, bien sûr que non, répondit Léopold. Qui diable aurait été assassiné devant elle ? C'est bien d'elle, ça.

— Qu'est-ce que tu entends par « c'est bien d'elle » ?

— De se faire mousser, dit Léopold en tordant un fil de fer et en respirant bruyamment par le nez dans son effort de concentration. C'était une vraie débile. Elle aurait fait n'importe quoi pour se faire remarquer.

— Alors tu penses vraiment qu'elle avait inventé toute l'histoire ?

Léopold posa le regard sur Mme Oliver.

— Elle voulait sans doute vous épater. Vous écrivez des romans policiers, pas vrai ? Elle a dû imaginer ça pour que vous fassiez attention à elle et surtout pas aux autres.

— Ça aussi, ce serait bien d'elle, non ? remarqua Poirot.

— Bof ! elle était capable de dire n'importe quoi, confirma Léopold. Mais je parierais bien que personne ne l'a crue.

— Tu écoutais ? Et tu penses que personne ne l'a crue ?

— Je l'ai entendue le dire, mais je n'écoutais pas vraiment. Béatrice s'est moquée d'elle, et Cathy aussi. Elles ont dit : « Ce coup-ci, elle y va fort ! » ou un truc dans ce goût-là.

Il n'y avait guère plus à tirer de Léopold. Ils montèrent voir Ann. Celle-ci paraissait plus que ses seize ans. Elle était penchée sur sa table, entourée de livres ouverts.

— Oui, j'ai assisté à cette soirée, confirma-t-elle.

— Vous avez entendu votre sœur dire qu'elle avait vu commettre un meurtre ?

— Oh ! oui, je l'ai entendue. Mais je n'y ai pas prêté attention.

— Vous n'avez pas pensé que c'était vrai ?

— Bien sûr que ce n'était pas vrai. Il y a des siècles qu'il ne s'est pas commis de meurtre ici.

— Alors, pourquoi pensez-vous qu'elle ait dit ça ?

— Bah ! elle aime se faire remarquer. Je veux dire, elle aimait se faire remarquer. Un jour, elle a raconté une histoire insensée à propos d'un voyage qu'elle aurait fait en Inde. Mon oncle y était allé et elle prétendait y être allée avec lui. Il y a un tas de filles, à l'école, qui l'ont bel et bien crue.

— Ainsi vous ne vous rappelez rien qui ressemble à un meurtre, ici, dans les trois ou quatre dernières années ?

— Non, seulement le genre habituel, répondit Ann, je veux dire ceux qu'on lit tous les jours dans les journaux. Et qui ne se sont même pas passés à Woodleigh Common, mais sans doute à Medchester.

— À votre avis, Ann, qui a pu tuer votre sœur ? Vous deviez connaître ses amis. Est-ce que vous connaissez aussi quelqu'un qui ne l'aimait pas ?

— Je ne vois pas qui aurait pu vouloir la tuer. Quelqu'un de dérangé, sans doute. Personne d'autre n'aurait pu faire ça, non ?

— Elle ne s'était disputée avec personne ? Il n'y avait personne avec qui elle ne s'entendait pas ?

— Est-ce qu'elle avait un ennemi ? C'est ça ce que vous voulez savoir ? À mon avis, c'est idiot. On n'a pas d'ennemis. Il y a des gens qu'on n'aime pas, c'est tout.

Comme ils s'apprêtaient à partir, Ann ajouta :

— Je ne voudrais pas dire du mal de Joyce. Maintenant qu'elle est morte, ce ne serait pas gentil, mais c'était quand même la plus grande menteuse du monde. Je suis désolée de le dire, mais c'est la vérité.

— Avons-nous fait un pas de plus ? demanda Mme Oliver, comme ils sortaient de la maison.

— Pas le moindre, répondit Hercule Poirot. Ce qui est d'ailleurs très intéressant en soi, ajouta-t-il, songeur.

Mme Oliver n'avait pas du tout l'air d'accord avec lui.

8

Il était 18 heures. À la Crête du Pin, Poirot, qui venait d'avaler un morceau de saucisse, le fit suivre d'une gorgée de thé. Un thé fort mais, de l'avis de Poirot, singulièrement insipide. En revanche, la saucisse était délicieuse. Cuite à la perfection. Il jeta un regard louangeur à Mme McKay qui, derrière la théière, présidait le repas de l'autre côté de la table.

Elspeth McKay était aussi différente de son frère, le commissaire Spence, qu'il était possible de l'être. Là où il n'était que rondeurs, elle était anguleuse. Elle avait le visage fin et une vue du monde aiguisée. Elle était mince comme un fil, et pourtant il y avait entre eux une vague ressemblance. Dans les yeux surtout, et la ligne ferme des mâchoires. On pouvait se fier au jugement et au bon sens de l'un comme de l'autre, se disait Poirot. Ils ne l'exprimeraient pas de la même façon, mais c'était tout. Le commissaire Spence le ferait lentement et précautionneusement, après avoir dûment réfléchi. Mme McKay bondirait, rapide et brusque, comme le chat sur la souris.

— Tout ça dépend de la personnalité de cette Joyce Reynolds, déclara Poirot. C'est elle qui m'intrigue le plus.

Il jeta un regard interrogateur à Spence.

— Vous ne pouvez pas vous fier à moi, répondit Spence. Je n'ai pas vécu ici assez longtemps. Demandez plutôt à Elspeth.

Poirot tourna son regard interrogateur de l'autre côté de la table. Mme McKay y répliqua avec la vivacité et la brutalité qui semblaient être sa seconde nature :

— Je dirais que c'était une fieffée petite menteuse.

— Vous ne l'auriez jamais crue ?

Elspeth secoua fermement la tête.

— Non, en tout cas pas moi. Elle pouvait en inventer de vertes et de pas mûres et je vous prie de croire qu'elle les racontait bien. Mais non, encore une fois, je ne l'aurais jamais crue.

— Et, ses affabulations, elle les racontait pour se faire remarquer ?

— C'est ça. Ils vous ont parlé de l'histoire indienne, n'est-ce pas ? Beaucoup ont marché, vous savez. La famille s'était absentée pour les vacances. Ils étaient allés quelque part à l'étranger. Son père et sa mère, ou son oncle et sa tante, je ne sais plus lesquels, étaient partis pour l'Inde, et Joyce était revenue de ces vacances en racontant qu'ils l'avaient emmenée avec eux. Elle avait brodé là-dessus. Un maharajah, une chasse au tigre à dos d'éléphant... oh ! ça faisait plaisir à entendre et beaucoup de ceux qui l'écoutaient y croyaient. Mais moi j'ai toujours soutenu qu'elle fabulait. Au début, j'ai simplement pensé qu'elle exagérait. Mais son histoire embellissait de jour en jour. Il y avait de plus en plus de tigres, si vous voyez ce que je veux dire. Beaucoup plus de tigres qu'il n'en existera jamais. Et des éléphants aussi, pour couronner le tout. Ce n'était pas la première fois que je l'entendais raconter des histoires à dormir debout.

— Et toujours pour attirer l'attention ?

— Ah ! vous avez touché juste. Elle était championne pour ce qui est de se faire connaître.

— Ce n'est pas parce qu'une enfant raconte des histoires à propos d'un voyage qu'elle n'a jamais fait, intervint le commissaire Spence, qu'on est en droit de dire que toutes les histoires qu'elle raconte sont des mensonges.

— Peut-être, répliqua Elspeth, mais c'est quand même assez vraisemblable.

— Alors, si Joyce Reynolds a raconté qu'elle a vu commettre un meurtre, vous pensez qu'il doit s'agir d'un mensonge, que l'histoire n'est probablement pas vraie ?

— C'est ce que je pense, en effet, répondit Mme McKay.

— Tu pourrais te tromper, remarqua son frère.

— Oui. Tout le monde peut se tromper. Comme dans l'histoire du garçon qui a l'habitude de crier « Au loup ! Au loup ! » et quand arrive enfin un vrai loup, personne ne se dérange et le loup le mange.

— Ainsi, pour vous résumer...

— Je dirais que, selon toutes probabilités, ce n'était pas la vérité. Mais soyons honnête. Il se pourrait que cela soit vrai. Il se pourrait qu'elle ait vu quelque chose. Pas tout à fait autant que ce qu'elle prétend, mais quelque chose.

— Et alors on l'a tuée, insista le commissaire Spence. Il ne faut pas oublier ça, Elspeth. On l'a tuée.

— C'est malheureusement vrai, repartit Mme McKay, et c'est pourquoi je dis que je me suis peut-être trompée sur son compte. Si c'est le cas, j'en suis désolée. Mais demandez à n'importe qui la connaissant, il vous dira que le mensonge était chez elle une seconde nature. Et n'oubliez pas qu'elle se trouvait à une soirée, qu'elle était survoltée. Elle aura voulu faire impression.

— Effectivement, on ne l'a pas crue, remarqua Poirot.

Elspeth McKay hocha la tête, pleine de doute, elle aussi.

— Qui aurait-elle pu avoir vu tuer ? demanda Poirot.

Son regard alla du frère à la sœur.

— Personne, répondit Mme McKay avec assurance.

— Il a bien dû y avoir des morts, ici, ces trois dernières années ?

— Oh ! évidemment, dit Spence. Les morts auxquelles on s'attend : vieillards, malades, infirmes... à la rigueur un automobiliste à la suite d'un accident...

— Aucune mort inhabituelle ou inattendue ?

— Eh bien..., commença Elspeth d'un ton hésitant.

Spence coupa court.

— J'ai noté quelques noms sur ce papier, déclara-t-il en le tendant à Poirot. Cela vous évitera de faire le tour du village en posant des questions.

— Ce sont des victimes présumées ?

— N'exagérons rien. Disons, des victimes possibles.

Poirot lut tout haut :

— Mme Llewellyn-Smythe, Charlotte Benfield, Janet White, Lesley Ferrier...

Il s'arrêta et répéta le premier nom :

— Mme Llewellyn-Smythe.

— Ce n'est pas impossible, lui accorda Mme Mc Kay. Oui, vous pourriez tenir là quelque chose.

Et elle ajouta un mot qui sonnait comme « opéra ».

— Opéra ? répéta Poirot, surpris.

Il se demandait ce que l'opéra venait faire là-dedans.

— Elle est partie un soir, expliqua Elspeth, et on n'a plus jamais eu de ses nouvelles.

— Mme Llewellyn-Smythe ?

— Non, non, la fille opéra. Elle pouvait facilement mettre une substance quelconque dans ses médicaments. Et elle héritait de toute sa fortune, n'est-ce pas ? ... du moins c'est ce qu'elle pensait à l'époque.

Poirot jeta à Spence un regard interrogateur.

— Et on ne l'a plus revue depuis, reprit Mme McKay. Ces filles étrangères, elles sont toutes les mêmes.

Poirot comprit alors la signification du mot « opéra ».

— Une fille *au pair* ! traduisit-il.

— C'est ça. Elle vivait avec la vieille dame, et une semaine ou deux après sa mort, la fille au pair a disparu.

— À mon avis, elle est partie avec un homme, décréta Spence.

— Si c'est le cas, personne ne l'a jamais vu, remarqua Elspeth. Et pourtant, ce ne sont pas les commérages qui manquent par ici. En général, tout le monde sait qui sort avec qui.

— Est-ce que quelqu'un a pensé qu'il pouvait y avoir quelque chose d'anormal dans la mort de Mme Llewellyn-Smythe ? demanda Poirot.

— Non. Elle avait une maladie de cœur. Le médecin venait régulièrement la voir.

— Vous l'avez pourtant bien inscrite en tête de votre liste, n'est-ce pas, mon ami ?

— Eh bien, c'était une femme riche, très riche. Sa mort n'était pas inattendue, mais elle a été soudaine. Il me semble que le Dr Ferguson a été surpris, légèrement surpris mais quand même. Il s'attendait à la voir vivre plus longtemps, mais les médecins ont souvent de ces surprises. Elle n'était pas femme à obéir à toutes ses ordonnances. Elle n'en faisait qu'à sa tête. Ne serait-ce que parce qu'elle était passionnée de jardinage, ce qui n'a jamais arrangé les cœurs malades.

Elspeth prit la relève :

— Elle est venue ici quand son cœur a faibli. Avant, elle vivait à l'étranger mais elle a voulu se rapprocher de son neveu et de sa nièce, M. et Mme Drake. Elle a acheté la Maison de la Carrière, une grande maison victorienne, parce qu'elle allait avec une carrière abandonnée qui l'avait séduite et dont elle voulait tirer parti. Elle a dépensé des milliers de livres pour transformer cette carrière en un jardin en contrebas. Elle a fait venir un paysagiste de Wisley ou de par là pour l'aménager. Oh ! croyez-moi, sa réalisation vaut le coup d'œil.

— J'irai la voir, lui assura Poirot. Qui sait ? Elle me donnera peut-être des idées.

— Je n'y manquerais pas, à votre place. Ça vaut la peine d'être vu.

— Et vous dites qu'elle était riche ? demanda Poirot.

— C'était la veuve d'un puissant armateur. Elle avait énormément d'argent.

— Sa mort n'était pas inattendue étant donné l'état de son cœur, mais elle a été très soudaine, reprit Spence. Cela dit, personne n'a pensé qu'elle pouvait avoir une cause autre que naturelle. Crise cardiaque ou Dieu sait comment les médecins appellent ça. Quelque chose de coronarien.

— Il n'a pas été question d'une enquête quelconque ?

Spence secoua la tête.

— Ce n'est pas la première fois que ça arrive, remarqua Poirot. On recommande à une vieille femme de faire attention, de ne pas monter et descendre les escaliers, de ne pas se livrer à des séances de jardinage intensif, etc. Mais si vous avez affaire à une femme énergique, qui a été toute sa vie entichée de jardinage et n'en a jamais fait qu'à sa tête, elle ne prend pas toujours ces recommandations au sérieux.

— Très juste. Mme Llewellyn-Smythe – ou plutôt le paysagiste – a fait de cette carrière un paradis. Ils y ont travaillé trois ou quatre ans, tous les deux. Elle avait visité des jardins, je crois que c'était en Irlande, au cours d'un voyage organisé par la Caisse nationale des sites et des monuments historiques. Avec ces modèles en tête, ils ont grandement transformé l'endroit. Oh ! oui, il faut le voir pour le croire.

— Nous avons donc là une mort naturelle, résuma Poirot, certifiée comme telle par le médecin local. Est-ce le même qui exerce aujourd'hui ? Celui que je dois voir bientôt ?

— Le Dr Ferguson, oui. C'est un homme dans la soixantaine, compétent et très apprécié ici.

— Mais vous supposez que sa mort aurait pu être criminelle ? Pour quelles raisons, mis à part celles que vous m'avez déjà données ?

— La fille opéra, pour une chose, répondit Elspeth.

— Pourquoi ?

— Parce que c'est elle qui a dû fabriquer le testament. Qui aurait pu le faire, sinon elle ?

— Vous devez m'en dire plus. Qu'est-ce que c'est que cette histoire de testament fabriqué ?

— Eh bien, il y a eu du tapage au moment de l'homologation – ou Dieu sait comment vous appelez ça – du testament de la vieille dame.

— C'était un nouveau testament ?

— C'était ce qu'ils appellent un codi quelque chose... un codicille !

Elspeth jeta un coup d'œil à Poirot, qui fit un signe de tête affirmatif.

— Elle avait fait plusieurs testaments auparavant, intervint Spence. Tous plus ou moins semblables : legs à des œuvres de charité, à de vieux serviteurs, mais la majeure partie de sa fortune revenait à ses plus proches parents : son neveu et l'épouse de ce dernier.

— Et ce fameux codicille ?

— Il laissait tout à cette fille opéra. *En récompense de sa gentillesse et de ses soins dévoués*. Quelque chose comme ça.

— Dites-m'en plus, alors, sur cette fille au pair.

— Elle venait d'un pays d'Europe centrale. Avec un nom interminable.

— Combien de temps est-elle restée avec la vieille dame ?

— Cela venait de faire un an.

— Vous l'appelez toujours « la vieille dame ». Quel âge avait-elle ?

— La soixantaine. Soixante-cinq ou soixante-six, peut-être.

— Ce n'est pas si vieux que ça, remarqua Poirot, touché.

— Comme Elspeth vous l'a dit, elle avait fait plusieurs testaments, tous plus ou moins pareils. Les œuvres de charité auxquelles elle laissait de l'argent pouvaient changer, de même que les souvenirs qu'elle léguait à ses vieux serviteurs, mais le gros de sa fortune allait toujours à son neveu et à sa nièce par alliance, et aussi à un vieux cousin, je crois, mais qui est mort avant elle. Elle léguait à son paysagiste le bungalow qu'elle avait fait construire pour qu'il y vive le temps qu'il voudrait, ainsi qu'un revenu destiné à entretenir le jardin de la carrière, qu'il devait ouvrir au public. Quelque chose comme ça.

— J'imagine que la famille a clamé qu'elle n'avait plus toute sa tête et qu'elle avait rédigé ce codicille sous influence ?

— On en serait certainement arrivé là, déclara Spence, si les notaires n'avaient pas crié au faux. Apparemment, ce faux n'était pas très convaincant. Ils l'ont découvert presque aussitôt.

— À la lumière des faits, il fut évident que la fille opéra pouvait l'avoir fabriqué sans difficulté, reprit Elspeth. Elle écrivait la plupart des lettres de Mme Llewellyn-Smythe à sa place car il semble que celle-ci ait eu horreur d'envoyer à ses amis des lettres tapées à la machine. Sauf s'il s'agissait de lettres d'affaires, elle disait à la fille opéra : « Écris-la à la main, d'une écriture aussi proche de la mienne que possible, et signe-la de mon nom. » Mme Minden, la femme de ménage, l'avait entendue dire ça un jour, et j'imagine que la fille s'était habituée à imiter l'écriture de sa patronne, jusqu'au jour où il lui est venu à l'idée qu'elle pourrait faire ça et s'en tirer. Mais, comme je l'ai dit, les notaires étaient trop malins, ils ont découvert le pot aux roses.

— Les notaires de Mme Llewellyn-Smythe ?

— Oui. Fullerton, Harrison & Leadbetter. Une étude très respectable de Medchester. Ils avaient la charge de toutes ses affaires. Quoi qu'il en soit, ils ont fait appel à des experts qui ont posé des questions à la fille, qui a eu peur. Elle a mis les voiles un beau jour, en laissant la moitié de ses affaires derrière elle. On allait la traduire en justice, mais elle a pris les devants. Elle s'est envolée. En fait, ce n'est pas difficile de sortir de ce pays si on s'y prend à temps. Vous n'avez pas besoin de passeport pour faire une excursion d'une journée sur le continent, et si vous vous êtes arrangé avec quelqu'un de l'autre côté, tout peut être réglé avant que l'alerte ne soit donnée. Elle a dû rentrer dans son pays, ou changer de nom, ou s'installer chez des amis.

— Mais tout le monde a pensé que Mme Llewellyn-Smythe était morte naturellement ?

— Oui. Je ne crois pas que cela ait jamais été mis en question. Si j'en ai parlé, c'est parce que c'est déjà arrivé sans que les médecins s'en aperçoivent. Supposons que Joyce ait entendu quelque chose, que la fille au pair ait donné son médicament à Mme Llewellyn-Smythe et que celle-ci ait dit : « Ce médicament n'a pas le même goût que d'habitude. » Ou bien : « C'est amer », ou encore : « C'est bizarre ».

— À t'écouter, on croirait que tu l'as entendu dire toi-même, stigmatisa Spence. Tout cela n'est que le fruit de ton imagination.

— Quand est-elle morte ? demanda Poirot. Le matin, le soir, dedans, dehors, chez elle ou hors de chez elle ?

— Oh ! chez elle. Elle est rentrée du jardin, où elle travaillait, en respirant difficilement. Se sentant fatiguée, elle est allée s'allonger sur son lit. Bref, pour faire court, elle ne s'est jamais réveillée. Ce qui paraît on ne peut plus naturel, médicalement parlant.

Poirot sortit un petit carnet de sa poche. La première page était déjà intitulée : « Victimes ». Dessous, il écrivit : « Suggestion n° 1 : Mme Llewellyn-Smythe. » Sur les pages suivantes, il nota les autres noms que lui avait donnés Spence. Puis il s'enquit :

— Charlotte Benfield ?

Spence répondit aussitôt :

— Seize ans, vendeuse. Multiples blessures à la tête. A été trouvée dans un sentier près du Bois de la Carrière. Deux jeunes gens ont été soupçonnés. Ils étaient sortis tous les deux avec elle de temps en temps. Aucune preuve.

— Ils ont prêté assistance à la police dans son enquête ? demanda Poirot.

— Comme vous dites. C'est la formule consacrée. En fait, ils ne l'ont pas assistée beaucoup. Ils étaient effrayés, ont raconté quelques mensonges, se sont contredits, n'étaient pas des meurtriers bien convaincants. Mais chacun des deux aurait pu l'être.

— À quoi ressemblaient-ils ?

— Peter Gordon, vingt et un ans. Sans emploi. A occupé deux ou trois postes mais n'a pas pu les garder. Paresseux. Plutôt pas mal. A été mis en liberté surveillée une ou deux fois pour des délits mineurs, chapardages, des broutilles de ce genre. Pas de violences auparavant à son actif. En cheville avec un certain nombre de jeunes délinquants en puissance, mais s'arrange en général pour se tenir à l'écart des ennuis sérieux.

— Et l'autre ?

— Thomas Hudd. Vingt ans. Bègue. Timide. Névrosé. Voulait être instituteur mais n'a pas réussi l'examen. Mère veuve. La mère abusive typique. Hostile aux petites amies. Le garde le plus possible pendu à ses jupes. Employé dans une papeterie. Pas le moindre antécédent criminel, mais psychologiquement fragile. La fille l'avait fait marcher un bon moment. La jalousie aurait pu être un motif suffisant, mais nous n'en avions aucune preuve de nature à justifier des poursuites. Ils avaient tous les deux des alibis. Celui de Hudd, c'était sa mère. Elle a juré sur ses aïeux qu'il était resté avec elle à la maison toute la soirée, et personne ne peut dire qu'il n'y était pas, ou qu'il l'avait vu ailleurs ou dans les environs du meurtre. L'alibi de Gordon lui avait été donné par un de ses peu recommandables amis. Il ne valait pas grand-chose, mais on ne pouvait pas non plus prouver le contraire.

— Ceci s'est passé quand ?

— Il y a dix-huit mois.

— Et où ?

— Dans un sentier, non loin de Woodleigh Common.

— À un kilomètre, précisa Elspeth.

— Près de chez Joyce ? De chez les Reynolds ?

— Non, de l'autre côté du village.

— Il est peu probable qu'il soit le meurtrier dont parlait Joyce, remarqua Poirot qui réfléchissait. Si vous voyez un jeune homme fracasser la tête d'une jeune fille, vous penserez tout de suite au meurtre.

Vous n'attendrez pas un an pour commencer à le soupçonner.

Poirot lut un autre nom :

— Lesley Ferrier.

— Clerc de notaire, vingt-huit ans, employé chez Fullerton, Harrison & Leadbetter de Market Street, Medchester, dit Spence.

— Ce sont les notaires de Mme Llewellyn-Smythe dont vous m'avez parlé.

— Oui. Ceux-là mêmes.

— Et qu'est-il arrivé à Lesley Ferrier ?

— Il a été poignardé dans le dos. Non loin du pub du *Cygne Vert*. On a prétendu qu'il avait une liaison avec la femme du propriétaire, Harry Griffin. C'était une belle plante ; ça l'est d'ailleurs encore. Mais elle a pris un coup de vieux. Elle avait bien cinq ou six ans de plus que lui, mais elle les aimait jeunes.

— L'arme ?

— On n'a pas retrouvé le couteau. Lesley aurait rompu avec elle pour une autre fille, mais laquelle, on n'a jamais pu le découvrir avec certitude.

— Ah ! Et qui a-t-on soupçonné, cette fois ? Harry Griffin, sa femme, ou les deux à la fois ?

— Tout juste, répondit Spence. Cela aurait pu être l'un comme l'autre. Plus vraisemblablement la femme. Elle était à demi tzigane et de tempérament volcanique. Mais il y avait d'autres possibilités. Lesley n'avait pas mené une vie exempte de tout reproche. Il s'était attiré des ennuis, autour de ses vingt ans, pour avoir falsifié des comptes. Et fait quelques faux en écritures. Mais il venait, a-t-on dit, d'un foyer brisé. Les employés déposèrent en sa faveur. Il écopa d'une peine légère et fut embauché chez Fullerton, Harrison & Leadbetter à sa sortie de prison.

— Et après ça, il a marché droit ?

— Eh bien, cela n'est pas prouvé. Apparemment oui, en ce qui concerne ses employeurs, mais il a été effectivement mêlé, avec ses amis, à quelques transactions douteuses. Escroc peut-être, mais escroc prudent, si l'on peut dire.

— Quelle était l'alternative, alors ?

— Qu'il aurait été poignardé par un de ses peu recommandables associés. Quand vous vous entourez de mauvais garçons, il ne faut pas vous étonner de recevoir un coup de couteau si vous les laissez tomber.

— Rien d'autre ?

— Il avait pas mal d'argent à son compte. De l'argent reçu en liquide et rien pour en indiquer la provenance. Ce qui est déjà suspect en soi.

— Subtilisé à Fullerton, Harrison & Leadbetter ? suggéra Poirot.

— Ils prétendent que non. Ils ont demandé à un expert comptable de le vérifier.

— Et la police n'a pas idée d'où aurait pu provenir cet argent ?

— Non.

— Cette fois encore, je pense que ce n'est pas le meurtrier de Joyce, trancha Poirot.

Il lut le dernier nom :

— Janet White.

— Trouvée étranglée dans un raccourci entre l'école et chez elle. Elle partageait un appartement avec une autre enseignante, Nora Ambrose. Selon celle-ci, Janet White avait parfois exprimé des inquiétudes à propos d'un homme avec lequel elle avait rompu une année auparavant et qui lui envoyait fréquemment des lettres de menaces. On n'a rien trouvé à son propos. Nora Ambrose ne connaissait pas son nom et ignorait où il vivait exactement.

— Tiens, tiens ! s'exclama Poirot. Voilà qui me plaît davantage.

Et il cocha le nom de Janet White au crayon noir.

— Pour quelle raison ? demanda Spence.

— C'est le meurtre le plus probable pour une fille de l'âge de Joyce. Elle a pu reconnaître la victime, un professeur qu'elle fréquentait ou même qu'elle a eu en classe. Elle ne connaissait sans doute pas l'assassin. Elle a du assister à une dispute entre cette femme qu'elle connaissait et cet homme bizarre. Mais elle ne pensait plus à elle depuis le temps. Quand cela s'est-il passé ?

— Il y a deux ans et demi.

— Cela aussi, ça correspond, se félicita Poirot. Elle n'a d'abord pas compris que l'homme dont elle avait vu les mains autour du cou de Janet White n'était pas en train de la caresser mais bien de la tuer. Et ensuite, en grandissant, la bonne explication lui est apparue. Vous êtes d'accord avec mon raisonnement ? demanda-t-il à l'adresse d'Elspeth.

— Je vois ce que vous voulez dire, répondit-elle. Mais est-ce que vous ne prenez pas le problème à l'envers ? Vous cherchez la victime d'un meurtre passé au lieu de chercher l'homme qui a tué une enfant ici, à Woodleigh Common, il n'y a pas plus de trois jours ?

— Nous remontons du passé pour aller vers le futur, répliqua Poirot. De deux ans et demi en arrière, nous en arrivons maintenant, dirons-nous, à il y a de cela trois jours. Et, en conséquence, nous devons désormais tâcher de découvrir – exercice auquel, sans aucun doute, vous vous êtes déjà appliqué – qui, des participants à la soirée, aurait pu être mêlé, à Woodleigh Common, à un crime antérieur.

— Nous pouvons resserrer encore le champ d'investigation, fit remarquer Spence, si nous tenons pour vraie votre idée, à savoir que Joyce a été tuée pour avoir affirmé avoir vu commettre un meurtre. Elle a déclaré ça pendant qu'avaient lieu les préparatifs de la fête. Nous nous trompons peut-être en voyant là le mobile du meurtre, mais je ne le pense pas. Disons qu'elle proclame avoir vu un meurtre, et une des personnes présentes pendant ces préparatifs l'entend et réagit au plus vite.

— Qui était là ? demanda Poirot. Vous le savez, je présume ?

— Oui. En voici la liste.

— Vous l'avez soigneusement vérifiée ?

— Oui. Vérifiée et revérifiée, mais cela n'a pas été une mince affaire. Voici les dix-huit noms.

Liste des personnes présentes pendant les préparatifs d'Halloween

Mme Drake (la propriétaire de la maison)
Mme Butler
Mme Oliver
Mlle Whittaker (professeur)
Rev. Charles Cotterell (pasteur)
Simon Lampton (vicaire)
Mlle Lee (assistante du Dr Ferguson)
Ann Reynolds
Joyce Reynolds
Léopold Reynolds
Nicolas Ransom

Desmond Holland
Béatrice Ardley
Cathy Grant
Diana Brent
Mme Garlton (aide ménagère)
Mme Minden (femme de ménage)
Mme Goodbody (extra)

— Vous êtes sûr que c'est complet ?

— Non, dit Spence, je n'en suis pas sûr. Je n'ai aucun moyen d'en être sûr. Personne ne peut l'être, comprenez-vous. Des tas de gens sont venus. L'un a apporté des ampoules électriques de couleur, l'autre des miroirs, un autre encore de la vaisselle, ou un seau en plastique. Des gens qui apportaient des objets et s'en allaient presque aussitôt, après avoir échangé quelques mots. Ils ne restaient pas pour aider. Par conséquent on aurait très bien pu oublier une personne de ce genre. Mais cette personne, même si elle n'avait fait que déposer une bassine dans le vestibule, aurait pu entendre ce que disait Joyce dans le salon. Elle parlait très fort, vous savez. Nous ne pouvons donc pas tenir cette liste pour exhaustive, mais nous ne pouvons pas faire mieux. Jetez-y un coup d'œil. J'ai ajouté une brève note descriptive après chaque nom.

— Je vous en remercie. Encore une question. Vous avez dû interroger quelques-unes de ces personnes, de celles par exemple qui étaient présentes également à la soirée. Est-ce que quelqu'un, n'importe qui, a fait allusion aux propos de Joyce sur un meurtre ?

— Je ne crois pas. Cela n'a pas été signalé officiellement. C'est par vous que j'en ai entendu parler pour la première fois.

— Très intéressant, déclara Poirot. On peut même dire, tout à fait remarquable.

— Visiblement, personne n'a pris ça au sérieux, dit Spence.

Poirot hocha la tête, songeur.

— Je dois maintenant m'en aller, j'ai rendez-vous avec le Dr Ferguson, dit-il en pliant la liste de Spence et en la mettant dans sa poche.

9

Le Dr Ferguson était un sexagénaire d'origine écossaise, aux manières brusques. De ses yeux perçants, sous des sourcils hérissés, il regarda Poirot de haut en bas.

— Eh bien, dit-il, qu'est-ce que c'est que cette histoire ? Asseyez-vous. Attention au pied de ce fauteuil. La roulette ne tient pas. Il faut peut-être que je vous explique... Tout le monde sait tout dans un lieu comme celui-ci. Cette femme écrivain vous considère comme l'as des détectives et vous a fait venir ici pour épater la police. C'est plus ou moins ça, non ?

— En partie, répondit Poirot. En fait, je suis venu rendre visite à un vieil ami, le commissaire Spence, qui vit ici avec sa sœur.

— Spence ? Hum ! Brave type, Spence. Un homme qui a du cran. Bon et honnête policier de la vieille école. Pas de corruption. Pas de violence. Pas bête, d'ailleurs. La droiture même.

— Portrait d'une parfaite exactitude.

— Alors, reprit Ferguson, que vous a-t-il dit et que lui avez-vous dit ?

— L'inspecteur Raglan et lui ont été tous deux d'une infinie bonté avec moi. J'en espère autant de votre part.

— Je ne vois pas en quoi je pourrais exercer ma bonté à votre endroit, répondit Ferguson. Je ne sais pas ce qui s'est passé. Une fillette a été noyée, la tête plongée dans une bassine d'eau, en plein milieu d'une soirée enfantine. Sale affaire. Mais, voyez-vous, supprimer une enfant, cela n'a rien de surprenant de nos jours. J'ai été appelé à m'occuper de trop d'enfants assassinés depuis sept ou dix ans... de beaucoup trop. Un tas de gens devraient être internés et ne le sont pas. Pas de place dans les asiles. Ils se promènent, parlant bien, bien habillés, sans rien qui les distingue du restant de la population mais en quête de quelqu'un à trucider. Et contents d'eux. Ils ne choisissent cependant pas une soirée pour faire ça en général. Trop de chances de se faire épingler, je suppose. Mais même un tueur au cerveau dérangé peut être séduit par la nouveauté.

— Vous avez une idée de qui aurait pu la tuer ?

— Vous croyez vraiment que je pourrais répondre à cette question juste comme ça ? Il me faudrait des preuves, non ? Il faudrait que je sois sûr de mon fait.

— Vous pourriez émettre une supposition, remarqua Poirot.

— N'importe qui peut émettre des suppositions. Si je dois deviner s'il s'agit d'un cas de rougeole ou d'un cas d'allergie aux coquillages ou aux plumes d'oie de son oreiller, je vais interroger le gosse pour savoir ce qu'il a mangé, ce qu'il a bu, sur quoi il a dormi, avec quels autres enfants il a joué, s'il a pris un autobus bondé avec les enfants de Mme Smith ou de Mme Robinson, qui ont tous eu la rougeole, et je poserai quelques autres questions encore. Ensuite je m'aventurerai à choisir entre toutes les possibilités qui s'offrent à moi, et c'est ce qu'on appelle, permettez-moi de vous le dire, établir un diagnostic. Vous ne le faites pas à la va-vite, vous vous avancez en terrain sûr.

— Vous connaissiez cette enfant ?

— Bien sûr. C'était une de mes patientes. Nous sommes deux ici, Worrall et moi. Il se trouve que je suis le médecin des Reynolds. C'était une enfant en très bonne santé, Joyce. Elle a eu les maladies infantiles habituelles. Rien de particulier ni de hors norme. Elle mangeait trop et parlait trop. Parler trop ne lui a jamais fait de mal. Manger trop lui donnait parfois ce qu'on appelait dans le temps une crise de foie. Elle a eu les oreillons et la varicelle. C'est tout.

— Mais elle a peut-être trop parlé en une certaine occasion, comme vous avez l'air de dire qu'elle y était encline.

— Alors, c'est sur cette voie-là que vous êtes lancé ? J'en ai eu des échos, en effet. Dans le genre « ce qu'a vu le valet de chambre », seulement sur le mode tragique et non plus en comédie. C'est bien ça ?

— Cela pourrait être un mobile, une raison.

— Certes, oui. Je vous l'accorde. Mais il y a bien d'autres raisons. Les troubles mentaux paraissent être la réponse la plus fréquente, de nos jours. C'est du moins le cas devant les tribunaux. Personne n'avait rien à gagner à sa mort, personne ne la haïssait. Mais il semble bien qu'avec les enfants, il n'y ait pas à chercher de mobile, aujourd'hui. Le mobile se trouve ailleurs. Le mobile se trouve dans le cerveau du tueur. Son cerveau dérangé, son cerveau diabolique ou son cerveau pervers, comme il vous plaira de l'appeler. Je ne suis pas psychiatre. Il y a des jours où je suis fatigué d'entendre : « Renvoyé pour expertise devant psychiatre » sous prétexte qu'un garçon est entré quelque part par effraction, a cassé quelques miroirs, fauché quelques bouteilles de whisky, fait main basse sur l'argenterie ou assommé une vieille dame. Pour n'importe quoi, de nos jours, on les renvoie devant psychiatre, pour expertise.

— Et, dans cette affaire, qui renverriez-vous plus volontiers devant psychiatre, pour expertise ?

— De ceux qui se trouvaient à la fête, l'autre soir ?

— Oui.

— Le meurtrier devait s'y trouver, n'est-ce pas ? Sinon, il n'y aurait pas eu meurtre, non ? Il était soit parmi les invités, soit parmi les gens venus aider, ou alors il est entré par la fenêtre avec des intentions criminelles. Il savait sûrement comment entrer dans la maison. Il aurait pu être là avant, à regarder tout autour. Prenez votre homme, ou votre gamin. Il a envie de tuer quelqu'un. Cela n'a rien d'impossible. Nous avons eu une affaire comme ça à Medchester. Résolue après six ou sept ans. Un garçon de treize ans. Il avait envie de tuer quelqu'un, alors il a tué un enfant de neuf ans, a fauché une voiture, a roulé une dizaine de kilomètres jusque dans un taillis où il l'a brûlée, s'en est allé et, autant que nous le sachions, a mené ensuite une vie exempte de tout reproche jusqu'à l'âge de vingt et un ou vingt-deux ans. Nous n'avons pour ça que sa parole, il a peut-être continué à tuer. Probablement. Il avait plaisir à tuer. Je ne pense pas qu'il en ait tué beaucoup, sinon la police l'aurait quand même repéré. Mais de temps à autre, il en éprouvait le besoin. Expertise psychiatrique. Meurtre commis en état de déséquilibre mental... j'ai tendance à penser que c'est ce qui s'est passé ici. Ce genre de scénario, en tout cas. Je ne suis pas psychiatre moi-même, Dieu merci. J'ai quelques amis psychiatres. Certains d'entre eux sont des gens parfaitement sensés. Certains autres... j'irai jusqu'à dire qu'ils auraient besoin eux-mêmes d'une expertise psychiatrique. Le garçon qui a tué Joyce a probablement des parents charmants, une conduite normale, une excellente présentation. Personne ne pourrait supposer que quelque chose ne tourne pas rond chez lui. Il vous est bien arrivé, n'est-ce pas, de croquer dans une pomme rouge et juteuse et de voir tout à coup, près du cœur, se dresser une bestiole assez peu ragoûtante qui agite la tête vers vous ? Bien des gens sont faits sur ce modèle. Et de plus en plus, de nos jours.

— Et, de votre côté, vous ne soupçonnez personne en particulier ?

— Je suis, encore une fois, incapable de me risquer à diagnostiquer un meurtrier sans la moindre preuve.

— Mais vous admettez que l'assassin devait être présent à cette soirée. Il n'y a pas de meurtre sans meurtrier.

— On a bien dû voir pire dans certains romans policiers. Je parierais même que votre amie écrivaine en a écrit des comme ça. Mais dans le cas qui nous occupe, je suis d'accord. Le meurtrier était sûrement présent. Un invité, un domestique ou quelqu'un qui est entré par la fenêtre. Très facile à faire si ce dernier avait examiné à l'avance cette fenêtre. Un meurtre pendant les festivités d'Halloween, c'est une idée neuve qui a pu frapper la cervelle d'un fou et lui promettre bien du plaisir. C'est tout ce dont vous disposez pour commencer, n'est-ce pas ? Quelqu'un qui était présent à la fête.

Deux yeux malicieux étaient fixés sur Poirot.

— J'y étais moi-même, déclara-t-il. Je suis arrivé tard, juste pour voir ce qui s'était passé.

Il hocha vigoureusement la tête.

— Oui, c'est bien là le problème. Comme dans une chronique mondaine : *Au nombre des personnalités présentes figurait... un assassin.*

10

Poirot examina Les Ormes et parut satisfait.

On le fit entrer et quelqu'un, une secrétaire sans doute, l'introduisit aussitôt dans le bureau de Mlle Emlyn, la directrice de l'établissement. Celle-ci se leva pour l'accueillir.

— Enchantée de faire votre connaissance, monsieur Poirot. J'ai beaucoup entendu parler de vous.

— Vous êtes trop aimable, se rengorgea Poirot.

— Par une très vieille amie à moi, Mlle Bulstrode. L'ancienne directrice de Meadowbank. Vous vous rappelez Mlle Bulstrode, peut-être ?

— Comment l'oublier ? C'est une très forte personnalité.

— Oui, répliqua Mlle Emlyn. C'est elle qui a fait de Meadowbank l'école qu'elle est devenue. Celle-ci a un peu changé, de nos jours, ajouta-t-elle avec un léger soupir. Les ambitions, les méthodes ne sont plus les mêmes, mais elle a conservé son caractère raffiné, progressiste et traditionaliste en même temps. Enfin, il ne faut pas trop vivre dans le passé. Si vous êtes venu me voir, c'est sans aucun doute à propos de la mort de Joyce Reynolds. Cette histoire a probablement pour vous un intérêt particulier ? Ce n'est pas du tout le genre de vos affaires habituelles, j'imagine. Vous la connaissiez personnellement peut-être, elle ou sa famille ?

— Non, répondit Poirot. Je suis venu à la demande d'une vieille amie à moi, Mme Ariadne Oliver, qui séjourne ici et a assisté à cette soirée.

— Elle écrit de merveilleux romans, approuva Mlle Emlyn. Je l'ai rencontrée à une ou deux reprises. Eh bien, cela nous met plus à l'aise pour parler. Il n'y a pas de précautions à prendre quand les sentiments personnels n'interfèrent pas. C'est horrible, ce qui est arrivé. Si je puis m'exprimer ainsi, c'est une histoire invraisemblable. Les enfants impliqués ne semblent ni assez vieux ni assez jeunes pour avoir participé à ce type d'affaire. Un crime psychologique paraît être la seule explication. C'est votre avis ?

— Non, répliqua Poirot. Je pense qu'il s'agit d'un meurtre qui, comme la plupart des meurtres, avait un mobile, sans doute sordide.

— Vraiment ? Et la raison ?

— La raison, c'est une remarque qu'avait faite Joyce, pas exactement pendant la soirée, si j'ai bien compris, mais plus avant dans la journée, pendant que certains des plus grands enfants et d'autres volontaires s'occupaient des préparatifs de la fête. Elle avait déclaré avoir vu commettre un meurtre.

— Et on l'avait crue ?

— Dans l'ensemble, je pense qu'on ne l'avait pas crue.

— Cela me paraît la réponse la plus probable. Joyce – je vous parle en toute franchise, monsieur Poirot, il ne faut pas laisser la sensiblerie vous obscurcir les idées – n'était ni stupide ni particulièrement intelligente. On pouvait donc lui reconnaître un niveau plutôt médiocre. Et elle était, pour dire la vérité, une menteuse invétérée. Je ne veux pas insinuer par là qu'elle était fausse. Elle n'essayait pas d'éviter une punition ou qu'on découvre qu'elle avait commis une faute. Non. Elle se vantait. Elle se targuait de choses qui ne s'étaient jamais produites pour impressionner son auditoire. Au bout du compte, évidemment, personne ne croyait plus aux histoires à dormir debout qu'elle racontait.

— Vous pensez qu'elle s'est vantée d'avoir vu commettre un meurtre afin de se rendre intéressante, de se faire remarquer par quelqu'un ?

— Oui. Et Ariadne Oliver était sans aucun doute la personne qu'elle voulait impressionner...

— Ainsi vous ne pensez pas que Joyce ait pu voir commettre un meurtre ?

— J'en doute fort.

— À votre avis, elle avait tout inventé ?

— Je n'irais pas jusque-là. Elle avait peut-être été témoin d'un accident de voiture, elle avait peut-être vu quelqu'un frappé par une balle de golf et blessé... Un incident quelconque à partir duquel elle pouvait broder et qui pouvait, à la rigueur, passer pour une tentative de meurtre.

— Par conséquent, la seule chose que nous puissions affirmer, c'est qu'un meurtrier était présent à la soirée d'Halloween.

— Certainement, répondit Mlle Emlyn, sans s'émouvoir. Certainement. C'est la conclusion logique, non ?

— Qui pourrait bien être ce meurtrier, vous en avez une idée ?

— C'est sans conteste une question sensée, remarqua Mlle Emlyn. Étant donné que la majorité de ces enfants avaient entre neuf et quinze ans, je suppose que presque tous ont été ou sont des élèves de mon école. Je dois donc les connaître un peu. Connaître aussi un peu leurs familles et leur milieu.

— Je crois savoir qu'une de vos enseignantes a été étranglée, il y a un an ou deux, par un assassin inconnu ?

— Vous voulez parler de Janet White ? Elle avait environ vingt-quatre ans. Une fille très sensible. Pour autant que je sache, elle était partie se promener seule. Évidemment, elle pouvait avoir donné rendez-vous à un garçon. Elle plaisait beaucoup aux hommes, à sa manière discrète. Son assassin n'a jamais été découvert. La police a interrogé différents jeunes gens, elle leur a demandé de l'assister dans son enquête, selon sa méthode habituelle, mais elle n'a pas pu réunir de preuves suffisantes pour accuser qui que ce soit. Une affaire très peu satisfaisante, de son point de vue. Du mien aussi, je dois vous l'avouer.

— Vous et moi, nous avons un principe en commun. Nous n'approuvons pas le meurtre.

Mlle Emlyn le regarda par deux fois, sans changer d'expression, mais Poirot eut l'impression d'être examiné avec grand soin.

— J'apprécie la façon dont vous envisagez les choses, dit-elle. Si l'on se fie à ce qu'on lit et à ce qu'on entend aujourd'hui, on dirait que le meurtre, sous certains de ses aspects, commence, lentement mais sûrement, à être accepté par une grande partie de la société.

Elle resta silencieuse quelques minutes, et Poirot ne dit rien de plus. Elle avait l'air, à son avis, d'élaborer un plan d'action.

Elle se leva et sonna.

— Je pense, déclara-t-elle, que vous feriez bien de parler à Mlle Whittaker.

Cinq minutes après son départ, une femme d'une quarantaine d'années entra d'un pas vif. Elle avait des cheveux colorés roux coupés court.

— Monsieur Poirot ? En quoi puis-je vous être utile ? Mlle Emlyn semble estimer que je pourrais vous aider.

— Si Mlle Emlyn le pense, alors c'est une certitude. Je me fie entièrement à elle.

— Vous la connaissez ?

— Seulement depuis tout à l'heure.

— Mais vous l'avez vite jugée.

— J'espère que vous allez me confirmer dans mon jugement.

— Oh ! oui, vous avez raison. J'imagine que c'est au sujet de la mort de Joyce Reynolds ? Je ne sais pas du tout par quel biais vous figurez dans cette histoire. Par la police ? demanda-t-elle en secouant légèrement la tête d'un air mécontent.

— Non, pas par la police. À titre privé, par une amie.

Elle prit place dans un fauteuil qu'elle poussa un peu pour se mettre face à lui.

— Bon. Que voulez-vous savoir ?

— Je n'ai pas besoin de vous le dire. Inutile que je vous fasse perdre votre temps et que je perde de mon côté le mien à vous poser des questions sans importance. En marge du crime, il s'est produit, ce soir-là, un incident que j'aurais peut-être intérêt à connaître. Je ne me trompe pas ?

— Oui.

— Vous étiez présente ?

— Oui, j'y étais. C'était une fête très réussie, reprit-elle après avoir réfléchi une minute. Bien organisée, tout se déroulait très bien. Une trentaine de personnes étaient là, y compris divers extras. Des enfants, des adolescents, des adultes et quelques domestiques.

— Avez-vous pris part aux préparatifs, le matin ou l'après-midi ?

— Il n'y avait pas grand-chose à faire. Mme Drake était largement de taille, avec l'aide de quelques personnes, à venir à bout de tout. On avait surtout besoin de gens pour le ménage.

— Je vois. Mais vous êtes venue à la fête ?

— C'est exact.

— Et que s'est-il passé ?

— Vous connaissez certainement déjà le déroulement de la soirée. Ce que vous voulez savoir, c'est si j'ai remarqué un incident particulier qui me paraisse avoir une signification quelconque ? Moi non plus, je ne voudrais pas vous faire perdre votre temps, comprenez-vous.

— Je suis sûr qu'il n'en sera rien. Oui, mademoiselle Whittaker, racontez-moi tout simplement la chose.

— Les différentes épreuves se sont déroulées comme prévu. La dernière avait beaucoup plus à voir avec Noël qu'avec Halloween : c'était le Snapdragon, un plat plein de raisins secs dans de l'alcool en flammes, et ceux qui sont autour doivent les attraper – ce qui donne lieu à des éclats de rire et à une joyeuse excitation. Comme il commençait à faire très chaud dans la pièce, je suis sortie dans le vestibule. J'étais là quand j'ai vu Mme Drake, sur le palier des toilettes. Elle portait un grand vase plein de fleurs et de feuillages d'automne. Elle s'était arrêtée un moment avant de descendre et regardait en bas, par la cage de l'escalier. Pas dans ma direction. Vers l'autre bout du vestibule, où se trouve une porte ouvrant sur la bibliothèque. Juste en face de la porte de la salle à manger. Comme je vous l'ai dit, elle s'était arrêtée là un moment avant de descendre. Elle a modifié un peu sa façon de tenir le vase, car il était encombrant et devait peser lourd s'il était rempli d'eau. Elle l'a fait avec beaucoup de précaution et s'est arrangée de façon à tenir le vase contre elle d'une main pour pouvoir saisir la rampe de l'autre. Et tout à coup, elle a fait un mouvement brusque, de surprise je dirais... oui, quelque chose l'avait fait sursauter. Au point qu'elle a lâché le vase dont toute l'eau s'est renversée sur elle tandis que lui-même allait s'écraser en mille morceaux sur le parquet du hall.

— Je vois, dit Poirot.

Il resta un instant silencieux à observer Mlle Whittaker. Elle avait l'œil perçant, le regard intelligent. Curieuse de connaître l'opinion du détective sur ce qu'elle venait de lui raconter, elle était l'image même de l'interrogation.

— Qu'est-ce qui l'avait fait sursauter, à votre avis ? s'enquit Poirot.

— Après réflexion, je pense qu'elle avait vu quelque chose.

— Vous pensez qu'elle avait vu quelque chose, répéta Poirot, songeur. Quoi, par exemple ?

— Je vous l'ai dit, elle regardait dans la direction de la porte de la bibliothèque. Il est possible qu'elle ait vu la porte s'ouvrir, ou la poignée tourner, ou peut-être même un peu plus que ça. Elle a pu voir quelqu'un ouvrir la porte et s'apprêter à sortir. Elle a pu voir quelqu'un qu'elle ne s'attendait pas à voir.

— Regardiez-vous cette porte, vous aussi ?

— Non. Je regardais dans la direction de l'escalier et en l'air, là où se trouvait Mme Drake.

— Et vous êtes sûre qu'elle avait vu quelque chose qui l'avait surprise ?

— Oui. Pas plus que ça, peut-être. Une porte s'ouvrant. Une personne, inattendue peut-être, en sortant. Une surprise juste suffisante pour qu'elle relâche sa pression sur le vase, lequel, plein d'eau et lourd comme il devait être, lui a échappé.

— Avez-vous vu quelqu'un sortir par cette porte ?

— Non. Je regardais de l'autre côté. Toutefois, je ne pense pas que quelqu'un ait pénétré dans le hall. Ce quelqu'un – si tant est qu'il y ait eu quelqu'un – a dû rebrousser chemin.

— Qu'a fait Mme Drake, ensuite ?

— Elle a laissé échapper une exclamation de dépit, puis elle est descendue et m'a dit : « Regardez-moi ce que j'ai fait ! Quel gâchis ! » Elle a repoussé du pied les morceaux de verre brisé. Puis je l'ai aidée à les balayer et nous les avons entassés dans un coin. Ce n'était pas le moment d'en faire plus. Les enfants commençaient à sortir de la pièce du Snapdragon. Je suis allée chercher un torchon pour éponger un peu sa robe, et peu après la soirée prenait fin.

— Mme Drake n'a pas dit qu'elle avait été surprise, ni fait allusion à ce qui avait pu la surprendre ?

— Non. Rien de la sorte.

— Mais vous estimez qu'elle a bel et bien sursauté ?

— Vous pensez sans doute, monsieur Poirot, que je fais beaucoup d'histoires autour d'un fait sans importance ?

— Non, répliqua Poirot, loin de là. Je n'ai rencontré Mme Drake qu'une seule fois, ajouta-t-il en réfléchissant, quand je suis allé chez elle avec mon amie, Mme Oliver, pour visiter – comme on dit quand on veut être mélodramatique – la scène du crime. Elle ne m'a pas fait l'impression, durant le bref moment où j'ai pu l'observer, d'être une femme qu'on peut facilement faire sursauter. Vous êtes de mon avis ?

— Certainement. C'est pourquoi je me suis depuis posé bien des questions.

— Tandis que, sur le moment même, vous ne lui en avez pas posé ?

— Je n'avais aucune raison de le faire. Si votre hôtesse a le malheur de laisser tomber son plus beau vase et de le voir réduit en mille morceaux, ce n'est guère à l'invitée de lui demander : « Pourquoi diable avez-vous fait ça ? » et de l'accuser ainsi de maladresse, ce qui, je vous l'assure, n'est pas une des caractéristiques de Mme Drake.

— Et après ces péripéties, vous dites que la soirée a pris fin. Les enfants, leurs mères et leurs amis sont partis, mais Joyce était introuvable. Nous savons maintenant qu'elle était derrière la porte de la bibliothèque, et qu'elle était morte. Dans ces conditions, qui donc aurait pu tenter de sortir par cette porte quelques instants auparavant et, entendant des voix dans le hall, l'aurait refermée pour ressortir plus tard, quand le hall serait plein de gens en train de se faire leurs adieux, d'enfiler leurs manteaux et tout ce qui s'ensuit ? C'est seulement après qu'on a découvert le corps, j'imagine que vous avez eu le temps de réfléchir à ce que vous aviez vu, mademoiselle Whittaker ?

— C'est bien ça, répondit Mlle Whittaker.

Elle se leva.

— Je crains de n'avoir rien d'autre à vous raconter. Même cette histoire n'a peut-être aucun sens.

— Mais elle est remarquable. Et tout ce qui est remarquable mérite d'être rappelé. À propos, il y a une question que j'aimerais vous poser. Deux questions, en fait.

Elizabeth Whittaker se rassit.

— Allez-y, dit-elle. Demandez-moi tout ce que vous voulez.

— Vous rappelez-vous exactement dans quel ordre se sont déroulées les différentes épreuves de la soirée ?

— Je pense que oui, répondit Elizabeth Whittaker en réfléchissant. Cela a commencé avec un concours de manches à balai. Des manches à balai décorés. On a donné trois ou quatre petits prix pour ça. Puis il y a eu une espèce de compétition avec des ballons. Un jeu un peu brutal pour réchauffer les enfants. Il y a eu aussi une histoire de miroirs : on a fait entrer les filles dans une pièce où elles apercevaient un garçon ou un jeune homme dans une glace.

— Comment obtenait-on cela ?

— Oh ! le plus simplement du monde. On avait ouvert la lucarne au-dessus de la porte et différents visages s'y sont encadrés, qui se reflétaient dans la glace que la fille tenait à la main.

— Les filles reconnaissaient-elles ceux qu'elles voyaient ?

— Quelques-unes sans doute, les autres non, j'imagine. On avait un peu maquillé l'élément mâle du jeu. Un masque, une perruque, des favoris, une barbe ou du fond de teint. Les filles connaissaient sans doute la plupart des garçons, mais il s'y était peut-être ajouté un ou deux inconnus. Quoi qu'il en soit, elles poussaient des gloussements de joie, remarqua Mlle Whittaker non sans un certain mépris d'intellectuelle pour ce genre de divertissement. Après ça, il y a eu une course d'obstacles, et puis on a mis de la farine dans des gobelets en verre qu'on a renversés, on a posé une pièce de six pence par-dessus le gâteau de farine ainsi fait et chacun en a coupé une tranche. Quand le tas de farine s'écroulait, le candidat était éliminé et les autres restaient jusqu'à ce que le dernier gagne les six pence. Après ça on a dansé, et puis on a soupé. Après quoi est venu le point culminant de la soirée : le Snapdragon.

— Quand avez-vous personnellement vu Joyce pour la dernière fois ?

— Je n'en ai aucune idée. Je ne la connaissais pas très bien. Elle n'était pas dans ma classe. Et comme elle n'était pas particulièrement intéressante, je n'ai pas passé mon temps à l'observer. Je me rappelle l'avoir vue couper la farine parce qu'elle était si maladroite qu'elle la fait s'éffondrer à l'instant même. Elle était donc toujours en vie à ce moment-là. Mais il était encore assez tôt.

— Vous ne l'avez pas vue entrer dans la bibliothèque avec quelqu'un ?

— Certainement pas, sinon je vous l'aurais déjà signalé. Cela au moins aurait pu être significatif et important.

— Et maintenant, reprit Poirot, voici ma seconde question : depuis combien de temps exercez-vous dans cette école ?

— Cela fera six ans à l'automne.

— Et vous enseignez... ?

— Les mathématiques et le latin.

— Vous rappelez-vous une enseignante qui était là il y a deux ans... et qui s'appelait Janet White ?

Elizabeth Whittaker se raidit, se leva à moitié de son fauteuil, puis se rassit.

— Mais... c'est sans rapport aucun avec tout ça, non ?

— Cela pourrait en avoir un, riposta Poirot.

— Mais comment ? Par quel biais ?

Les milieux scolaires étaient visiblement beaucoup moins bien informés que les commères du village.

— Joyce a prétendu avoir été témoin d'un meurtre il y a quelques années. Pourrait-il s'agir du meurtre de Janet White, à votre avis ? Comment est-elle morte ?

— Elle a été étranglée un soir, en rentrant de l'école.

— Seule ?

— Probablement pas.

— Mais pas en compagnie de Nora Ambrose ?

— Que savez-vous de Nora Ambrose ?

— Rien pour le moment, mais justement, j'aimerais bien en savoir un peu plus. Comment étaient-elles, Janet White et elle ?

— Très intéressées par le sexe, mais pas de la même façon. Comment Joyce aurait-elle pu assister au meurtre ou en avoir connaissance ? Cela s'est passé dans un petit chemin, près du Bois de la Carrière. Elle ne devait pas avoir plus de dix ou onze ans.

— Laquelle des deux avait un petit ami, Nora ou Janet ?

— Tout ça, c'est le passé.

— *Les vieux péchés étendent très loin leur ombre*, récita Poirot. Plus on avance en âge, plus la vie vous enseigne la vérité de ce dicton. Où vit actuellement Nora Ambrose ?

— Elle a quitté l'école pour un poste dans le nord de l'Angleterre. Elle a été bouleversée, bien évidemment. Elles étaient... grandes amies.

— La police n'a jamais résolu l'affaire ?

Mlle Whittaker secoua la tête, regarda sa montre et se leva.

— Je dois y aller.

— Merci pour les renseignements que vous m'avez fournis.

11

Hercule Poirot examina la façade de la Maison de la Carrière, assez bel exemple d'architecture victorienne. Il se représenta l'intérieur, avec un grand buffet en acajou, une table rectangulaire, également en acajou, au centre de la pièce, une salle de billard peut-être, une vaste cuisine dallée avec un office adjacent et un gros fourneau à charbon, remplacé aujourd'hui, sans doute, par le gaz ou l'électricité.

Il nota que la plupart des fenêtres avaient encore leurs rideaux fermés. Mais il sonna néanmoins à la porte. Une femme mince, aux cheveux gris, vint lui dire que le colonel et Mme Weston étaient à Londres et ne rentreraient pas avant la semaine suivante.

Aux questions qu'il posa sur le Bois de la Carrière, on lui répondit qu'il était ouvert gratuitement au public. L'entrée se trouvait sur la route, à environ cinq minutes à pied. Une pancarte fixée sur une grille en fer la lui signalerait.

Il trouva son chemin sans difficulté et, la grille franchie, prit un sentier qui descendait à travers arbustes et frondaisons.

Il finit par s'arrêter, perdu dans ses réflexions. Il ne songeait pas seulement à ce qu'il voyait, à ce qui l'entourait. Quelques phrases lui revenaient à l'esprit, et des faits qui lui avaient donné, sur le moment, matière à réflexion, comme il se le disait. Un faux testament. Un faux testament et une femme. Une femme qui avait disparu, une femme en faveur de qui le testament avait été fabriqué. Un jeune artiste

qui était venu, appelé professionnellement pour transformer une carrière de pierres abandonnée en jardin, en Jardin des Profondeurs. Poirot regarda de nouveau autour de lui et hocha la tête, satisfait de sa phrase. Un jardin de carrière, c'était un terme affreux. Il évoquait un bruit d'explosion de rochers, des camions transportant d'énormes blocs de pierre pour la construction de routes. Il sous-entendait une exploitation industrielle. Alors qu'un Jardin des Profondeurs, c'était bien différent. Cela lui rappelait vaguement quelque chose. Ainsi, Mme Llewellyn-Smythe était allée en Irlande visiter des jardins. Lui aussi était allé en Irlande, cinq ou six ans auparavant, enquêter à propos d'un vol d'argenterie ancienne. Cette affaire avait eu quelques aspects intéressants qui avaient éveillé sa curiosité et après avoir (comme d'habitude) – Poirot ajouta cette parenthèse à ses réflexions – accompli sa mission avec succès, il s'était accordé quelques jours pour voyager et voir le pays.

Il n'arrivait pas à se rappeler où se trouvait ce jardin très particulier qu'il avait vu. Quelque part, non loin de Cork, lui semblait-il. À Killarney ? Non, pas à Killarney. Quelque part près de Bantry Bay. Il s'en souvenait parce que c'était un jardin très différent de ceux des châteaux de France, qu'il considérait jusqu'à présent comme les plus réussis, très différent de la beauté classique de Versailles. La visite, là-bas, avait commencé avec un petit groupe de gens, sur un bateau. Un bateau sur lequel il ne serait jamais arrivé à monter si deux bateliers, aussi costauds qu'habiles, ne l'y avaient pratiquement porté. Ils avaient ramé en direction d'une petite île, pas bien intéressante, s'était dit Poirot qui commençait à regretter d'être venu. Il avait les pieds mouillés, il avait froid et le

vent soufflait par les interstices de son imperméable. Que pouvait-il y avoir de beau, qu'avait-on bien pu arranger de symétrique et d'artistique sur ce rocher hérissé de trois malheureux arbres ? Il avait commis une erreur en se lançant dans cette équipée, cela ne faisait aucun doute.

Ils avaient accosté dans un petit port. Les pêcheurs l'avaient posé à terre comme ils l'avaient embarqué, avec la même adresse. Les autres membres du groupe étaient partis en avant, bavardant et riant. Remettant en place son ciré et relaçant ses bottines, Poirot avait grimpé derrière eux un chemin ennuyeux, bordé de buissons et de quelques arbustes. Un jardin public particulièrement inintéressant sans doute, s'était-il dit.

Et, tout à coup, émergeant des broussailles, ils s'étaient trouvés sur un terre-plein d'où descendaient quelques marches. Regardant en bas, Poirot avait été aussitôt frappé par un spectacle qui lui avait paru proprement magique. Comme si les esprits, qui d'après lui habitaient la poésie irlandaise, étaient sortis du creux de leurs collines et avaient, sans effort, sans laborieux travail, d'un coup de baguette, créé là un jardin. Sa beauté, ses fleurs et ses buissons, l'eau, la fontaine, le chemin qui l'entourait étaient une surprise et un enchantement. Qu'y avait-il eu là, à l'origine ? s'était-il demandé. Cela paraissait trop symétrique pour avoir été une carrière. Il y avait un trou profond ici, dans le sol exhaussé de l'île, mais au-delà on apercevait les eaux de la baie et, de l'autre côté, se dressaient, vision envoûtante, des collines aux sommets embrumés. C'était peut-être ce jardin-là, se dit-il, qui avait poussé Mme Llewellyn-Smythe à désirer en posséder un semblable, à s'approprier une carrière à l'état brut dans une campagne anglaise profondément conventionnelle et respectable.

Elle avait donc cherché à s'adjoindre une sorte d'esclave généreusement payé pour exécuter ses ordres. Et elle l'avait trouvé en la personne de ce jeune homme professionnellement qualifié, dénommé Michael Garfield, l'avait amené ici, l'avait sans aucun doute largement dédommagé et, le moment venu, lui avait fait construire une maison. Michael Garfield, se disait Poirot en regardant autour de lui, n'avait pas dû décevoir son attente.

Il alla s'asseoir sur un banc, un banc stratégiquement placé. Il essaya de se figurer à quoi ressemblerait ce jardin au printemps avec ses jeunes hêtres et ses bouleaux, à l'écorce blanche et tremblante, ses buissons d'aubépines et de rosiers blancs et ses genévriers nains. Mais c'était l'automne, saison non dépourvue de charme avec les ors et les rouges des sycomores et des érables, et un chemin qui serpentait vers de fraîches délices. Il y avait des buissons en fleurs d'ajoncs ou de genêts d'Espagne – cependant Poirot n'était pas très fort pour décrire les arbres et les fleurs, au fond il ne reconnaissait guère que les tulipes et les roses.

Tout ce qui poussait ici paraissait le faire de son propre chef, sans aucune contrainte, comme si rien n'avait été prémédité. Et pourtant, songeait Poirot, cela n'était pas vraiment le cas. Tout avait été arrangé, planifié, depuis la plus petite plante qu'on voyait là jusqu'aux énormes buissons qui dressaient orgueilleusement leur feuillage rouge et or. Oh ! non, rien n'avait été laissé au hasard. Et qui plus est, les ordres avaient été suivis.

Mais les ordres de qui ? De Mme Llewellyn-Smythe ou de M. Michael Garfield ? Ce n'était pas la même chose, se disait Poirot, pas du tout la même chose. Mme Llewellyn-Smythe s'y connaissait, c'était certain. Elle jardinait depuis de nombreuses années, elle était sans aucun doute membre de la Société Royale d'Horticulture, elle se rendait aux expositions, consultait les catalogues, visitait les jardins. Ses voyages à l'étranger avaient pour objectif la botanique. Elle devait savoir ce qu'elle voulait et être capable de le faire savoir. Mais était-ce suffisant ? Non, Poirot ne le pensait pas. Elle aurait pu donner des ordres aux jardiniers et veiller à ce qu'ils soient exécutés. Mais était-elle capable, vraiment capable, de se représenter exactement le résultat de ses ordres, une fois accomplis ? Pas la première année, ni la seconde, mais ce qu'elle verrait trois ans plus tard ou même six ou sept ans plus tard ? Michael Garfield savait ce qu'elle voulait parce qu'elle le lui avait dit et il savait comment faire fleurir une carrière de pierres et de rocs, comme peut fleurir un désert. Il avait conçu et mené à bien le projet. Il avait, sans nul doute, ressenti l'immense plaisir que peut éprouver un artiste qui reçoit une commande d'un client très riche. Telle était sa conception d'un paysage féerique et c'est là qu'il s'épanouirait, au pied d'une colline banale et sans intérêt. Ici, des arbrisseaux pour lesquels il faudrait signer de gros chèques, des plantes rares qu'on ne pourrait peut-être obtenir que par l'entremise d'un ami, et là d'humbles végétaux, nécessaires mais au coût presque nul. Au printemps, à la gauche de Poirot, il y aurait des primevères, comme le laissaient prévoir la foule des petites feuilles vertes rassemblées par milliers sur le talus.

En Angleterre, songeait Poirot, les gens tiennent à vous montrer leurs massifs d'herbacées, ils vous emmènent voir leurs roses, ils parlent à n'en plus finir de leurs jardins d'iris, et pour bien vous faire comprendre qu'ils apprécient toutes les beautés de leur pays, quand le soleil brille, que les hêtres ont des feuilles qui abritent les jacinthes des bois, ils vous emmènent en excursion. Oui, c'est très beau, mais on m'a montré ça un petit peu trop souvent. Je préfère... Ses réflexions s'interrompirent tandis qu'il cherchait dans le passé ce qu'il avait préféré. Une promenade en voiture dans le Devon. Une route étroite en zigzag, sorte de chemin creux aux talus escarpés colonisés par un tapis de primevères. De primevères toutes pâles, d'un jaune timide et subtil, avec ce léger parfum qu'elles dégagent quand elles sont en nombre, un parfum qui plus que tout autre est celui du printemps. Ainsi, il n'y aurait pas ici que des plantes rares. Il y aurait le printemps et l'automne, il y aurait des petits cyclamens sauvages et des crocus aussi. C'était vraiment un bel endroit.

Qui étaient ces gens qui vivaient maintenant dans la Maison de la Carrière ? Il connaissait leur nom, il s'agissait d'un vieux colonel à la retraite et de sa femme, mais Spence pourrait sûrement lui en dire plus. Il avait le sentiment, quel qu'en soit son propriétaire aujourd'hui, qu'il ne pouvait pas éprouver pour ce jardin le même amour que celui de feu Mme Llewellyn-Smythe.

Poirot se leva et fit quelques pas sur le chemin. C'était un sentier soigneusement nivelé, où il était facile de marcher, un sentier conçu pour permettre aux personnes âgées de circuler sans encombre, sans avoir à faire de trop grands pas et avec, disposés à des endroits choisis et à intervalles réguliers, des sièges d'allure rustique mais moins rustiques qu'ils n'en avaient l'air. En fait, la position du dos et des pieds était particulièrement confortable. J'aimerais rencontrer ce Michael Garfield, se dit Poirot. Il a vraiment bien arrangé ça. Il connaissait son métier, il avait bien conçu son affaire et avait embauché des gens qualifiés pour la mener à bien. Il avait fait en sorte, j'imagine, de réaliser les projets de sa patronne de telle façon qu'elle puisse penser qu'elle était responsable de tout. Mais, à mon avis, elle n'était pas seule en cause. Le principal venait de lui. Oui, j'aimerais le voir. S'il est toujours dans la villa – ou le bungalow – qui a été construit pour lui, je suppose...

Il s'interrompit pour regarder au-delà de la dénivellation qui se trouvait à ses pieds, là où le chemin tournait dans l'autre sens. Pour regarder les branches rouge et or d'un arbrisseau qui encadraient une apparition dont Poirot se demanda si elle était vraiment là ou si c'était un simple effet d'ombre et de lumière sur les feuilles.

Que vois-je ? se demanda-t-il. Est-ce le résultat d'un enchantement ? Ce n'est pas impossible. Ici, rien n'est impossible. Est-ce un être humain ou est-ce... Mais qu'est-ce que cela pourrait bien être ? La vision le ramena quelques années en arrière, aux aventures qu'il avait baptisées « Les Travaux d'Hercule ». D'une certaine façon, ce n'était pas dans un jardin anglais qu'il était assis. Il régnait là une atmosphère qu'il tenta de définir. Faite de magie, d'enchantement, de beauté certainement, d'une beauté pudique mais sauvage. Si c'était un théâtre, la mise en scène comprendrait des nymphes, des faunes, des beautés grecques, mais serait empreinte d'angoisse aussi. Oui, songea Poirot, on respire l'angoisse, dans ce jardin. De quoi avait parlé la sœur de Spence ? D'un meurtre qui aurait été commis dans la carrière, il y a des années ? Le roc avait été taché de sang, après quoi la mort avait été oubliée, tout avait été recouvert, Michael Garfield était venu, avait créé un jardin charmant pour lequel une vieille femme, qui n'avait plus beaucoup d'années à vivre, avait donné beaucoup d'argent.

Poirot voyait maintenant, de l'autre côté de la dénivellation, encadré de feuillage rouge et or, un jeune homme. Un jeune homme d'une beauté exceptionnelle. On ne pense pas aux jeunes gens sous cet angle, de nos jours. D'un jeune homme on dit souvent, à juste titre, qu'il est sexy ou follement séduisant quand il a le visage taillé à coups de serpe, des cheveux gras en désordre et des traits irréguliers. Vous ne dites pas de lui qu'il est beau. Et si vous le dites, vous le faites sur un ton d'excuse, comme si vous le félicitiez d'une qualité depuis longtemps oubliée. Les filles sexy ne veulent pas d'Orphée et de son luth, elles sont à la recherche d'un chanteur pop avec une voix rauque, des yeux aguicheurs et une masse de cheveux hirsutes.

Poirot se leva et poursuivit son chemin. Quand il atteignit l'autre versant, le jeune homme sortit des feuillages et vint à sa rencontre. La jeunesse paraissait être sa principale caractéristique et pourtant Poirot s'aperçut qu'il n'était pas vraiment jeune. Il avait passé trente ans, était peut-être même plus proche de la quarantaine. Il avait un sourire très, très vague. Moins un sourire de bienvenue qu'un signe de reconnaissance. Il était grand, mince, avec des traits d'une perfection sculpturale. Ses yeux étaient sombres, et ses cheveux noirs lui seyaient comme un casque de chevalier en armure. Poirot eut fugitivement l'impression qu'ils étaient tous les deux sur une scène, en train de répéter un mystère médiéval. Mais, hélas, dans ce cas, se dit Poirot en jetant un coup d'œil sur ses caoutchoucs, il va falloir que j'aille trouver l'habilleuse pour qu'elle me fournisse un meilleur équipement...

— Je suis peut-être en zone interdite. Dans ce cas, je vous prie de m'en excuser. Je suis étranger, ici. Je ne suis arrivé qu'hier.

— On ne peut pas appeler cela une zone interdite...

Le ton était paisible, poli, mais étrangement détaché, comme si les pensées du jeune homme étaient effectivement ailleurs, très loin de là.

— Cette partie-là n'est pas vraiment ouverte au public, reprit-il, mais les gens ont pris l'habitude de se promener par ici. Le vieux colonel Weston et sa femme n'y voient pas d'inconvénient. Ils changeraient d'avis si des déprédations étaient commises, mais cela n'est guère le cas.

— Pas d'actes de vandalisme, remarqua Poirot en regardant autour de lui, pas de détritus visibles. Pas même une corbeille à papier. C'est très inhabituel, non ? Le lieu est étrangement désert... On s'attendrait à voir s'y promener des amoureux.

— Les amoureux ne viennent pas ici, répondit le jeune homme. Pour je ne sais quelle raison, l'endroit a la réputation de porter malheur.

— En seriez-vous, par hasard, le concepteur ? Mais je me trompe peut-être.

— Je m'appelle Michael Garfield, déclara le jeune homme.

— C'est bien ce que je pensais, répliqua Poirot en montrant du geste tout ce qui les entourait. C'est vous qui avez fait tout ça ?

— Oui, répondit Michael Garfield.

— C'est très beau, dit Poirot. C'est très inattendu de trouver tant de beauté dans ce qui est... eh bien, franchement, un coin plutôt banal de la campagne anglaise. Je vous félicite. Vous devez être plutôt satisfait de ce que vous avez réalisé ici.

— Est-on jamais satisfait ? Je me le demande.

— Vous l'avez fait, si je ne me trompe, pour une certaine Mme Llewellyn-Smythe. Elle n'est plus de ce monde, je crois. Est-ce au colonel et à Mme Weston qu'il appartient désormais ?

— Oui. Ils l'ont eu pour une bouchée de pain. La maison est grande et sans charme, pas facile à entretenir, pas du tout ce que les gens recherchent désormais. Elle me l'avait léguée.

— Et vous l'avez vendue ?

— J'ai vendu la maison.

— Et pas le jardin ?

— Oh ! si. Le jardin allait avec, il était compris, comme on dit.

— Mais pourquoi ? demanda Poirot. C'est intéressant, ça. Cela ne vous ennuie pas si je me montre un peu curieux ?

— Vous ne posez pas les questions habituelles, remarqua Michael Garfield.

— Je m'intéresse plus aux motifs qu'aux faits. Pourquoi A a-t-il agi de telle et telle façon ? Pourquoi B a-t-il agi autrement ? Pourquoi C a-t-il adopté une conduite différente de celles de A et B ?

— Vous devriez en parler à un homme de science, remarqua Michael. C'est une question – du moins c'est ce qu'on nous raconte aujourd'hui – de gènes, ou de chromosomes. De leur disposition, de leur genre et tout ça.

— Vous venez de dire que vous n'étiez pas entièrement satisfait de votre œuvre pour la bonne raison que personne ne l'est jamais. Mais votre employeur, ou votre patronne, comme il vous plaira de l'appeler, a-t-elle été satisfaite, elle, de cette petite merveille ?

— Apparemment, répondit Michael. J'y ai veillé. Elle n'était pas difficile à contenter.

— Cela n'est pas très vraisemblable, rétorqua Poirot. D'après ce que je sais, elle avait plus de soixante ans. Soixante-cinq ans au bas mot. Les gens de cet âge-là sont-ils si facilement satisfaits ?

— Je l'ai persuadée que ce que j'avais réalisé était l'incarnation même de ses instructions, de son imagination et de ses idées.

— Et ça l'était vraiment ?

— Vous me demandez ça sérieusement ?

— Non, répondit Poirot. Non, franchement pas.

— Pour réussir dans la vie, reprit Michael Garfield, il faut non seulement suivre la carrière que l'on désire et satisfaire ses penchants artistiques, mais savoir aussi se montrer commerçant. Il faut vendre sa marchandise. Sinon, vous serez contraint d'exécuter les idées des autres, et ce en contradiction totale avec les vôtres, votre éthique et votre esthétique. Moi, si je suis parvenu à mener à bien la plupart de mes idées, c'est en les commercialisant, en les vendant au client qui m'employait comme étant les siennes propres, le résultat de ses projets et de ses plans. C'est un art qui n'est pas plus complexe à exercer que la vente à un enfant d'œufs bruns plutôt que d'œufs blancs. Le tout est de convaincre le client que ce sont les meilleurs, les seuls bons. La quintessence de la campagne. Les œufs préférés de la poule. Son premier choix. Bruns, fermiers, de pays. Impossible de les vendre si on se contente de dire : « Ce sont juste des œufs. Il n'existe qu'une seule différence entre les œufs : ils sont frais pondus ou ils ne le sont pas. »

— Vous êtes un être peu banal, remarqua Poirot. Quelqu'un de très sûr de lui, ajouta-t-il après réflexion.

— Peut-être.

— Vous avez réalisé un jardin magnifique. Vous avez surajouté vision et imagination à de la pierre brute, extraite à des fins industrielles sans souci aucun de beauté. Et vous vous êtes débrouillé pour obtenir l'argent nécessaire à l'accomplissement de l'œuvre que vous aviez présente à l'esprit. Je vous en félicite. Je vous rends hommage. L'hommage d'un vieil homme qui voit approcher la fin de son propre travail.

— Mais que, pour l'instant, vous poursuivez, n'est-ce pas ?

— Parce que vous savez qui je suis ?

Poirot était indubitablement enchanté. Il aimait que les gens aient entendu parler de lui. Ce qui, hélas, était devenu assez rarement le cas.

— Vous suivez la piste sanglante... Tout le monde est au courant, ici. Dans notre petite communauté, les nouvelles circulent vite. Et c'est une autre célébrité qui vous a attiré ici.

— Ah ! vous voulez parler de Mme Oliver.

— Ariadne Oliver. Un auteur à succès. Les gens désirent l'interviewer, savoir ce qu'elle pense des mouvements étudiants, des vêtements féminins, de la liberté sexuelle, et de tas d'autres sujets qui ne sont en rien de son ressort.

— Oui, oui, reconnut Poirot, c'est déplorable, à mon avis. Mais Mme Oliver ne leur apprendra rien, sinon qu'elle adore les pommes. Cela dit, voilà vingt ans au moins qu'on le sait, ce qui ne l'empêche pas de le répéter en permanence et avec un charmant sourire. Encore que je crains bien qu'elle ne les aime plus autant maintenant.

— Ce sont des pommes qui vous ont amené ici, n'est-ce pas ?

— Des pommes, dans une soirée donnée pour Halloween. Vous y étiez ?

— Non.

— Vous avez de la chance.

— De la chance ? répéta Michael Garfield, un peu surpris.

— Avoir été présent à une réunion où un meurtre a été commis n'est pas une sinécure. Cela ne vous est peut-être jamais arrivé, mais je vous dis que vous avez de la chance parce que vous évitez ainsi bien des ennuis. On vous pose un tas de questions embêtantes à propos d'horaires, de dates, etc. Vous connaissiez cette gamine ?

— Oui. Les Reynolds sont très connus. D'ailleurs je connais la plupart des gens qui vivent dans les environs. À Woodleigh Common, nous nous connaissons tous à des degrés divers, intimement pour certains, à titre amical pour d'autres, ou simplement de vue.

— Et Joyce, comment était-elle ?

— Elle était... comment dire ? ... quelconque. Elle avait une vilaine voix. Stridente. En vérité, c'est tout ce qu'elle me rappelle. J'ai peu de goût pour les enfants. Ils m'ennuient pour la plupart. Et Joyce m'ennuyait. Elle ne parlait que d'elle.

— Elle n'était pas intéressante ?

Michael Garfield parut légèrement surpris.

— Je ne pense pas. Elle devait l'être, d'après vous ?

— J'ai dans l'idée que les gens dénués d'intérêt ne se font généralement pas assassiner. On tue les gens par amour, pour de l'argent, mais avant tout par peur. Pour se décider à prendre un tel risque, il faut une motivation forte...

Il s'interrompit et consulta sa montre.

— Je dois y aller. J'ai un rendez-vous. Encore une fois, toutes mes félicitations.

Il descendit le chemin en posant les pieds avec précaution. Il était bien content, pour une fois, de ne pas avoir mis ses bottines de cuir verni.

Michael Garfield n'était pas la seule personne qu'il devait rencontrer, ce jour-là, dans le Jardin des Profondeurs. Après en avoir atteint le fond, il constata que trois chemins en partaient dans des directions légèrement différentes. À l'entrée de celui du milieu, assise sur un tronc d'arbre, une enfant l'attendait. Elle le lui fit savoir aussitôt.

— Je suppose que vous êtes monsieur Hercule Poirot, n'est-ce pas ?

Sa voix était claire, presque comme un carillon. Elle était gracile et paraissait en harmonie avec le jardin. Une espèce d'elfe, ou de dryade.

— C'est bien mon nom, en effet.

— Je suis venue à votre rencontre, dit l'enfant. Vous venez prendre le thé chez nous, n'est-ce pas ?

— Avec Mme Butler et Mme Oliver ? Oui.

— C'est ça. Avec maman et tante Ariadne. Vous êtes en retard, ajouta-t-elle avec un léger accent de reproche.

— Désolé. Je me suis arrêté pour parler à quelqu'un.

— Oui, je vous ai vu. Vous parliez à Michael, n'est-ce pas ?

— Tu le connais ?

— Bien sûr. Nous vivons ici depuis longtemps. Je connais tout le monde.

Quel âge pouvait-elle bien avoir ? Poirot le lui demanda.

— J'ai douze ans. Je vais aller en pension l'année prochaine.

— Cela t'ennuie ou cela te fait plaisir ?

— Je ne le saurai que quand j'y serai. Je crois que je n'aime plus cet endroit comme avant... Vous devriez me suivre maintenant, si vous voulez bien, ajouta-t-elle.

— Mais certainement. Certainement. Je te fais mes excuses pour mon retard.

— Oh ! cela n'a pas vraiment d'importance.

— Comment t'appelles-tu ?

— Miranda.

— C'est un nom qui te va bien, remarqua Poirot.

— Vous pensez à Shakespeare ?

— Oui. Tu l'as appris en classe ?

— Oui. Mlle Emlyn nous en a lu. J'ai demandé à maman de m'en lire plus. J'aime ça. Ça sonne merveilleusement. *Un monde nouveau, un monde meilleur*... Ça n'existe pas vraiment, non ?

— Tu n'y crois pas ?

— Et vous ?

— Il y a toujours un monde nouveau, meilleur, tu sais, remarqua Poirot, mais seulement pour certaines personnes. Les heureux élus. Ceux qui le portent en eux et contribuent à le créer.

— Ah ! je vois, acquiesça Miranda avec l'air de n'avoir en effet aucun mal à le faire, encore que Poirot se demandât bien ce qu'elle voyait.

Elle lui tourna le dos et se mit en route.

— Par ici. Ce n'est pas très loin. On peut prendre le raccourci et traverser la haie de notre jardin.

Puis, tournant la tête vers lui, elle pointa le doigt en arrière.

— La fontaine se trouvait là, au milieu.

— La fontaine ?

— Oh ! il y a des années. Je suppose qu'elle est toujours là, sous les buissons, les azalées et tout ça. Elle était toute cassée, vous comprenez. Les gens en ont pris des morceaux, mais personne ne l'a remplacée.

— C'est dommage, non ?

— Je ne sais pas. Je n'en suis pas sûre. Vous aimez beaucoup les fontaines ?

— *Ça dépend*, répondit Poirot en français.

— Je connais un peu de français, dit Miranda.

— Tu m'as l'air très instruite.

— Tout le monde dit que Mlle Emlyn est un très bon professeur. C'est notre professeur principal. Elle est horriblement stricte et sévère, mais elle nous raconte parfois des choses terriblement intéressantes.

— Dans ce cas, c'est certainement un bon professeur, déclara Hercule Poirot. Tu as l'air de très bien connaître cet endroit... tu viens ici souvent ?

— Oh ! oui. C'est une de mes promenades favorites. Personne ne sait où je suis quand je viens ici.

Je m'installe dans un arbre, sur les branches, et j'observe. J'aime ça, observer ce qui se passe.

— Quoi, par exemple ?

— Surtout les oiseaux et les écureuils. Les oiseaux sont très querelleurs, n'est-ce pas ? Pas le moins du monde comme dit le poète : « Dans son petit nid, l'oiseau obéit. » Ils n'obéissent pas, n'est-ce pas ? Et j'observe les écureuils.

— Et les gens ?

— Parfois. Mais il ne vient pas grand monde par ici.

— Je me demande bien pourquoi ?

— Parce qu'ils ont peur.

— Peur ? Pourquoi ça ?

— Parce que quelqu'un a été tué ici, il y a longtemps. Avant que ce soit un jardin, je veux dire. C'était une carrière, et alors il y avait un monticule de gravier, ou un monticule de sable, et c'est là-dedans qu'on l'a trouvée. *Vous êtes né pour être pendu ou vous êtes né pour être noyé...* vous pensez que ce dicton est vrai ?

— Personne n'est plus né pour être pendu, de nos jours. On ne pend plus, dans ce pays.

— Mais on en pend dans d'autres. On en pend même dans les rues. J'ai lu ça dans les journaux.

— Ah ! Et tu penses que c'est une bonne ou une mauvaise chose ?

Miranda ne répondit pas directement à la question, mais Poirot comprit que c'était là une manière d'y répondre.

— Joyce a été noyée, déclara-t-elle. Maman ne voulait pas me le dire, mais c'est idiot, non ? J'ai douze ans, quand même.

— Joyce était une amie à toi ?

— Oui. Une très grande amie, par certains côtés. Elle me racontait parfois des choses très intéressantes à propos d'éléphants et de maharajas. Elle était allée en Inde une fois. J'aurais bien aimé y aller, moi aussi. Joyce et moi, on se disait tous nos secrets. Je n'ai pas autant de choses à raconter que maman. Elle a été en Grèce, vous savez. C'est là qu'elle a rencontré tante Ariadne, mais elle ne m'avait pas emmenée.

— Qui te l'a dit, à propos de Joyce ?

— Mme Perring. C'est notre cuisinière. Elle en a parlé à Mme Minden, qui vient faire le ménage. Quelqu'un lui a enfoncé la tête dans une bassine d'eau.

— Tu as une idée de qui était ce quelqu'un ?

— Elles n'avaient pas l'air de le savoir, mais il faut dire qu'elles sont plutôt stupides toutes les deux.

— Et toi, tu le sais, Miranda ?

— Je n'y étais pas. Comme j'avais mal à la gorge et de la fièvre, maman ne m'avait pas laissée aller à la fête. Mais je crois que je pourrais le savoir. Parce qu'elle a été noyée. C'est pourquoi je vous ai demandé si vous pensiez qu'il y avait des gens nés pour être noyés. Nous allons traverser la haie, maintenant. Faites attention à vos vêtements.

Poirot suivit le guide. Le passage au travers de la haie était bien adapté à la finesse d'elfe de la petite fille. Pour elle, c'était pratiquement une grand-route. Toutefois, pleine de sollicitude, elle écarta à l'intention de Poirot les branches les plus épineuses et les plus menaçantes. Ils émergèrent à côté d'un tas de compost, tournèrent autour d'un châssis de concombres à l'abandon à côté duquel se trouvaient deux poubelles et surgirent dans un joli jardin, planté surtout de rosiers, qui donnait accès à une maisonnette toute de plain-pied. Y pénétrant par une porte-fenêtre ouverte, Miranda annonça, avec la modeste fierté du collectionneur qui vient d'acquérir un rare spécimen de coléoptère :

— Je l'ai eu, le voilà.

— Miranda, dis-moi, tu ne l'as quand même pas fait passer par la haie ? Tu aurais dû faire le tour et sortir par la porte de côté.

— C'est un bien meilleur chemin, répliqua Miranda. Plus court et plus rapide.

— Et beaucoup plus pénible, j'en ai peur.

— Mais j'y pense..., intervint Mme Oliver. Est-ce que je vous ai présenté à mon amie, Mme Butler ?

— Bien sûr. À la poste.

La présentation en question s'était faite en quelques secondes, alors qu'ils faisaient la queue au guichet. Mais Poirot avait tout loisir maintenant d'examiner l'amie de Mme Oliver. Il n'avait vu alors qu'une femme mince, la tête cachée sous un foulard et le reste sous un imperméable. En fait, Judith Butler était une femme d'environ trente-cinq ans, et alors que sa fille ressemblait à une dryade ou à une nymphe des bois, elle était plus proche d'un esprit des eaux. Elle aurait pu passer pour une Fille du Rhin. Ses cheveux blonds lui tombaient librement sur les épaules, elle avait les traits fins avec un visage plutôt long, des joues légèrement creuses et de grands yeux vert d'eau bordés de longs cils.

— Je suis très heureuse de pouvoir vous remercier comme vous le méritez, monsieur Poirot, dit-elle. C'est vraiment très aimable à vous d'avoir répondu à l'appel d'Ariadne.

— Quand mon amie Mme Oliver me demande de faire quelque chose, je ne peux que me plier à ses désirs.

— Mais c'est ridicule, riposta Mme Oliver.

— Elle était sûre, absolument sûre, que vous seriez capable de tirer au clair cette abominable histoire. Miranda, ma chérie, veux-tu aller dans la cuisine ? Tu trouveras les scones sur la grille, au-dessus du four.

Miranda disparut, non sans un sourire adressé à sa mère, qui exprimait clairement ce qu'elle pensait : « Elle veut se débarrasser de moi un moment. »

— J'ai essayé de lui cacher cette... cette tragédie, déclara la mère de Miranda, mais c'était perdu d'avance.

— Oui, évidemment, convint Poirot. Rien ne se propage plus vite, dans une communauté, que la nouvelle d'une catastrophe, et d'autant plus vite que la catastrophe est plus épouvantable. De toute façon, ajouta-t-il, on ne peut pas vivre longtemps sans voir ce qui se passe autour de soi. Et, de ce point de vue, les enfants paraissent particulièrement doués.

— Je ne sais plus si c'est Burns ou Walter Scott qui a dit : *Il y a un enfant parmi vous qui prend des notes*, signala Mme Oliver, mais il savait à coup sûr de quoi il parlait.

— Il semble bien que Joyce Reynolds ait noté quelque chose comme un meurtre, déclara Mme Butler. On a du mal à le croire.

— Du mal à croire qu'elle l'ait noté ?

— Je voulais dire, à croire que si elle avait vraiment vu un meurtre s'accomplir sous ses yeux, elle n'en ait jamais parlé auparavant. Cela ne lui ressemble pas.

— Le premier détail que tout le monde paraît vouloir me faire savoir, rétorqua Poirot d'une voix douce, c'est que cette Joyce Reynolds était une menteuse.

— Ne serait-il pas possible, demanda Judith Butler, qu'une enfant invente quelque chose qui plus tard se réalisera bel et bien ?

— Ce qui nous ramène à notre point de départ, déclara Poirot. Joyce Reynolds a incontestablement été assassinée.

— Et vous avez incontestablement avancé, remarqua Mme Oliver. Vous avez même probablement déjà tout découvert.

— Madame, ne me demandez pas l'impossible. Vous êtes toujours si pressée !

— Pourquoi pas ? répliqua Mme Oliver. Personne n'obtiendrait jamais rien de nos jours s'il ne se dépêchait pas.

Miranda revint alors avec un plat de scones.

— Je peux les poser là ? Je pense que vous vous êtes tout dit, maintenant. Ou bien y a-t-il autre chose que vous aimeriez que j'aille chercher à la cuisine ? demanda-t-elle avec une intonation gentiment malicieuse.

Mme Butler brancha de nouveau la bouilloire électrique qu'elle avait éteinte juste avant que l'eau ne bouille, remplit la théière en argent et servit le thé. Miranda offrit avec élégance, à la ronde, les scones chauds et des canapés au concombre.

— Ariadne et moi nous sommes rencontrées en Grèce, dit Judith.

— En rentrant d'une des îles, je suis tombée à la mer, raconta Mme Oliver. Le temps était à l'orage et, au moment de réembarquer, les marins n'arrêtaient pas de vous crier « sautez ! » et, évidemment, ils le criaient quand le bateau était encore assez écarté du quai mais venait droit sur vous, seulement vous ne pensiez pas qu'il arriverait si vite, alors vous hésitiez, vous perdiez votre sang-froid et vous sautiez quand il avait l'air tout près et, bien entendu, c'était le moment où il s'écartait de nouveau. Judith, ajouta-t-elle après avoir repris son souffle, a aidé à me repêcher, ce qui a créé un lien entre nous, n'est-ce pas ?

— Oui, bien sûr, répondit Mme Butler. Par ailleurs, votre prénom m'avait beaucoup plu, ajouta-t-elle. Il paraissait si approprié !

— Oui, je suppose que c'est un nom grec. C'est vraiment le mien, vous savez, je ne l'ai pas inventé à des fins littéraires. Je n'ai rien connu du sort d'Ariadne. Je n'ai jamais été abandonnée sur une île déserte par l'homme que j'aimais ou quoi que ce soit de ce genre.

Poirot porta la main à sa moustache pour cacher le léger sourire qu'il n'avait pu retenir en se représentant Mme Oliver dans le rôle d'une vierge grecque délaissée.

— Nous ne pouvons pas tous vivre en accord avec nos noms, remarqua Mme Butler.

— Non, effectivement. Je ne vous vois pas en train de couper la tête de votre amant. C'est bien ce qui s'est passé, n'est-ce pas, entre Judith et Holopherne ?

— Elle accomplissait son devoir patriotique, repartit Mme Butler, pour lequel, si je ne me trompe, elle fut largement louée et récompensée.

— Je ne suis pas très calée sur Judith et Holopherne. C'est dans les Apocryphes, n'est-ce pas ? Cela dit, quand on y songe, les gens ont une façon de donner aux autres – à leurs enfants, j'entends – des noms souvent bien étranges, non ? Qui est-ce, déjà, qui a enfoncé des clous dans la tête de quelqu'un ? Jahel, ou Sisara. Je ne me rappelle jamais qui est l'homme et qui est la femme, Jahel sans doute. Je ne crois pas avoir jamais connu un enfant baptisé Jahel.

— Elle lui a servi du beurre dans une magnifique coupe d'albâtre, expliqua Miranda de façon tout à fait inattendue alors qu'elle s'apprêtait à enlever le plateau.

— Ne me regardez pas comme ça, dit Judith Butler à son amie. Ce n'est pas moi qui ai fait connaître les Apocryphes à Miranda. Ça vient de l'école.

— C'est plutôt étonnant de la part d'une école contemporaine, remarqua Mme Oliver. On leur enseigne plutôt des idées moralisatrices, non ?

— Pas Mlle Emlyn, répondit Miranda. Elle dit qu'à l'église, aujourd'hui, on ne nous donne que la version moderne de la Bible, sans aucune qualité littéraire. Elle trouve que nous devons pour le moins connaître le style et les vers blancs de la version originale. L'histoire de Jahel et de Sisara m'a beaucoup plu. Je n'aurais jamais eu l'idée, ajouta-t-elle, songeuse, de faire ça moi-même. D'enfoncer des clous, je veux dire, dans la tête de quelqu'un qui dort.

— Je l'espère, en effet, sourit sa mère.

— Et que ferais-tu à tes ennemis, Miranda ? demanda Poirot.

— Je serais très gentille, répondit Miranda d'un ton réfléchi. Ce serait plus difficile, mais j'aimerais mieux ça parce que je déteste faire mal. J'utiliserais une espèce de drogue qui leur procurerait une mort douce. Ils s'endormiraient, feraient de beaux rêves et, simplement, ils ne se réveilleraient plus. Si vous voulez emmener M. Poirot au jardin, je vais faire la vaisselle, maman, ajouta-t-elle en enlevant les tasses à thé, le pain et le beurre. Il y a encore quelques roses Queen Elizabeth dans la platebande derrière la maison.

Et elle sortit en tenant son plateau avec précaution.

— C'est une enfant étonnante, cette petite Miranda, s'émut Mme Oliver.

— Vous avez une très jolie fillette, madame, complimenta Poirot.

— Oui, elle est très jolie pour le moment. Mais on ne sait jamais de quoi elles vont avoir l'air en grandissant. Elles prennent parfois du poids à l'adolescence et se mettent à ressembler à des cochons engraissés. Mais maintenant... maintenant, c'est vrai, elle a tout d'une nymphe des bois.

— Rien d'étonnant à ce qu'elle aime le jardin de la carrière, qui jouxte votre maison.

— Je préférerais parfois qu'elle l'aime un peu moins. On ne se sent pas tranquille quand quelqu'un se promène dans un endroit isolé, même s'il se trouve un village ou des gens pas trop loin. On a... oh ! on a tout le temps peur, de nos jours. C'est pour cela aussi que vous devez découvrir pourquoi cette chose terrible est arrivée à Joyce. Parce que tant que nous ne saurons pas qui a fait ça, nous ne pourrons pas avoir une minute de paix... pour ce qui concerne nos propres enfants, veux-je dire. Voulez-vous accompagner M. Poirot dans le jardin, Ariadne ? Je vous rejoins dans un instant.

Elle prit les deux tasses et le plat qui restaient et les emporta à la cuisine. Par la porte-fenêtre, Mme Oliver et Poirot passèrent dans un petit jardin qui ressemblait à la plupart des jardins à l'automne. Il y avait encore quelques asters et quelques roses Queen Elizabeth qui dressaient haut leurs têtes sculpturales. Mme Oliver alla vite s'asseoir sur un banc de pierre et invita Poirot à prendre place à côté d'elle.

— Vous avez comparé Miranda à une nymphe des bois, dit-elle. Et que pensez-vous de Judith ?

— Je pense qu'elle devrait s'appeler Ondine, répondit Poirot.

— Un génie des eaux, oui. Elle a l'air de sortir du Rhin, ou de la mer, ou d'un lac de forêt, quelque chose comme ça. On dirait que ses cheveux ont été plongés dans l'eau. Et pourtant, elle ne donne pas une impression de laisser-aller ou d'extravagance, n'est-ce pas ?

— Elle aussi est absolument charmante, reconnut Poirot.

— Que pensez-vous d'elle ?

— Je n'ai pas encore eu le temps d'y réfléchir. Je pense seulement qu'elle est belle et séduisante... et qu'elle est très préoccupée.

— Évidemment. On le serait à moins, non ?

— J'aimerais, madame, que vous, vous me disiez ce que vous pensez d'elle.

— Eh bien, j'ai appris à bien la connaître pendant cette croisière. On se fait souvent là des amis intimes, vous savez. Un ou deux, cela s'entend, parce qu'avec les autres, on s'aime bien, mais on ne va pas jusqu'à essayer de se revoir. Sauf, comme je le disais, pour une ou deux exceptions. Et Judith est une de celles que j'ai eu envie de revoir.

— Vous ne la connaissiez pas avant ?

— Non.

— Mais vous savez des choses sur elle ?

— Bah ! des choses on ne peut plus banales. Elle est veuve, son mari est mort depuis longtemps... C'était un pilote d'aviation. Il a été tué dans un accident de voiture. Une collision, semble-t-il, en débouchant un soir d'une route, qui passe près d'ici, sur la départementale, ou quelque chose d'approchant. Il l'a laissée sans rien, j'imagine. Ça l'a complètement démolie, je crois. Elle n'aime pas en parler.

— Miranda est sa seule enfant ?

— Oui. Judith fait des travaux de secrétariat à temps partiel dans le voisinage, mais elle n'a pas de poste fixe.

— Connaissait-elle les gens qui vivaient dans la Maison de la Carrière ?

— Vous voulez parler du vieux colonel et de Mme Weston ?

— Je veux parler de la propriétaire précédente, Mme Llewellyn-Smythe... c'est bien son nom ?

— Je crois. Il me semble l'avoir entendu. Mais elle est morte depuis deux ou trois ans alors, il n'est plus tellement question d'elle. Les vivants ne vous suffisent pas ? demanda Mme Oliver non sans agacement.

— Certainement pas, répliqua Poirot. Je dois aussi me renseigner sur ceux qui sont morts ou ont disparu de la scène.

— Qui a disparu ?

— La fille au pair, répondit Poirot.

— Oh ! ça, elles disparaissent toujours, non ? riposta Mme Oliver. Elles débarquent chez vous, se font rembourser le prix de leur voyage et, parce qu'elles sont invariablement enceintes, s'en vont droit à l'hôpital où elles accouchent d'un bébé qu'elles appellent Auguste, Hans, ou Boris, ou d'un nom de ce genre. Ou bien alors elles sont venues pour épouser quelqu'un, ou pour suivre un garçon dont elles sont tombées amoureuses. Vous ne pouvez pas vous imaginer les histoires que mes amies me racontent. Le problème, avec ces filles au pair, c'est que, ou bien ce sont des dons du ciel pour des mères surchargées qui ne veulent plus s'en séparer, ou bien alors ce sont des calamités qui vous chipent vos bas, se font assassiner... Oh ! fit-elle, en s'arrêtant brusquement.

— Calmez-vous, madame, lui enjoignit Poirot. Il n'y a aucune raison de croire qu'une fille au pair a été assassinée. Bien au contraire.

— Qu'entendez-vous par « bien au contraire » ? Ça n'a aucun sens.

— Probablement pas. Quoi qu'il en soit...

Il sortit son carnet et prit quelques notes.

— Qu'écrivez-vous là ?

— Je note certains faits qui se sont produits dans le passé.

— Le passé a vraiment l'air de vous préoccuper beaucoup.

— Le passé est le père du présent, déclara Poirot d'un ton sentencieux.

Il lui tendit son carnet.

— Vous voulez voir ce que j'ai écrit ?

— Évidemment, que je le veux. Cela n'aura sans doute aucune signification pour moi. Ce qui vous paraît à vous important ne l'est jamais pour moi.

Il lui tendit son petit carnet noir :

« Morts : p. ex. Mme Llewellyn-Smythe (riche). Janet White (enseignante). Le clerc de notaire... poignardé, poursuivi auparavant pour faux. »

Dessous, il avait écrit : « La fille opéra disparaît. »

— Quelle fille d'opéra ?

— La fille opéra tout court. C'est comme ça que la sœur de mon ami Spence appelle ce qui, pour vous et moi, est une fille au pair.

— Pourquoi a-t-elle disparu ?

— Parce qu'elle était très probablement en position délicate face à la loi.

Poirot mit le doigt sur l'entrée suivante : Faux, suivi de deux points d'interrogation.

— Faux ? répéta Mme Oliver. Pourquoi un faux ?

— C'est justement ce que je me demande. Pourquoi un faux ?

— Quel genre de faux ?

— Un faux testament, ou plutôt un codicille à un testament. Un codicille en faveur de la fille au pair.

— Abus d'influence ? suggéra Mme Oliver.

— Un faux, c'est plus grave qu'un abus d'influence, fit observer Poirot.

— En tout cas, je ne saisis pas ce que cela a à voir avec le meurtre de cette pauvre Joyce.

— Moi non plus, répondit Poirot. Mais, néanmoins, c'est intéressant.

— Quel est le mot suivant ? Je n'arrive pas à le lire.

— Éléphants.

— Cela n'a aucun rapport avec tout ça !

— Cela pourrait en avoir, répliqua Poirot. Croyez-moi, cela pourrait très bien en avoir.

Il se leva.

— Il faut que je m'en aille, maintenant. Présentez mes excuses à notre hôtesse, je vous prie, pour être parti sans lui dire au revoir. J'ai eu beaucoup de plaisir à faire sa connaissance, ainsi que celle de son adorable et très exceptionnelle enfant. Dites-lui de prendre bien soin de cette petite fille.

— *Ma mère disait que je ne devrais pas jouer avec les enfants dans les bois*, récita Mme Oliver. Eh bien, au revoir. Puisque vous aimez les mystères, j'imagine que vous allez continuer à jouer le mystérieux. Vous ne me dites même pas ce que vous allez faire après.

— J'ai rendez-vous demain matin avec MM. Fullerton, Harrison & Leadbetter, à Medchester.

— Pourquoi ?

— Pour disserter de faux et d'autres sujets encore.

— Et ensuite ?

— Je veux parler en outre à certaines personnes qui étaient également présentes.

— À la soirée ?

— Non. À ses préparatifs.

12

Le siège de Fullerton, Harrison & Leadbetter semblait très respectable, une caractéristique des études à l'ancienne mode. Le temps avait fait son œuvre. Plus de Harrison ni de Leadbetter. Il y avait désormais un M. Atkinson et un jeune M. Cole, et il restait un M. Jeremy Fullerton, associé principal.

C'était un vieil homme élancé, ce M. Fullerton, au visage impassible, à la voix froide et aux yeux étonnamment perçants. Il venait de lire les quelques mots qui figuraient sur la feuille qu'il avait sous la main. Il les relut pour bien se pénétrer de leur sens. Puis il regarda l'homme dont il était question dans ce petit mot d'introduction.

— Monsieur Hercule Poirot ?

Il se fit son propre jugement : un homme âgé, un étranger, habillé avec coquetterie, mal chaussé de bottines de cuir verni qui, comme le devina M. Fullerton avec perspicacité, étaient trop étroites pour lui. Il avait déjà de légères rides gravées au coin des yeux. Un dandy, qui lui était recommandé par l'inspecteur Henry Raglan, de la brigade criminelle, et par le commissaire de Scotland Yard (à la retraite) Spence.

— Le commissaire Spence, hein ? dit M. Fullerton.

Fullerton connaissait Spence. Un homme hautement apprécié de ses supérieurs, qui avait fait du bon travail en son temps. De vagues souvenirs lui revinrent. Une affaire assez célèbre, plus célèbre en vérité qu'elle ne promettait de l'être, une affaire qui avait d'abord paru sans problème. Mais oui, bien sûr ! Son neveu Robert avait participé au procès. Un tueur, un psychopathe, semblait-il, qui se souciait à peine de se défendre, qui donnait l'impression de vouloir qu'on le pende (car c'était ce qu'il risquait alors). Pas quinze ans, pas la perpétuité, non, la punition tout entière... et malheureusement, on y avait renoncé, se disait M. Fullerton, raisonnant froidement. Aujourd'hui, les jeunes gangsters estimaient qu'ils n'avaient pas grand-chose à perdre à prolonger une agression jusqu'à ce que mort s'ensuive. Une fois morte, la victime peut difficilement vous identifier.

Spence, l'homme tranquille et tenace qui avait été chargé de l'affaire, n'avait cessé de soutenir qu'ils ne tenaient pas le vrai coupable. Et c'était bien vrai, ils ne tenaient pas le vrai coupable, et celui qui l'avait prouvé était une espèce d'amateur étranger, un membre de la police belge à la retraite. Déjà plus tout jeune à l'époque, l'individu était maintenant probablement sénile. Quoi qu'il en soit, lui-même se montrerait prudent. Des informations, voilà ce qu'on attendait de lui. Des informations qu'après tout il pourrait donner sans crainte car il ne voyait pas du tout lesquelles il pouvait bien détenir sur ce sujet. Une affaire de meurtre d'enfant.

M. Fullerton aurait aimé penser qu'il avait une idée assez nette de l'auteur de cet homicide, mais il n'en était pas aussi sûr qu'il l'aurait souhaité – il connaissait au moins trois candidats à ce titre. Et n'importe lequel de ces trois bons à rien aurait pu faire le coup. Des mots lui passaient par la tête : « mentalement retardés », « rapports psychiatriques ». Voilà comment tout cela allait finir, sans aucun doute. Quoi qu'il en soit, noyer une enfant pendant une réception, c'était une tout autre affaire que les histoires innombrables de gosses qui ne rentrent pas de l'école et qu'on retrouve dans une fosse voisine parce qu'ils ont accepté de se faire reconduire en voiture malgré des avertissements cent fois répétés. Dans une gravière, cette fois-là. Quand ça ? De très nombreuses années auparavant.

Toutes ces réflexions lui prirent quelques minutes, après quoi M. Fullerton s'éclaircit la gorge, un peu à la façon d'un asthmatique, et demanda :

— Monsieur Hercule Poirot, que puis-je faire pour vous ? Je suppose que c'est au sujet de cette petite fille, Joyce Reynolds ? Sale histoire, très sale histoire. Mais je ne vois vraiment pas en quoi je puis vous être utile. Je ne sais pratiquement rien de cette affaire.

— Mais vous êtes, si je ne m'abuse, le conseiller juridique de la famille Drake ?

— Oh ! oui, oui. Hugo Drake, le pauvre. Un charmant garçon. Je les connais depuis longtemps, depuis qu'ils ont acheté les Pommiers et sont venus vivre ici. Une bien triste maladie, la polio. Il l'avait attrapée à l'étranger, pendant des vacances. Bien entendu, il avait gardé intacte toute sa tête. C'est terrible quand cela touche un homme qui a été un athlète toute sa vie, un sportif, un passionné de compétitions et tout ça. Oui. C'est terrible de se savoir infirme à tout jamais.

— Vous étiez aussi, je crois, le notaire de Mme Llewellyn-Smythe ?

— La tante, oui. Remarquable femme, en vérité. Elle est venue vivre ici quand sa santé s'est dégradée, pour se rapprocher de son neveu et de sa nièce. Elle a acheté la Maison de la Carrière, ce puits sans fond, ce gouffre financier. L'a payée plus cher qu'elle ne valait, mais l'argent n'était pas pour elle un obstacle. Elle était très riche. Elle aurait pu trouver une maison plus agréable, mais c'était la carrière elle-même qui la fascinait. Elle a embauché pour y travailler un paysagiste, particulièrement qualifié je crois. Un de ces beaux garçons aux cheveux longs, mais quand même très compétent. Ce qu'il a fait là lui a réussi. Il s'est acquis une solide réputation avec cette réalisation qui a eu les honneurs de *Maisons et Jardins* et de beaucoup d'autres magazines. Oui, Mme Llewellyn-Smythe savait choisir ses employés. Ce n'était pas pour sa beauté qu'elle l'avait pris sous son aile, comme c'est le cas pour certaines vieilles toquées. Non, ce garçon avait de la cervelle et était au plus haut niveau de sa profession. Mais je sors de notre sujet. Mme Llewellyn-Smythe est morte il y a deux ans.

— Très soudainement.

Fullerton lança à Poirot un regard perçant.

— Oh non, je ne dirais pas ça. Elle avait le cœur malade et les médecins essayaient de l'empêcher d'en faire trop, mais elle n'était pas du genre obéissant. Et elle n'était pas hypocondriaque non plus. Mais je crois que nous sortons encore du sujet dont vous êtes venu me parler.

— Pas vraiment, répliqua Poirot, mais j'aimerais, si vous le permettez, vous poser quelques questions sur un tout autre personnage. Je cherche des renseignements sur un de vos anciens employés, Lesley Ferrier.

M. Fullerton parut très surpris.

— Lesley Ferrier ? répéta-t-il. Lesley Ferrier... Attendez voir... Franchement, vous savez, j'avais presque oublié son nom. Oui, oui, bien sûr. Il a été poignardé, n'est-ce pas ?

— Oui, c'est bien de lui que je parle.

— Je ne sais pas grand-chose à son sujet. Cela s'est passé il y a quelque temps déjà. Il a été poignardé un soir, près du *Cygne Vert*. On n'a jamais arrêté personne. La police avait sans doute sa petite idée sur le coupable, mais ce sont surtout les preuves qui lui manquaient.

— Le mobile était passionnel ? demanda Poirot.

— Oh ! certainement. La jalousie, comprenez-vous. Il avait une liaison avec une femme mariée dont le mari possédait un pub, le *Cygne Vert*, à Woodleigh Common. Un endroit sans prétention. Et puis il semble que le jeune Lesley se soit mis à fricoter avec une autre jeune femme, ou avec plus d'une. C'était un coureur, ce garçon. Il avait déjà eu quelques histoires.

— En tant qu'employé, vous étiez contents de lui ?

— Je dirais plus volontiers que nous n'en étions pas mécontents. Il avait ses bons côtés. Il réussissait bien avec les clients et s'efforçait de remplir son contrat d'apprentissage, mais il aurait mieux valu qu'il prenne soin de sa situation et de sa conduite plutôt que de s'acoquiner successivement avec une collection de filles que je considérais pour la plupart, avec ma façon vieux jeu de voir les choses, comme socialement très inférieures à lui. Il y a eu une bagarre, un soir, au *Cygne Vert*, et Lesley Ferrier a été poignardé sur le chemin du retour.

— L'une des filles en était-elle responsable, ou la faute en revenait-elle à la patronne de l'établissement, à votre avis ?

— En vérité, nous n'avons acquis aucune certitude. La police a cru qu'il s'agissait d'une affaire de jalousie, mais...

Il haussa les épaules.

— Mais vous n'en êtes pas sûr ?

— Oh ! cela arrive, répliqua M. Fullerton. « Il n'est pire furie que la femme dédaignée. » On cite toujours ça à la Cour. Et c'est parfois vrai.

— Mais je sens qu'en ce qui vous concerne, vous n'en êtes pas du tout certain dans le cas présent.

— Eh bien, mettons que j'aurais préféré en avoir plus de preuves. La police également. Le procureur a, je crois, rejeté cette hypothèse.

— Le meurtre aurait pu avoir une tout autre raison ?

— Oh ! oui. On peut proposer plusieurs théories. Il n'était pas très équilibré, le jeune Ferrier. Bien élevé par une mère charmante – une veuve. Tableau moins satisfaisant du côté du père, qui s'était sorti de justesse de quelques situations difficiles. Une calamité pour sa femme. Par bien des côtés, notre jeune homme ressemblait à son père. Il lui arrivait de se lier avec des gens assez peu recommandables. Je lui ai accordé le bénéfice du doute. Il était jeune alors. Mais je l'ai prévenu qu'il s'embarquait avec un ramassis de mauvais garçons, dans des transactions frauduleuses. Franchement, si ça n'avait été pour sa mère, je ne l'aurais pas gardé. Il était jeune et capable ; je l'ai mis en garde à une ou deux reprises, avec l'espoir qu'il en tiendrait compte. Mais de nos jours, la corruption règne. Elle a gagné beaucoup de terrain ces dernières années.

— Quelqu'un lui voulait du mal vous pensez ?

— C'est très possible. Quand on se compromet avec ce genre de bande – gang est un mot un peu trop mélodramatique à mon goût –, on s'expose à un danger certain. Au moindre soupçon de trahison, vous vous retrouvez facilement avec un couteau entre les omoplates.

— Et personne n'a vu commettre l'assassinat ?

— Non. Personne. Cela va de soi. Quiconque s'est chargé de l'affaire n'a rien laissé au hasard. Un alibi en béton et ainsi de suite.

— Pourtant, quelqu'un aurait pu y assister. Quelqu'un d'inattendu. Une enfant, par exemple.

— Si tard le soir ? Dans les environs du *Cygne Vert* ? C'est là une hypothèse bien improbable, monsieur Poirot.

— Une enfant, insista Poirot, qui pourrait s'en souvenir. Une enfant qui serait rentrée de chez des amis. Qui habiteraient non loin de là, peut-être. Elle aurait pu passer par un sentier tout proche ou apercevoir la scène de l'autre côté de la haie.

— Vraiment, monsieur Poirot, quelle imagination vous avez ! Ce que vous dites me paraît absolument invraisemblable.

— Personnellement, cela ne me paraît pas si invraisemblable que ça, répliqua Poirot. Les enfants remarquent bien des choses, voyez-vous. On ne s'attend très souvent pas à ce qu'ils soient là où ils sont.

— Mais quand ils rentrent à la maison, ils racontent sûrement ce qu'ils ont vu ?

— Pas forcément, répondit Poirot. Ils peuvent très bien ne pas être certains de la nature de ce à quoi ils ont assisté. Surtout si ce spectacle leur a paru vaguement effrayant. Et lorsqu'ils ont été les témoins d'un accident ou d'un acte de violence, les enfants ne le racontent pas toujours en rentrant à la maison. Ils savent rester muets. Et ils retournent le problème dans leur tête. Quelquefois, ils aiment à penser qu'ils détiennent un secret qu'ils sont seuls à connaître.

— Ils le raconteraient au moins à leur mère.

— Je n'en suis pas si sûr, riposta Poirot. D'après mon expérience, les choses que les enfants ne racontent pas à leur mère sont innombrables.

— Puis-je savoir ce qui vous intéresse tellement dans l'histoire de Lesley Ferrier ? Dans la mort regrettable d'un jeune homme consécutive à un de ces actes de violence si fréquents, malheureusement, de nos jours ?

— Je ne sais rien de lui, mais si je m'y intéresse, c'est justement parce qu'il a connu une mort violente il y a quelques années à peine. Cela peut être très important pour moi.

— Vous savez, monsieur Poirot, reprit M. Fullerton d'un ton légèrement acerbe, je n'arrive pas à comprendre pourquoi vous êtes venu me voir et ce vous voulez précisément. Vous ne pensez quand même pas qu'il existe un lien entre la mort de Joyce Reynolds et celle d'un jeune homme à l'avenir prometteur mais aux activités légèrement délictueuses, mort depuis plusieurs années ?

— Il est permis de penser n'importe quoi, répliqua Poirot. Ne serait-ce que pour en découvrir davantage.

— Excusez-moi, mais en matière de crime, ce qu'il faut, ce sont des preuves.

— Vous avez peut-être entendu dire que, selon plusieurs témoins, Joyce a prétendu avoir, de ses propres yeux, vu commettre un crime.

— Dans un endroit comme celui-ci, riposta M. Fullerton, on est en général au courant de tous les bruits qui circulent. Et j'ajouterai qu'on est en général mis au courant dans des termes exagérés et rarement dignes de foi.

— Cela aussi, répondit Poirot, est tout à fait vrai. Joyce avait, je crois, tout juste treize ans. Une enfant de neuf ans pourrait se rappeler avoir vu un accident de voiture, une bagarre au couteau un soir, dans l'obscurité, ou une enseignante en train de se faire étrangler. N'importe lequel de ces événements tragiques pourrait avoir fait une vive impression sur l'esprit d'une enfant, qui n'en aurait pas parlé parce qu'elle n'aurait pas été sûre, peut-être, de ce qu'elle avait vu, mais qui y aurait réfléchi. Elle aurait même pu l'oublier jusqu'à ce qu'un incident quelconque vienne le lui rappeler. Vous serez d'accord pour dire que c'est possible ?

— Oh ! oui, oui, mais j'ai du mal... je pense que c'est une hypothèse terriblement tirée par les cheveux.

— Vous avez eu aussi une disparition, ici. Celle d'une jeune fille étrangère. Elle s'appelait, je crois, Olga, ou Sonia... je ne suis pas sûr du prénom.

— Olga Seminov. Oui, c'est exact.

— Pas un personnage très recommandable, j'en ai peur ?

— Non.

— Elle était la dame de compagnie, ou l'infirmière de Mme Llewellyn-Smythe, n'est-ce pas, dont vous venez de me parler ? La tante de Mme Drake...

— Oui. Elle en avait eu plusieurs... deux autres jeunes filles étrangères, je crois, une avec laquelle elle s'est disputée presque immédiatement, et une autre, gentille mais prodigieusement stupide. Mme Llewellyn-Smythe n'était pas de nature à supporter longtemps une idiote. Olga, la dernière, lui convenait très bien. Dans mon souvenir, elle n'était pas particulièrement séduisante : petite, plutôt trapue, la mine sévère, on ne l'aimait pas beaucoup dans les environs.

— Mais Mme Llewellyn-Smythe l'appréciait énormément ?

— Elle lui était très attachée, à mauvais escient, semble-t-il.

— Ah ! vraiment ?

— Je suis bien sûr, reprit M. Fullerton, que je ne vous révélerai rien que vous ne sachiez déjà. Ces bruits-là, comme je vous l'ai dit, se répandent comme une traînée de poudre.

— Si j'ai bien compris, Mme Llewellyn-Smythe a légué à cette fille une grosse somme d'argent.

— Cela m'a surpris. Mme Llewellyn-Smythe n'avait pas changé ses dispositions testamentaires depuis de nombreuses années, sauf à y ajouter quelques dons à des œuvres charitables ou à remplacer des legs annulés pour cause de décès. Je vous raconte ce que peut-être vous savez déjà, si ce sujet vous intéresse. Elle laissait sa fortune conjointement à son neveu Hugo Drake et à sa femme – M. Drake ayant épousé sa cousine germaine, cette dernière se trouvait donc être elle aussi la nièce de la testatrice. De nombreux legs allaient à des organisations caritatives ou à de vieux domestiques. Mais ce qu'on a prétendu être ses dernières dispositions ont été prises trois semaines avant sa mort et n'ont pas été rédigées au sein de notre étude comme cela avait été le cas pour les précédentes. Il s'agissait d'un codicille, ajouté de sa propre main. Il comportait quelques dons charitables – pas aussi nombreux qu'auparavant : les vieux domestiques n'avaient droit à rien – et le reste de sa considérable fortune allait à Olga Seminov, en remerciement de ses dévoués services et de l'affection qu'elle lui avait témoignée. Des dispositions étonnantes, qui ne lui ressemblaient pas du tout.

— Et après ?

— Vous êtes sans doute plus ou moins au courant de la suite. D'après les experts, il est apparu à l'évidence que le codicille était un faux grossier. Il n'offrait qu'une vague ressemblance avec l'écriture de Mme Llewellyn-Smythe, rien de plus. Mme Smythe, qui détestait les machines à écrire, demandait souvent à Olga de rédiger ses lettres personnelles en imitant son écriture, et quelquefois même sa signature. La jeune fille en avait donc une longue habitude. Et quand Mme Llewellyn-Smythe est morte, il semble qu'elle ait franchi un pas de plus et qu'elle se soit crue de taille à faire passer son écriture pour celle de sa patronne. Mais ce genre de supercherie ne trompe pas un expert. Non, certainement pas.

— Et on était sur le point d'engager des poursuites pour contester le document ?

— Exactement. Bien entendu, il fallait attendre le délai légal pour que l'affaire soit présentée devant le tribunal. Et pendant ce temps, la jeune personne, à bout de nerfs sans doute, a disparu.

13

Hercule Poirot parti, Jeremy Fullerton se mit à tambouriner doucement sur son bureau, le regard lointain, perdu dans ses pensées.

Il saisit le document qui se trouvait devant lui et y posa les yeux, mais sans arriver à fixer son attention. Le bourdonnement discret de son interphone se fit entendre.

— Oui, mademoiselle Miles ?

— M. Holden est ici, monsieur.

— Si je ne me trompe, il avait rendez-vous il y a près de trois quarts d'heure. Est-ce qu'il a expliqué pourquoi il avait tant de retard ? ... Oui, oui, je vois. La même excuse que la dernière fois. Voulez-vous lui dire que j'ai reçu un autre client entretemps et que, maintenant, je n'ai plus le temps. Donnez-lui un rendez-vous pour la semaine prochaine. Ça ne peut pas continuer comme ça.

— Bien, monsieur Fullerton.

Il posa le combiné et regarda d'un air songeur, toujours sans le lire, le document qui se trouvait sous ses yeux. Il pensait à des événements du passé. Deux ans, environ deux ans et, ce matin, cet étrange petit bonhomme, avec ses bottines vernies à bout pointu et ses invraisemblables moustaches, les lui avait rappelés en lui posant toutes ces questions.

Il songeait maintenant à cette conversation qu'il avait eue à l'époque.

Il revoyait, assise en face de lui, une jeune fille, courtaude et trapue, au teint olivâtre, à la bouche généreuse, aux lèvres rouge foncé, aux pommettes saillantes, qui plongeait avec fureur ses yeux bleus dans les siens. Un visage ardent, plein de vitalité, le visage de quelqu'un qui avait connu la souffrance, qui la connaîtrait probablement toujours, mais qui n'accepterait jamais de souffrir. Le genre de femme qui se révolterait et se battrait jusqu'à la fin. Où pouvait-elle bien être, maintenant ? D'une manière ou d'une autre, elle avait dû se débrouiller – mais comment, exactement ? Qui l'avait aidée ? Quelqu'un l'avait-il aidée ? Il ne pouvait en être autrement.

Elle avait dû retourner, supposait-il, dans quelque endroit agité d'Europe centrale, là d'où elle était originaire parce qu'il n'y avait pas d'autre solution pour elle, à moins d'y sacrifier sa liberté.

Jeremy Fullerton était un tenant de la loi. Il croyait en la loi, il méprisait les magistrats actuels, leurs jugements laxistes, leur façon de s'incliner devant de faux besoins : les étudiants qui volent des livres, les jeunes mariées qui chapardent dans les supermarchés, les filles qui chipent de l'argent à leurs employeurs, les voyous qui démolissent les cabines téléphoniques, aucun d'entre eux n'étant réellement aux abois ni même dans le besoin, la plupart n'ayant rien connu d'autre qu'une éducation trop permissive et étant profondément convaincus que tout ce qu'ils n'avaient pas les moyens d'acheter était là, à leur disposition.

Cependant, parallèlement à sa croyance intrinsèque dans l'application juste de la loi, M. Fullerton n'était pas dépourvu de compassion. Il pouvait prendre les gens en pitié, et il avait pris Olga Seminov en pitié, bien que son plaidoyer passionné ne l'ait pas le moins du monde troublé :

— Je suis venue vous demander votre aide. J'ai pensé que vous pourriez le faire. Vous avez été bon avec moi, l'année dernière, quand vous m'avez guidée pour effectuer les démarches qui m'ont permis de rester encore un an en Angleterre. On m'a dit : « Vous n'êtes pas obligée de répondre à nos questions si vous ne le voulez pas. Vous pouvez vous faire représenter par un avocat. » Alors je suis venue vous trouver.

— Les raisons de votre citation à comparaître, (M. Fullerton se rappelait maintenant avec quelle froideur et quelle sécheresse il lui avait répondu, d'autant plus froidement et sèchement qu'il avait pitié d'elle) ne le permettent pas. Dans cette affaire, je ne suis pas libre de vous représenter légalement. Je suis déjà le représentant de la famille Drake. Comme vous le savez, j'étais l'avocat de Mme Llewellyn-Smythe.

— Mais elle est morte. Quand on est mort, on n'a plus besoin d'avocat.

— Elle avait beaucoup d'affection pour vous.

— Oui, elle avait de l'affection pour moi. C'est ce que j'essaie de vous expliquer. C'est pourquoi elle a voulu me donner cet argent.

— Tout son argent ?

— Pourquoi pas ? Pourquoi pas ? Elle n'aimait pas sa famille.

— Vous vous trompez. Elle aimait beaucoup sa nièce et son neveu.

— Oh, elle aimait peut-être M. Drake, mais elle n'aimait pas Mme Drake. Elle la trouvait pénible. Mme Drake se mêlait de tout. Elle ne la laissait pas faire ce qu'elle voulait. Elle ne la laissait pas manger ce dont elle avait envie.

— C'est une femme très consciencieuse, elle essayait d'obliger sa tante à suivre les recommandations de son médecin pour son régime, à ne pas faire trop d'exercice et ainsi de suite.

— Les gens n'ont pas toujours envie d'obéir à leur médecin et ils n'aiment pas que la famille se mêle de leurs affaires. Ils veulent vivre leur vie, faire ce qu'ils ont envie de faire et manger ce qui leur chante. Elle avait beaucoup d'argent. Elle pouvait avoir tout ce qu'elle voulait ! Elle pouvait avoir autant qu'elle voulait de tout. Elle était riche, riche, très riche, et elle pouvait faire ce que bon lui semblait de son argent. Ils en ont déjà suffisamment, M. et Mme Drake. Ils ont une belle maison, de beaux vêtements et deux voitures. Ils vivent tout à fait à l'aise. Pourquoi auraient-ils besoin de plus ?

— Ce sont ses seuls parents vivants.

— Elle voulait que ce soit moi qui aie l'argent. Elle me plaignait. Elle savait par où j'étais passée. Elle savait que mon père avait été arrêté par la police et emmené. Nous ne l'avons plus jamais revu, ma mère et moi. Et puis ma mère, la façon dont elle est morte. Toute ma famille est morte. C'est terrible, ce que j'ai enduré. Vous ne savez pas ce que c'est que de vivre, comme je l'ai fait, dans un État policier. Non, non, vous êtes du côté de la police. Vous n'êtes pas de mon côté.

— Non, avait répondu M. Fullerton, je ne suis pas de votre côté. Je suis désolé de ce qui vous arrive, mais c'est vous-même qui vous êtes attiré tous ces ennuis.

— Ce n'est pas vrai ! Ce n'est pas vrai, je n'ai rien fait que je n'aurais pas dû faire. Mais qu'ai-je fait ? J'ai été bonne pour elle. J'ai été gentille avec elle. Je lui ai apporté un tas de choses qu'elle était censée ne pas manger. Des chocolats et du beurre. Elle n'avait droit qu'à la graisse végétale et elle détestait la graisse végétale. Elle voulait du beurre. Beaucoup de beurre.

— Ce n'est pas seulement une question de beurre, fit observer M. Fullerton.

— Je m'occupais d'elle, j'étais gentille avec elle ! Alors elle m'en était reconnaissante. Quand elle est morte, je me suis aperçue que, par bonté et par affection, elle avait signé un papier me laissant tout son argent, mais là-dessus les Drake sont arrivés et ont dit que je ne devais pas l'avoir. Ils ont dit toutes sortes d'horreurs. Ils ont dit que j'avais exercé une mauvaise influence sur elle et pire encore. Bien pire. Ils ont dit que j'avais écrit ce testament moi-même. C'est ridicule. C'est elle qui l'a écrit. Elle toute seule. Et puis elle m'a fait sortir de la pièce et elle a fait venir la femme de ménage et Jim, le jardinier. Elle a dit qu'ils devaient signer le papier, pas moi, parce que c'était moi qui allais avoir l'argent. Et pourquoi est-ce que je n'aurais pas eu cet argent ? Pourquoi n'aurais-je pas pour une fois eu de la chance, un peu de bonheur ? Cela paraissait si merveilleux... Tous les projets que j'ai pu faire quand j'ai appris ça...

— Je n'en doute pas, non, je n'en doute certainement pas.

— Et pourquoi n'aurais-je pas fait des projets ? Pourquoi ne me serais-je pas réjouie ? J'allais être heureuse et riche et avoir tout ce que je désirais. Qu'avais-je fait de mal ? Rien. Rien, je vous dis. Rien du tout.

— J'ai tenté de vous expliquer...

— Que tout ça c'était des mensonges. Vous prétendez que je raconte des mensonges. Vous dites que j'ai écrit ce papier moi-même. Je ne l'ai pas écrit moi-même. C'est elle qui l'a écrit. Personne ne peut dire le contraire.

— Les gens disent beaucoup de choses, répliqua M. Fullerton. Maintenant, écoutez. Arrêtez de protester et écoutez-moi. C'est vrai, n'est-ce pas, que Mme Llewellyn-Smythe, quand elle vous faisait écrire une lettre, vous demandait souvent d'imiter son écriture aussi fidèlement que possible ? Tout cela parce qu'elle avait encore dans l'idée qu'il était grossier d'envoyer à des amis ou à des proches des lettres tapées à la machine. Un archaïsme de l'époque victorienne. Aujourd'hui, plus personne n'y attache d'importance. Mais pour Mme Llewellyn, c'était un manque d'égards. Vous comprenez ce que je dis ?

— Bien sûr, je comprends. Et c'est ce qu'elle voulait. Elle me disait : « Vous allez répondre à ces quatre lettres-là, Olga, comme vous l'avez noté en sténo. Mais vous les écrirez à la main, d'une écriture aussi proche de la mienne que possible. » Et elle m'avait demandé de m'exercer à l'imiter, de faire attention à la manière dont elle faisait ses « a », ses « b », ses « l » et toutes les différentes lettres. « Si la ressemblance est suffisante, vous pourrez signer de mon nom, disait-elle. Je ne veux pas que les gens pensent que je ne suis plus capable d'écrire mes propres lettres. Comme vous le savez, mon rhumatisme au poignet ne fait qu'empirer, mais je ne veux quand même pas que mes lettres soient tapées à la machine. »

— Vous auriez pu les écrire de votre propre écriture, remarqua M. Fullerton, et signer « la secrétaire » ou avec des initiales si vous préfériez.

— Elle ne voulait pas. Elle voulait qu'on pense qu'elle les avait écrites elle-même.

« C'est très vraisemblable de la part de Louise Llewellyn-Smythe », s'était dit M. Fullerton. C'était bien d'elle. Elle était toujours douloureusement frappée par le fait qu'elle ne pouvait plus faire ce dont elle avait l'habitude, qu'elle ne pouvait plus marcher longtemps ou escalader les collines ou se servir de ses mains comme avant, de sa main droite en particulier. Elle aurait voulu pouvoir dire : « Je me sens parfaitement bien, en pleine forme, et il n'y a rien que je ne puisse faire si je l'ai décidé. » Oui, ce qu'Olga lui racontait là était certainement vrai, et c'était sans l'ombre d'un doute une des raisons pour lesquelles le codicille au testament n'avait d'abord soulevé aucun soupçon. C'était dans son propre bureau, se rappela M. Fullerton, qu'étaient nés les soupçons parce que son jeune associé et lui connaissaient parfaitement l'écriture de Mme Llewellyn-Smythe. C'était le jeune Cole qui avait dit le premier :

— Vous savez, je n'arrive pas à croire que Louise Llewellyn-Smythe ait vraiment écrit ce codicille. Je sais bien qu'elle avait depuis quelque temps de l'arthrite, mais regardez ces échantillons de son écriture que j'ai sortis de son dossier pour vous les montrer. Il y a quelque chose qui ne colle pas.

M. Fullerton en était tombé d'accord. Il avait décidé qu'ils prendraient l'opinion d'un expert. La réponse avait été sans équivoque. Comme celle de tous ceux qui avaient été interrogés. L'écriture du codicille n'était pas celle de Louise Llewellyn-Smythe. Si Olga avait été moins gourmande, s'était dit M. Fullerton, si elle s'était contentée d'écrire un codicille avec le même début : « En raison de l'attention, de l'affection et de la bonté qu'elle m'a témoigné, je lègue... » C'était ainsi qu'il commençait, c'était ainsi qu'il aurait pu commencer, et si ensuite il avait mentionné une somme rondelette laissée à la dévouée fille au pair, même si la famille avait pensé que c'était exagéré, elle l'aurait accepté sans poser de questions. Mais déshériter complètement la famille, le neveu qui avait été le légataire universel de sa tante dans les quatre derniers testaments qu'elle avait rédigés depuis vingt ans, pour laisser tout à Olga Seminov, une étrangère, ce n'était pas dans le caractère de Louise Llewellyn-Smythe. En fait, un document de ce genre pouvait être attaqué pour avoir été rédigé sous influence. Oui, elle avait été trop gourmande, cette enfant ardente et passionnée. Mme Llewellyn-Smythe avait sans doute dit à Olga qu'elle lui laisserait quelque chose en remerciement de sa bonté, de ses soins, et en raison de l'affection qu'elle commençait à ressentir pour cette fille qui obéissait à tous ses caprices, qui faisait tout ce qu'elle lui demandait de faire. Cela lui avait ouvert des horizons. La vieille dame devait tout lui laisser, elle aurait tout l'argent. Tout l'argent, la maison, les vêtements et les bijoux. Tout. Une fille très vorace. Et c'est ainsi que la punition était venue.

Et M. Fullerton, contre sa volonté, contre son instinct juridique, contre beaucoup de choses encore, s'était senti navré pour elle. Vraiment navré. Elle avait souffert toute sa vie, avait connu les rigueurs d'un État policier, avait perdu ses parents, perdu un frère et une sœur, connu l'injustice et la terreur, ce qui avait encouragé chez elle un trait de caractère avec lequel elle était certainement née, mais qu'elle n'avait jamais pu jusqu'ici satisfaire : une folle gourmandise enfantine.

— Tout le monde est contre moi, avait dit Olga. Tout le monde. Vous êtes tous contre moi. Vous êtes injustes parce que je suis étrangère, parce que je ne fais pas partie de ce pays, parce que je ne sais pas ce qu'il faut dire, ce qu'il faut faire. Mais qu'est-ce que je peux faire ? Pourquoi ne me dites-vous pas ce que je peux faire ?

— Parce que je ne pense pas qu'il y ait grand-chose à faire, avait répondu M. Fullerton. Vous auriez intérêt à tout avouer.

— Si je dis ce que vous voulez me faire dire, ce ne seront que des mensonges, il n'y aura rien de vrai. C'est elle qui a fait ce testament. Elle l'a écrit elle-même. Elle m'a fait sortir de la pièce pendant que les autres le signaient.

— Il y a des preuves contre vous. Il y aura des gens pour dire que Mme Llewellyn-Smythe ne savait la plupart du temps pas ce qu'elle signait. Quand on lui présentait plusieurs documents, elle ne prenait pas toujours la peine de les relire.

— Alors, elle ne savait pas non plus ce qu'elle disait !

— Ma chère enfant, il y a à votre décharge que vous êtes une délinquante primaire, que vous êtes étrangère, que vous ne comprenez qu'un anglais élémentaire. Dans ces conditions, vous pourrez vous en tirer avec une légère condamnation, ou peut-être même être mise en liberté surveillée.

— Oh ! ce sont des mots. Rien que des mots. Je serai mise en prison et je n'en sortirai plus jamais.

— Maintenant, vous dites des bêtises, avait riposté M. Fullerton.

— Il vaudrait mieux que je me sauve et que je me cache quelque part où personne ne pourra me trouver.

— Si on lance un mandat d'arrêt contre vous, on vous trouvera.

— Pas si je fais ça très vite. Pas si je m'en vais tout de suite. Pas si quelqu'un m'aide. Je pourrais m'en aller. Quitter l'Angleterre. En bateau ou en avion. Je pourrais trouver quelqu'un qui fabrique des passeports, ou des visas, ou Dieu sait ce qu'il faut avoir. Quelqu'un qui serait disposé à faire quelque chose pour moi. J'ai des amis. Il y a des gens qui m'aiment bien. Quelqu'un pourrait m'aider à disparaître. Voilà ce qu'il me faudrait. Je pourrais mettre une perruque. Je pourrais marcher avec des béquilles.

— Écoutez, lui avait fermement dit M. Fullerton, je suis désolé pour vous. Je vais vous recommander à un avocat qui fera le maximum. Vous ne pouvez pas espérer disparaître. C'est puéril.

— J'ai assez d'argent. J'ai fait des économies.

Et puis elle avait ajouté :

— Vous avez essayé d'être bon. Oui, je le crois. Mais vous ne ferez rien de contraire à la loi... La loi ! Mais quelqu'un m'aidera. Oui, quelqu'un le fera. Et je m'en irai où personne ne me trouvera jamais.

Et personne, songeait M. Fullerton, ne l'avait jamais trouvée. Où était-elle ? Où pouvait-elle bien être, aujourd'hui ?

14

Une fois dans la maison, Hercule Poirot fut introduit dans le salon et on lui assura que Mme Drake ne tarderait pas à arriver.

Dans le vestibule, il avait entendu parler des femmes derrière la porte de ce qu'il pensait être la salle à manger.

Il alla à la fenêtre jeter un coup d'œil dans le jardin.

Il était joli, charmant, soigneusement entretenu. Les asters d'automne étaient toujours en fleurs, solidement arrimés à des tuteurs ; les chrysanthèmes n'avaient pas encore rendu l'âme et quelques roses survivaient, affichant leur mépris pour l'hiver qui approchait.

Poirot ne distinguait nulle part la main d'un paysagiste au génie créateur. Tout ici était conventionnel et ordonné. Mme Drake aurait-elle été de taille à l'emporter sur Michael Garfield ? Avait-il fait en vain usage de ses charmes ? On ne voyait là qu'un jardin de banlieue splendidement entretenu.

La porte s'ouvrit.

— Désolée de vous avoir fait attendre, monsieur Poirot, dit Mme Drake.

Du hall, un brouhaha de voix lui parvint, diminuant à mesure que les gens prenaient congé et s'en allaient.

— C'était la réunion de notre comité pour l'organisation de la fête de Noël à l'église, expliqua Mme Drake. Ces discussions-là prennent généralement beaucoup plus de temps que prévu. Il se trouve toujours quelqu'un pour opposer des objections à ci ou ça, ou pour avoir une brillante idée – laquelle s'avère en général rigoureusement irréalisable.

Son ton était légèrement acerbe. Poirot se représentait très bien Rowena Drake repoussant catégoriquement ce qu'elle considérait comme absurde. Grâce aux remarques de la sœur de Spence et aux allusions émanant de sources variées, il avait compris que Rowena Drake était un personnage au caractère dominateur, dont tout le monde attendait qu'elle prenne la tête des opérations, mais qu'on n'aimait pas pour autant. Il imaginait très bien aussi qu'une vieille parente, au caractère assez semblable, ne devait pas être du genre à apprécier son assurance. Mme Llewellyn-Smythe était venue s'installer ici pour se rapprocher de son neveu et de sa femme, et celle-ci avait aussitôt entrepris de s'occuper d'elle et de la régenter, autant qu'elle le pouvait sans vivre absolument dans sa maison. En son for intérieur, Mme Llewellyn-Smythe reconnaissait sans doute tout ce qu'elle devait à Rowena, ce qui ne l'empêchait pas de lui en vouloir pour ce qu'elle considérait comme des façons de faire tyranniques.

— Bon, elles sont toutes parties, maintenant, déclara Rowena Drake en entendant se fermer une dernière fois la porte d'entrée. À présent, que puis-je pour vous ? Encore un détail sur cette épouvantable soirée ? Si seulement elle avait eu lieu ailleurs ! Mais aucune autre maison n'avait paru convenir. Mme Oliver est toujours chez Judith Butler ?

— Oui. Je crois qu'elle va rentrer à Londres dans un jour ou deux. Vous ne la connaissiez pas ?

— Non. J'adore ses livres.

— Elle est en effet, me semble-t-il, considérée comme un très bon écrivain, acquiesça Poirot.

— Oh ! bien sûr que c'est un bon écrivain ! Il n'y a aucun doute là-dessus. Et c'est aussi quelqu'un de très amusant. Est-ce qu'elle a une idée, à propos, veux-je dire, de l'individu qui pourrait avoir commis ce... cette chose affreuse ?

— Je ne pense pas. Et vous, madame ?

— Je vous l'ai déjà dit. Pas la moindre.

— C'est ce que vous prétendez, mais ne se pourrait-il cependant pas... ne se pourrait-il pas que vous puissiez avoir, non pas une idée bien déterminée, mais simplement un début d'idée. Une idée à moitié formée. Une possibilité d'idée ?

— Qu'est-ce qui vous fait penser ça ?

Elle le regardait avec curiosité.

— Vous auriez pu voir quelque chose, quelque chose de minime, d'insignifiant, mais qui, à la réflexion, pourrait vous paraître maintenant plus important ?

— Vous songez à quoi, monsieur Poirot ? À un événement précis ?

— Eh bien oui, je le reconnais. Et ceci tient à ce que quelqu'un m'a dit.

— Vraiment ? Et qui ça ?

— Une certaine Mlle Whittaker. Un professeur.

— Ah ! oui, bien sûr. Elizabeth Whittaker. Elle est professeur de mathématiques aux Ormes, n'est-ce pas ? Elle était à cette soirée, je m'en souviens. Et elle a vu quelque chose ?

— Ce n'est pas tant qu'elle ait vu quelque chose, elle a plutôt dans l'idée que vous, vous avez vu quelque chose.

L'air surpris, Mme Drake secoua la tête.

— Je ne vois vraiment pas ce que cela pourrait être. Mais on ne sait après tout jamais.

— C'était en relation avec un vase, expliqua Poirot. Un vase de fleurs.

— Un vase de fleurs ? répéta Rowena Drake, étonnée.

Puis son regard s'éclaira :

— Oh ! mais oui, j'y suis. Oui, il y avait un grand vase de feuillages d'automne et de chrysanthèmes sur la table, au coin de l'escalier. Un très beau vase en verre. Un cadeau de mariage. Les feuilles et quelques-unes des fleurs avaient la tête basse, je me rappelle l'avoir remarqué en traversant le hall, vers la fin de la soirée je crois, mais je n'en suis pas sûre, et je me suis demandé pourquoi. Je suis allée y enfoncer mes doigts et j'ai constaté qu'une idiote avait dû oublier d'y mettre de l'eau après les avoir arrangées. Ça m'a mise hors de moi. Alors j'ai emporté le vase dans la salle de bains et je l'ai rempli. Mais qu'aurais-je bien pu voir dans cette salle de bains ? Il n'y avait personne. J'en suis tout à fait sûre. J'imagine que des garçons et des filles, parmi les plus âgés, avaient dû, pendant la soirée, monter s'y « peloter » quelque peu, comme disent les Américains, mais il n'y avait absolument personne quand j'y suis entrée avec le vase.

— Non, non, je ne fais pas allusion à ça, riposta Poirot, mais j'ai cru comprendre qu'il y avait eu un petit accident. Que le vase vous avait échappé des mains et avait atterri dans le vestibule en mille morceaux.

— Oh ! oui, répondit Rowena, il a été réduit en pièces. Cela m'a énormément contrariée parce que, comme je vous l'ai dit, c'était un cadeau de mariage, idéal pour les fleurs et assez stable pour qu'on y mette de gros bouquets d'automne. Une stupidité de ma part. Un de ces accidents qui arrivent... Mes doigts ont glissé, il m'a échappé des mains et est allé s'écraser en bas. Elizabeth Whittaker était là. Elle m'a aidée à ramasser les morceaux et à balayer les éclats de verre pour que personne ne marche dessus. Nous les avons juste poussés dans un coin, près de la grande horloge de parquet, pour les enlever plus tard.

Elle lança à Poirot un regard interrogateur.

— Est-ce là l'incident auquel vous pensiez ? lui demanda-t-elle.

— Oui, répondit Poirot. Je crois que Mlle Whittaker s'est demandé pourquoi vous aviez lâché ce vase. Elle a pensé que vous aviez peut-être été surprise par quelque chose.

— Surprise ? répéta Rowena Drake qui réfléchit en fronçant les sourcils. Non, je ne crois pas avoir été surprise. C'était juste cette façon qu'ont les objets de vous échapper parfois, comme quand vous faites la vaisselle. À mon avis, c'était simplement la fatigue. Après avoir veillé aux préparatifs, au bon déroulement de la soirée et à tout ce que ça implique, j'étais à ce moment-là épuisée. Tout s'était jusque-là très bien passé, je dois dire. Je pense qu'il s'est agi... oh ! encore une fois, d'une de ces maladresses dues à la fatigue.

— Vous êtes sûre que rien ne vous a surprise ? Quelque chose d'inattendu que vous auriez vu ?

— Vu ? Où ça ? Dans le hall, en bas ? Il n'y avait personne à ce moment-là parce que tout le monde était au Snapdragon, excepté, bien entendu, Mlle Whittaker. Et je crois même ne pas l'avoir remarquée avant qu'elle ne vienne à mon secours, quand je me suis précipitée en bas.

— Vous n'avez pas vu quelqu'un sortir par la porte de la bibliothèque ?

— La porte de la bibliothèque... Je vois ce que vous voulez dire. Oui, j'aurais pu voir ça...

Elle s'arrêta un long moment, puis regarda Poirot droit dans les yeux.

— Je n'ai vu personne sortir de la bibliothèque. Absolument personne...

La manière dont elle avait dit ça lui fit penser que ce n'était pas la vérité, qu'elle avait bien vu quelqu'un ou peut-être seulement la porte s'entrouvrir, laissant apercevoir un simple regard, ou une silhouette... Mais pourquoi l'avait-elle nié avec une telle fermeté ? Parce qu'elle ne voulait pas penser une seconde que la personne qu'elle avait vue avait un rapport avec le crime qui s'était commis derrière la porte ? Quelqu'un qui lui tenait à cœur ou quelqu'un – ce qui paraissait plus probable – qu'elle voulait protéger. Quelqu'un qui serait encore près de l'enfance, peut-être, et qui n'aurait pas vraiment pris conscience de l'acte horrible qu'il venait de commettre.

Poirot considérait que si Mme Drake était dure, c'était néanmoins une personne intègre. Une de ces femmes qui deviennent magistrates, qui dirigent des comités ou des institutions charitables, ou qui se vouent à des bonnes œuvres. Des femmes qui cèdent trop facilement au poids des circonstances atténuantes, qui, étrangement, sont toujours prêtes à trouver des excuses à un jeune criminel, à un adolescent ou à une fille mentalement retardée. À quelqu'un qui a été, comment dit-on déjà ? ... « assisté ». Si c'était là le profil de la personne qu'elle avait vue sortir de la bibliothèque, il était bien possible que son instinct protecteur ait joué. De nos jours, il n'était pas rare de voir de jeunes enfants, de très jeunes enfants, de sept ou neuf ans, commettre des crimes ; et il était souvent délicat de décider ce qu'il fallait faire de ces criminels qu'on pourrait qualifier d'innés. Quand ils passaient devant le juge, on leur trouvait des excuses : foyer brisé, parents négligents ou incompétents. Et les gens qui plaidaient avec le plus de véhémence en leur faveur, ceux qui leur cherchaient le plus d'excuses, étaient en général du type de Rowena Drake. Une femme sévère et intransigeante, sauf dans ces cas-là.

Poirot, quant à lui, n'était pas du tout d'accord. Pour lui, c'était la justice qui primait. Il se méfiait, s'était toujours méfié de l'indulgence – de trop d'indulgence. Trop d'indulgence, comme il l'avait appris par expérience, en Belgique comme en Angleterre, menait souvent à d'autres crimes dont pâtissaient d'innocentes victimes, victimes qui ne l'auraient jamais été si l'on s'était soucié de justice d'abord et d'indulgence ensuite.

— Je comprends, dit Poirot. Je comprends.

— Vous ne pensez pas que Mlle Whittaker aurait pu voir quelqu'un entrer dans la bibliothèque ? suggéra Mme Drake.

Poirot parut intéressé.

— Ah ! Vous croyez que cela aurait pu se passer comme ça ?

— C'est du moins possible. Disons qu'elle aurait pu apercevoir, quelques minutes auparavant, quelqu'un entrer dans la pièce et ensuite, quand j'ai laissé tomber le vase, elle aura pensé que j'avais pu, moi aussi, apercevoir la même personne. Et la reconnaître. Elle n'avait sans doute pas envie de désigner, peut-être à tort, quelqu'un qu'elle n'avait fait qu'entrevoir. Un enfant, ou un jeune homme vu de dos par exemple.

— Vous pensez, n'est-ce pas, madame, que c'était, disons un enfant, un garçon ou une fille, ou un adolescent ? Vous ne pensez précisément à aucun d'eux mais vous imaginez, dirons-nous, que c'est parmi eux que nous trouverons celui qui a commis le crime dont nous discutons ?

Elle étudia cette idée avec soin.

— Oui, répondit-elle enfin, c'est sans doute vrai. Je ne l'avais pas explicité. Les crimes, aujourd'hui, sont si souvent associés à la jeunesse. Des êtres qui ne savent pas vraiment ce qu'ils font, qui nourrissent des griefs stupides, qui sont habités par l'instinct de destruction. Même ceux qui démolissent les cabines téléphoniques ou qui tailladent les pneus des voitures ne font ça que pour blesser, juste par haine, non de quelqu'un en particulier mais du monde entier. C'est une des caractéristiques de notre époque. Si bien que lorsqu'on se trouve confronté à un drame comme la mort d'un enfant noyé au cours d'une soirée sans raison aucune, on est enclin à penser que le criminel est quelqu'un qui n'est pas entièrement responsable de ses actes. Vous n'êtes pas d'accord avec moi sur le fait que, eh bien, c'est certainement l'explication la plus vraisemblable, dans le cas qui nous occupe ?

— Je crois que la police partage votre point de vue ou l'a partagé.

— Ils doivent le savoir. Nous avons un groupe d'excellents policiers dans notre région. Ils ont fait merveille dans différentes affaires criminelles. Ils se donnent beaucoup de mal et ne renoncent jamais. Ils résoudront sans doute aussi ce meurtre, mais pas tout de suite. Ces affaires-là demandent du temps, beaucoup de temps pour accumuler des preuves.

— Dans ce cas-ci, madame, les preuves ne vont pas être faciles à accumuler.

— Non, je ne pense pas. Quand mon mari a été tué – il était infirme, voyez-vous, et une voiture l'a renversé alors qu'il traversait la rue –, ils n'ont jamais trouvé le responsable. Comme vous le savez

– ou peut-être ne le savez-vous pas –, mon mari avait été victime de la polio. À la suite de cette maladie, qu'il avait contractée six ans auparavant, il était resté partiellement paralysé. Son état s'était amélioré mais il était encore très handicapé et il lui aurait été bien difficile de s'écarter du chemin d'une voiture qui arriverait sur lui à toute vitesse. Je me suis sentie coupable, bien qu'il ait tenu à sortir sans moi, et sans personne d'autre d'ailleurs, car il ne supportait pas l'idée de dépendre d'une infirmière ou d'une épouse qui en aurait tenu lieu, et il faisait cependant très attention en traversant. Toujours est-il qu'on ne peut pas s'empêcher de se sentir coupable quand un accident se produit.

— Cela s'est passé après la mort de votre tante ?

— Non. Mais elle est morte peu après. On dirait que les malheurs arrivent toujours comme ça, en série.

— C'est bien vrai, acquiesça Hercule Poirot. Et la police n'a pas été capable de retrouver trace de la voiture qui a renversé votre mari ?

— C'était une *Grasshopper Mark 7*, je crois. Une voiture sur trois est une *Grasshopper Mark 7*, ou du moins l'était à l'époque. C'était la voiture la plus populaire, paraît-il. On pense qu'elle avait été volée sur la place du Marché, à Medchester. Il y a un parking, là-bas. Elle appartenait à un certain M. Waterhouse, un vieux marchand de grains de Medchester. M. Waterhouse était un conducteur lent et prudent. Ce n'était certainement pas lui qui avait causé l'accident. Il s'agit clairement d'une de ces affaires de voitures volées par des jeunes gens irresponsables. On a parfois l'impression qu'il faudrait traiter avec plus de sévérité aujourd'hui ces garçons inconscients, ou plutôt sans cœur.

— Une longue peine de prison, peut-être. Une simple amende, payée de surcroît par d'indulgents parents, ne leur fait en tout cas aucun effet.

— Il ne faut pas oublier, reprit Rowena Drake, que la plupart de ces jeunes gens sont à l'âge où il serait vital pour eux de poursuivre des études s'ils veulent avoir une chance de réussir dans la vie.

— « La vache sacrée qu'est l'éducation ! » cita Poirot. C'est une expression que j'ai entendue, ajouta-t-il vivement, de la bouche de gens qui sont pourtant bien placés pour en juger. De gens qui occupent eux-mêmes des postes académiques ou des rangs élevés.

— Ils ne tiennent peut-être pas assez compte de la mauvaise éducation chez les jeunes. Des foyers brisés.

— Ainsi, vous pensez que ce n'est pas de la prison dont ils ont besoin ?

— Ils ont besoin d'un traitement approprié, décréta Rowena Drake d'un ton ferme.

— Et on obtiendra ainsi (encore un vieux proverbe) de la farine à partir d'un sac de son ? Vous ne croyez pas que « Au cou de tout homme est attaché son destin » ?

Mme Drake parut à la fois sceptique et légèrement mécontente.

— Un proverbe arabe, je crois, dit Poirot.

Ce qui n'impressionna pas Mme Drake.

— J'espère que nous n'empruntons pas nos idées – ou peut-être devrais-je dire nos idéaux – au Moyen-Orient.

— Nous devons accepter les faits, répliqua Poirot. Et il en est un qu'attestent nos modernes biologistes, nos biologistes occidentaux, se hâta-t-il d'ajouter. À savoir que les actes d'un homme prendraient racine dans son capital génétique. Un meurtrier de vingt-quatre ans serait un meurtrier potentiel à deux, trois ou quatre ans. De même, bien entendu, pour un mathématicien ou un musicien de génie.

— Il n'est pas question de meurtrier, riposta Mme Drake. Mon mari est mort des suites d'un accident, causé par un individu inconscient et mal adapté. Qui que soit ce garçon ou ce jeune homme, on peut toujours espérer qu'il finira par comprendre qu'il est de son devoir de faire preuve de considération pour autrui, d'apprendre à ressentir de l'horreur si l'on a ôté la vie sans y prendre garde, simplement par ce que l'on pourrait décrire comme une inconscience criminelle, laquelle n'était pas criminelle dans ses intentions.

— Vous êtes vraiment sûre que l'intention n'était pas criminelle ?

— Cela m'étonnerait beaucoup, répondit Mme Drake. Je ne pense pas que la police ait jamais sérieusement envisagé cette hypothèse. Quant à moi, certainement pas. C'était un accident. Un accident tragique, qui a changé le cours de bien des vies, y compris de la mienne.

— Vous dites qu'il n'est pas question de meurtrier, reprit Poirot. Mais dans le cas de Joyce, c'est bien de cela qu'il s'agit. Ce n'est pas un accident. Des mains ont volontairement plongé la tête de cette enfant dans l'eau et l'y ont maintenue jusqu'à ce que mort s'ensuive. Ce fut un acte délibéré.

— Je sais. Je sais. C'est terrible. Je déteste y penser, déteste qu'on me le rappelle.

Elle se leva, très agitée. Sans pitié, Poirot insista :

— Nous avons encore un parti à prendre, dans cette histoire. Nous devons choisir un mobile.

— Pour ma part, il me semble qu'il ne peut y avoir aucun mobile à un crime pareil.

— Vous voulez dire qu'il aurait été commis par quelqu'un qui serait déséquilibré au point d'éprouver du plaisir à tuer ? Et de préférence quelqu'un de très jeune ?

— On connaît des cas de ce genre. Il est bien difficile d'en déterminer les causes. Même les psychiatres ne sont pas d'accord entre eux.

— Vous n'êtes pas disposée à accepter une explication plus simple ?

— Plus simple ? répéta-t-elle, étonnée.

— Quelqu'un qui ne serait pas déséquilibré, qui ne serait pas un sujet de discorde pour les psychiatres. Quelqu'un qui aurait tout bonnement voulu se protéger ?

— Se protéger ? Ah ! vous pensez à...

— Cette enfant s'était vantée le jour même, quelques heures auparavant, d'avoir vu quelqu'un commettre un meurtre.

— Joyce, répliqua Mme Drake avec une certitude tranquille, était une petite gourde. Et qui racontait n'importe quoi.

— C'est ce que tout le monde me dit, répliqua Poirot. Et je commence à penser que ce que tout le monde dit doit être le reflet de la vérité. En général, c'est le cas, ajouta-t-il en soupirant.

Il se leva, changeant tout à coup de comportement.

— Je vous dois des excuses, madame. J'ai évoqué des événements qui ne me concernent pas vraiment mais qui ont dû être pénibles pour vous. Il m'avait cependant encore une fois semblé, d'après ce que m'avait dit Mlle Whittaker...

— Pourquoi ne chercheriez-vous pas à en savoir plus par elle ?

— Vous voulez dire...

— Elle est professeur. Elle connaît beaucoup mieux que moi le potentiel – comme vous dites – de ses élèves.

Après un instant de silence, elle ajouta.

— Et Mlle Emlyn aussi.

— La directrice et professeur principal ? demanda Poirot, surpris.

— Oui. Elle sait des choses. Je veux dire par là qu'elle est naturellement psychologue. Vous avez suggéré que je pourrais avoir des idées, non formulées, à propos de qui a tué Joyce. Je n'en ai pas, mais je pense que Mlle Emlyn pourrait en avoir.

— Voilà qui est intéressant...

— Elle n'a sans doute pas de preuves. Mais je pense qu'elle sait. Elle pourrait vous le dire mais je ne crois pas qu'elle le fera.

— Je commence à comprendre qu'il me reste un très long chemin à parcourir. Les gens savent des choses, mais ils ne me les diront pas, déclara Poirot en regardant Rowena Drake d'un air songeur. Votre tante, reprit-il, Mme Llewellyn-Smythe, avait une fille au pair pour s'occuper d'elle, une étrangère.

— Vous êtes vraiment au courant de tous les potins, remarqua Rowena d'un ton ironique. Oui, c'est bien ça. Elle est partie brusquement, peu après la mort de ma tante.

— Pour de bonnes raisons, semble-t-il.

— J'ignore si c'est la calomnier que de le dire, mais il paraît indubitable qu'elle avait ajouté un faux codicille au testament de ma tante... ou que quelqu'un l'avait aidée à le faire.

— Quelqu'un ?

— Elle était très amie avec un jeune homme qui travaillait dans une étude de Medchester. Il avait déjà été auparavant impliqué dans une histoire de faux. L'affaire n'est jamais venue devant le tribunal parce que la fille a disparu. Elle a compris que le testament ne serait jamais homologué et qu'elle devrait passer en jugement. Elle a quitté la région et on n'a plus jamais entendu parler d'elle.

— Elle aussi, d'après ce que j'ai compris, venait d'un foyer brisé, remarqua Poirot.

Rowena lui lança un regard perçant, mais Poirot n'affichait qu'un sourire aimable.

— Merci pour tout ce que vous m'avez raconté, madame, déclara-t-il.

Après avoir quitté la maison, il laissa la route principale et emprunta Helpsly Cemetery Road, la route du cimetière. Il ne mit pas longtemps à atteindre le cimetière en question, qui se trouvait tout au plus à dix minutes de marche. Il datait visiblement d'une dizaine d'années et avait été créé pour faire face à l'importance croissante de la population de Woodleigh. Le petit enclos qui entourait l'église, vieille de deux ou trois siècles, était déjà bien rempli. Il était relié au nouveau cimetière par un sentier qui passait à travers champs. Un cimetière banal et moderne, remarqua Poirot, avec ses plaques de marbre ou de granit, ses urnes, ses gravillons, ses petites plantations de buissons ou de fleurs. Aucune vieille épitaphe ou inscription intéressante. Rien qui puisse attirer un antiquaire. Propre, bien entretenu, et où s'exprimaient les sentiments les plus conventionnels.

Poirot s'arrêta pour lire la plaque érigée sur une tombe contemporaine au milieu de plusieurs autres datant toutes des deux ou trois dernières années. Elle portait une simple inscription :

« À la mémoire de Hugo Edmund Drake, l'époux bien-aimé de Rowena Arabella Drake, qui a quitté cette vie le 20 mars 19.. »

« Qu'il repose en paix. »

Poirot, qui venait à peine d'échapper à l'emprise de la dynamique Rowena Drake, ne put s'empêcher de penser que, pour feu M. Drake, ce repos avait pu être le bienvenu.

Une urne en albâtre, fixée là, contenait des restes de fleurs. Un vieux jardinier, visiblement occupé à entretenir les tombes des bons citoyens ayant quitté ce monde, posa sa binette et son balai et s'approcha de Poirot, espérant quelques minutes agréables de conversation.

— Vous n'êtes pas d'ici, n'est-ce pas, monsieur ?

— C'est on ne peut plus exact, répondit Poirot. Je suis un étranger parmi vous, comme l'étaient mes pères avant moi.

— Ha ! ha ! Comme c'est qu'vous dites, monsieur. Nous avons ce texte-là quelque part, ou quelque chose qui y ressemble. Par là, après l'autre coin. C'était un monsieur bien, M. Drake, poursuivit-il. Un infirme, vous savez. Il avait eu cette paralysie infantile, comme c'est qu'on l'appelle, bien que, le plus souvent, ce soient pas les enfants qui l'attrapent. Ce sont les adultes. Les hommes, mais les femmes aussi. Ma femme, elle a une tante, mine de rien, qui l'a attrapée en Espagne. Elle était allée là-bas avec un voyage organisé et, ma foi, elle s'était baignée dans une rivière quelque part. Et ils ont dit après que c'était l'eau qu'était infectée, mais je crois qu'ils savent pas grand-chose, les docteurs, si vous voulez mon avis. Quand même, ça fait une différence aujourd'hui, avec toutes ces inoculations qu'on donne aux enfants et tout ça. Y'en a plus autant qu'avant. Oui, c'était un monsieur bien et il se plaignait pas, même s'il le prenait plutôt mal d'être infirme. Un grand sportif, que ç'avait été, du temps qu'il marchait sur ses deux pieds. Même que c'était lui qui maniait la batte pour nous dans l'équipe de cricket du village. Oui, c'était un monsieur tout ce qu'il y a de bien.

— Il est mort dans un accident, n'est-ce pas ?

— Tout juste. Il traversait la rue, c'était au crépuscule. Une de ces voitures est arrivée, avec deux de ces jeunes casseurs dedans, avec des barbes jusqu'aux oreilles. C'est ce qu'on a dit. Ils se sont pas arrêtés. Ils ont continué. Z'ont pas regardé pour voir. Z'ont abandonné la voiture quelque part dans un parking, à trente kilomètres d'ici. C'était pas leur voiture non plus. Ils l'avaient volée quelque part dans un autre parking. Ah ! c'est terrible tous ces accidents au jour d'aujourd'hui. Et la police, elle peut souvent rien faire. Sa femme, elle l'adorait. Elle l'a pris mal, ça oui. Elle vient ici presque chaque semaine, elle apporte des fleurs et elle les met là. Oui, c'était un couple très uni. Si vous voulez mon avis, elle restera plus bien longtemps ici.

— Vraiment ? Mais elle a une très jolie maison !

— Oui, oh ! ça, oui. Et elle fait beaucoup pour le village, vous savez. Elle organise des assemblées de femmes, des thés, des sociétés diverses et tout ça. Elle s'occupe d'un tas de choses, vous savez. Même qu'il y a des gens pour trouver qu'elle en fait trop. Elle est autoritaire. Autoritaire et toujours à fourrer son nez partout, qu'ils disent, les gens. Mais le pasteur lui mange dans la main. Elle organise des voyages et des excursions. Pour ça, oui. Même que je pense souvent, mais j'ai jamais osé le dire à mon épouse, qu'avec toutes ces bonnes œuvres qu'elles font, les femmes, on les aime pas plus pour autant. Elles savent toujours tout mieux que tout le monde, les femmes. Elles vous disent ce que vous devez faire et ce que vous ne devez pas faire. Elles vous laissent pas libres. La liberté, il n'y en a pas beaucoup nulle part, de nos jours.

— Ainsi, vous pensez que Mme Drake pourrait s'en aller ?

— Ça m'étonnerait pas qu'elle s'en aille vivre à l'étranger. Elles aiment toutes ça, aller à l'étranger, elles y vont souvent pour les vacances.

— Pourquoi pensez-vous qu'elle a envie de partir d'ici ?

Le vieux eut soudain une espèce de sourire malicieux.

— Eh bien, disons, voyez-vous, qu'elle a donné ici tout ce qu'elle pouvait. Pour parler comme dans la Bible, elle a besoin d'un nouveau vignoble à cultiver. Il y a plus grand-chose à faire, par ici. Elle a déjà tout fait, et même plus que le nécessaire, c'est ce que pensent certains. Ça, pour sûr.

— Il lui faut un nouveau champ à labourer ? suggéra Poirot.

— Vous l'avez dit. Il vaut mieux qu'elle aille s'installer ailleurs, là où elle pourra remettre les choses d'aplomb et tyranniser un tas d'autres personnes. Elle nous a amenés où elle voulait et il lui reste plus rien à faire ici.

— C'est bien possible, admit Poirot.

— Elle a même plus à s'occuper de son mari. Elle a veillé sur lui un bon nombre d'années. Ça lui donnait comme qui dirait une espèce de but dans la vie. Avec ça et tout un tas d'autres activités au-dehors, elle avait jamais une minute à elle. Elle aime ça, pas avoir une minute à elle. Et, manque de chance, elle a pas d'enfants. Voilà pourquoi je crois qu'elle va aller tout recommencer autre part.

— Vous avez peut-être raison. Et où ira-t-elle, d'après vous ?

— Ça, j'en sais rien. Dans un de ces endroits de la Côte d'Azur, peut-être bien. Et puis il y en a qui vont en Espagne ou au Portugal. Ou en Grèce. Je l'ai entendue parler de la Grèce. Les îles grecques. Mme Butler, elle a été en Grèce.

— Les îles grecques, murmura Poirot. Vous l'aimez bien ? demanda-t-il tout à coup.

— Mme Drake ? Je dirais pas ça comme ça. C'est une brave femme. Elle fait de son mieux pour ses voisins et tout et tout... mais elle aura toujours besoin d'un tas de voisins histoire de pouvoir se décarcasser pour eux. Et, si vous voulez que je vous dise, on aime jamais trop les gens qui passent leur temps à se mêler de ce qui les regarde censément pas. Qui me disent à moi comment je dois tailler mes rosiers quand je sais très bien le faire moi-même. Toujours pendue à mes basques pour m'obliger à planter un nouveau genre de légume. Question de ça, le chou me suffit et je m'en tiendrai au chou.

Poirot sourit.

— Il faut que je m'en aille. Pouvez-vous me dire où habitent Nicolas Ransom et Desmond Holland ?

— Après l'église, la troisième maison à gauche. Ils logent chez Mme Brand, vont à l'école technique de Medchester tous les jours. Ils doivent être rentrés, à cette heure.

Il jeta un coup d'œil plein d'intérêt à Poirot.

— Alors, c'est dans cette direction-là qu'il travaille, votre cerveau, hein ? C'est pas pour dire, mais il y en a déjà d'autres qui pensent comme vous.

— Je n'ai encore pas la moindre idée préconçue pour l'instant. Ces deux garçons figuraient, comme on dit, « au nombre des personnalités présentes », un point c'est tout.

En chemin, il murmura, songeur :

— Au nombre des personnalités présentes... Or, je suis pratiquement arrivé au bout de ma liste...

15

Deux garçons, mal à l'aise, dévisageaient Poirot.

— Je ne vois pas ce que nous pourrions vous dire d'autre, monsieur Poirot. Nous avons déjà été interrogés tous les deux par la police.

Ils ne se considéraient certainement pas comme des gamins : ils se comportaient en parfaits adultes. Au point qu'en fermant les yeux, leur façon de parler aurait pu passer pour celle d'hommes du monde accomplis. Nicolas avait dix-huit ans. Desmond en avait seize.

— Pour faire plaisir à une amie, j'enquête auprès des gens qui étaient présents à un moment bien précis. Non à la soirée d'Halloween elle-même, mais pendant les préparatifs de cette soirée. Or, vous y avez participé tous les deux.

— Oui, c'est exact.

— Jusqu'à présent, j'ai interrogé les femmes de ménage, j'ai eu droit au point de vue de la police, à celui d'un médecin – celui qui a été le premier à examiner le corps –, j'ai parlé à une enseignante des Ormes, à la directrice et professeur principal de l'école, à des parents effondrés, on m'a rapporté bien des potins du village... À propos, vous avez une sorcière, ici, si j'ai bien compris ?

Les deux jeunes gens éclatèrent de rire.

— Vous voulez parler de la mère Goodbody ? Oui, elle était venue ce soir-là jouer le rôle de la sorcière.

— Maintenant, poursuivit Poirot, j'en arrive à la jeune génération, à ceux qui ont l'œil et l'oreille aiguisés, des connaissances scientifiques à jour et une sage philosophie. Je suis impatient, très impatient, d'avoir votre opinion sur l'affaire.

Dix-huit et seize ans, se dit-il en les regardant. Des adolescents pour les journalistes, des jeunes pour la police, des petits garçons pour lui. Qu'on les appelle comme on voudra, ce sont des produits d'aujourd'hui. Stupides ni l'un ni l'autre, estimait-il, même s'ils n'avaient pas le haut niveau qu'il leur avait accordé, pour les flatter, en engageant la conversation. Ils avaient assisté à la soirée. Ils étaient également venus aider Mme Drake dans la journée.

Ils avaient grimpé sur des escabeaux, placé des citrouilles à des endroits stratégiques, aidé à installer les guirlandes électriques, l'un ou l'autre avait habilement maquillé tout un paquet de photographies de maris éventuels, tels que peuvent les rêver des adolescentes. Incidemment, ils avaient aussi l'âge requis pour se trouver en tête de la liste des suspects aux yeux de l'inspecteur Raglan et, semblait-il, à ceux d'un vieux jardinier. Ces dernières années, le pourcentage des crimes commis par les représentants de cette tranche d'âge avait sérieusement augmenté. Non que Poirot ait été lui-même enclin à ces soupçons, mais tout était possible. Il était même possible que le crime perpétré deux ou trois ans auparavant ait été l'œuvre d'un gamin, d'un jeune ou d'un adolescent de douze ou quatorze ans. De pareilles affaires avaient été rapportées par les journaux.

Tirant provisoirement le rideau sur toutes ces possibilités, Poirot se concentra sur l'idée qu'il se faisait lui-même de ces deux garçons, sur leur allure, leurs vêtements, leur comportement, leur voix. Et il s'y prenait à la façon d'Hercule Poirot, c'est-à-dire en s'abritant derrière le double bouclier de paroles flatteuses et de traits caricaturalement étrangers, de façon à leur inspirer une espèce de doux mépris sous leurs dehors polis et leurs bonnes manières. Car ils avaient tous les deux d'excellentes manières. Nicolas, celui qui était âgé de dix-huit ans, était beau garçon en dépit de ses rouflaquettes, de ses cheveux dans le cou et d'un costume noir plutôt funèbre. Le plus jeune portait une veste de velours rose, un pantalon mauve et un genre de chemise à jabot, le tout couronné par une masse vaporeuse de cheveux roux. Visiblement, ils dépensaient tous les deux beaucoup pour leurs toilettes, qu'ils n'achetaient certainement pas dans la région ni avec l'argent que leur donnaient leurs parents ou leurs tuteurs.

— Si j'ai bien compris, vous étiez là le matin, ou l'après-midi d'Halloween, et vous avez participé aux préparatifs de la soirée ?

— Tôt dans l'après-midi, précisa Nicolas.

— Qu'est-ce qui a nécessité votre aide ? J'ai entendu parler de ces préparatifs par plusieurs personnes, mais je n'y vois pas très clair. Elles ne sont pas toutes d'accord.

— D'abord et en majeure partie, les éclairages.

— Et puis grimper sur des escabeaux pour installer les décorations qui devaient être haut perchées.

— J'ai cru comprendre que vous aviez également réussi quelques bonnes photographies.

Desmond plongea la main dans sa poche et en sortit un petit album dont il tira fièrement quelques clichés.

— C'est nous qui les avons trafiqués. Des maris pour les filles, expliqua-t-il. Elles sont toutes pareilles, ces nanas. Elles le veulent toutes à la dernière mode. Pas mal, mon petit échantillonnage, non ?

Il tendit quelques photos à Poirot qui regarda avec intérêt un rouquin barbu assez flou, un autre garçon avec les cheveux en auréole, un troisième dont la tignasse lui descendait presque jusqu'aux genoux, sans compter un assortiment de favoris et autres ornements du visage.

— On les avait tous faits différents. C'est assez réussi, n'est-ce pas ?

— Vous aviez des modèles, je suppose ?

— Oh ! c'est nous, sur toutes. Simple question de maquillage, vous savez. C'est Nick et moi qui les avions prises. Nick en avait pris de moi et moi de lui. Nous avons seulement changé ce qu'on pourrait appeler le « motif » capillaire.

— Très astucieux, reconnut Poirot.

— La mise au point est mauvaise, mais c'est exprès, vous comprenez, pour qu'elles aient davantage l'air d'images venues d'ailleurs.

— Elles ont beaucoup plu à Mme Drake, intervint l'autre garçon. Elle nous a félicités. Elles l'ont fait rire aussi. Nous, on s'est surtout occupés de l'électricité : on braquait une lampe ou deux et quand les filles s'asseyaient devant le miroir, l'un de nous deux se hissait aussitôt jusqu'à la lucarne afin d'y plaquer la photo qui convenait. Sur quoi la fille apercevait dans le miroir le reflet du mâle de ses rêves avec – en prime – la chevelure, la barbe ou les favoris qui la feraient craquer.

— Est-ce qu'elles savaient qu'il s'agissait de vous et de votre ami ?

— Oh ! pas ce soir-là, je ne crois pas. Elles savaient que nous avions participé aux préparatifs, mais je ne pense pas qu'elles nous aient reconnus dans les miroirs. Elles n'étaient pas assez malignes pour ça. Elles gloussaient, poussaient des cris. C'était follement marrant.

— Et qui était là l'après-midi ? Je ne vous demande pas de vous rappeler qui a assisté à la soirée.

— À la soirée, il me semble qu'il a dû aller et venir une trentaine de personnes. L'après-midi, il y a eu Mme Drake, bien entendu, et Mme Butler. Une des profs de l'école, Mlle Whittaker je crois qu'elle s'appelle. Et puis une Mme Flatterbut ou un nom de ce genre, la femme ou la sœur de l'organiste. Mlle Lee, l'assistante du Dr Ferguson – c'était son après-midi de congé et elle est venue donner un coup de main. Plus quelques gosses aussi qui ont voulu se rendre utiles. Non qu'ils nous aient servi à grand-chose. Les filles ne faisaient que se pousser du coude et pouffer dans les coins.

— Ah, oui ? Vous vous rappelez lesquelles ?

— Eh bien, les Reynolds... cette pauvre vieille Joyce, évidemment, celle qui a été tuée, et puis sa sœur aînée, Ann. Une fille à vous flanquer la frousse. D'une prétention sans limite. Qui se croit formidablement intelligente. Qui est persuadée d'obtenir en permanence des 20 sur 20 partout. Et puis le petit Léopold. Un gosse épouvantable, décréta Desmond. Un faux jeton. Il espionne, il moucharde, il raconte des salades. Une vraie petite peste. Et puis il y avait Béatrice Ardley et Cathy Grant, qui est bornée comme c'est pas permis, et deux femmes de service, bien sûr. Des femmes de ménage, je veux dire. Et cette femme écrivain, celle qui vous a fait venir.

— Pas un seul homme ?

— Oh ! le pasteur est passé faire un tour, si vous tenez à le compter. Brave vieux, plutôt bouché. Et le nouveau vicaire. Il bégaye quand il est nerveux. Il n'est pas là depuis longtemps. C'est tout ce que je vois pour l'instant.

— Et si j'ai bien compris, vous avez entendu cette fille, Joyce Reynolds, dire quelque chose à propos d'un meurtre qu'elle aurait vu commettre.

— Ah bon ? Je n'ai rien entendu de pareil.

— Bah ! c'est ce qu'ils racontent tous, intervint Nicolas. Personnellement, je n'ai pas entendu ça non plus. Je suppose que je n'étais pas dans la pièce à ce moment-là. Où était-elle... quand elle l'a dit, j'entends ?

— Dans le salon.

— Ah oui, à moins d'avoir à faire quelque chose de spécial, c'était là que se trouvaient la plupart des gens. Mais évidemment, Nick et moi, poursuivit Desmond, nous avons surtout passé notre temps à régler les circuits électriques et le reste dans la pièce où les filles devaient apercevoir l'homme de leur vie. Ou alors nous accrochions des guirlandes dans l'escalier. Nous sommes allés une ou deux fois dans le salon installer les citrouilles en hauteur et suspendre celles qu'on avait creusées pour y mettre un éclairage. Mais je n'ai rien entendu de pareil quand j'y étais. Et toi, Nick ?

— Moi non plus, déclara Nick qui ajouta, curieux : Est-ce que Joyce a vraiment dit qu'elle avait vu commettre un meurtre ? Drôlement intéressant si c'est exact, non ?

— Qu'est-ce que ça a de si intéressant ? demanda Desmond.

— Eh bien, c'est de la P.E.S... de la Perception Extra-Sensorielle, non ? Elle voit un meurtre et, dans l'heure qui suit, elle est tuée elle-même. Elle a dû avoir une espèce de prémonition. Cela donne à réfléchir. Il semblerait, d'après des expériences récentes, que s'attacher une électrode, ou un machin dans ce goût-là, à la veine jugulaire, vous aiderait dans ces cas-là. J'ai lu ça quelque part.

— On n'a jamais réussi à prouver quoi que ce soit avec ces histoires de P.E.S., riposta Desmond, méprisant. Des gens, installés dans différentes pièces, regardent des cartes à jouer ou des mots avec des carrés et des formes géométriques. Mais ils ne voient jamais ce qu'il faut, ou très rarement.

— C'est qu'il faut être très jeune pour ça. Les adolescents sont bien meilleurs que les adultes.

Peu désireux de voir s'éterniser cette discussion scientifique de haut niveau. Hercule Poirot intervint :

— Autant que vous vous en souveniez, il ne s'est rien passé dans la maison qui vous ait paru inquiétant ou significatif ? Quelque chose que personne n'aurait remarqué mais qui aurait attiré votre attention ?

Nicolas et Desmond froncèrent tous deux les sourcils, se triturant visiblement la cervelle pour en sortir un incident de quelque importance :

— Non, on n'a fait que bavarder et s'occuper de tous les arrangements.

— De votre côté, vous n'avez pas une hypothèse ?

Poirot s'était adressé à Nicolas.

— Une hypothèse à propos de quoi ? De qui a tué Joyce ?

— Oui. Vous pourriez avoir surpris un détail qui aurait éveillé vos soupçons, ou bien vous baser sur des éléments purement psychologiques.

— Oui, je vois ce que vous voulez dire. Il pourrait y avoir quelque chose dans le genre.

— Whittaker, à tous les coups, décréta Desmond, sans égard aucun pour Nicolas, plongé dans ses pensées.

— La professeur ? demanda Poirot.

— Oui. La vieille fille dans toute sa splendeur. Sevrée de sexe. Qui a passé sa vie à enseigner, dans un milieu exclusivement peuplé de bonnes femmes... Si vous vous en souvenez, il y a un an ou deux, une de ces profs a été étranglée. Entre nous, elle n'était pas très nette, à ce qu'il paraît.

— Lesbienne ? hasarda Nicolas d'un ton d'homme du monde.

— Ça ne m'étonnerait pas. Tu te rappelles Nora Ambrose, la fille avec laquelle elle vivait ? Plutôt pas mal, hein ? Elle avait un ou deux petits copains, d'après les bruits qui courent, ce qui rendait folle sa compagne de chambre. Quelqu'un a prétendu qu'elle était mère célibataire. Elle avait disparu deux trimestres sous prétexte de soigner je ne sais quelle maladie et elle était revenue après comme si de rien n'était... Ils sont prêts à raconter n'importe quoi, dans ce repaire de cancans.

— En tout cas, Whittaker est restée presque toute la matinée dans le salon. Elle a probablement entendu ce que Joyce a dit. Ça a pu la frapper, non ?

— Écoute, dit Nicolas, supposons que Whittaker... quel âge a-t-elle, à ton avis ? La quarantaine ? Bientôt la cinquantaine... Les femmes perdent souvent les pédales, à cet âge-là.

Ils regardèrent tous les deux Poirot de l'air satisfait qu'ont les chiens lorsqu'ils ont retrouvé les pantoufles dont leur maître avait besoin.

— Si c'est ça, Mlle Emlyn doit le savoir. Elle sait tout ce qui se passe dans son école.

— Dans ce cas, elle l'aurait dit.

— Elle se croit peut-être tenue de ne pas la trahir et de la protéger ?

— Oh ! ça m'étonnerait quand même. Si elle pensait qu'Elizabeth Whittaker a perdu la boule, elle se dirait aussi que, dans ce cas-là, beaucoup d'élèves risqueraient également leur peau.

— Et le vicaire ? demanda Desmond, plein d'espoir. Il est peut-être un peu siphonné. Tu vois ça d'ici, le péché originel et le reste, l'eau, les pommes et puis... écoute, j'ai une idée de génie ! Suppose qu'il soit un tantinet timbré. Il n'y a pas longtemps qu'il est dans le secteur. Personne ne sait rien de lui. Suppose que le Snapdragon lui soit monté à la tête. Le feu de l'enfer ! Toutes ces flammes qui montent ! Alors, il prend Joyce par la main et lui dit : « Viens avec moi, je vais te montrer quelque chose », il l'emmène dans la pièce aux pommes et il lui ordonne : « Agenouille-toi. » Et il se met à bramer : « Avec cette eau je te baptise », et il lui plonge la tête dans la flotte. Tu vois ? Tout colle. Adam et Ève, la pomme, le feu de l'enfer, le Snapdragon, et un nouveau baptême pour se laver du péché.

— Il a peut-être commencé par une séance d'exhibitionnisme, suggéra Nicolas, plein d'espoir. Tu comprends, il faut toujours un arrière-plan sexuel à ce genre de situation.

Ils tournèrent vers Poirot des visages satisfaits.

— Eh bien, conclut celui-ci, le moins qu'on puisse dire, c'est que vous m'avez donné de quoi réfléchir.

16

Hercule Poirot regardait Mme Goodbody avec intérêt. C'était incontestablement un modèle idéal de sorcière. Le fait qu'elle conjuguait cet aspect avec un caractère des plus aimables ne dissipait pas l'illusion. Elle discourait avec un plaisir manifeste :

— Bien sûr que j'y étais, et pas qu'un peu. J'ai toujours fait la sorcière, ici. Même que l'année dernière, le pasteur m'a complimentée et m'a dit que mon numéro avait été si brillant qu'il allait m'offrir un nouveau chapeau. Un chapeau de sorcière, ça s'use comme le reste. Oui, j'y étais ce jour-là. C'est moi qui fais les rimes. Je veux dire les vers pour les filles, à partir de leurs prénoms. Un petit poème pour Béatrice, un autre pour Ann et ainsi de suite. Je les confie à celui qui fait la voix venue de l'au-delà et il les récite aux filles dans le miroir, tandis que les garçons, M. Nicolas et le jeune Desmond, expédient en bas leurs photos trafiquées. Il y en a qui me font mourir de rire. Il faut voir ces garçons se coller des poils sur toute la figure et se photographier l'un l'autre ! Et comment ils s'habillent ! L'autre jour, M. Desmond, l'accoutrement qu'il portait, c'était à pas en croire ses yeux. Une veste rose et un pantalon mauve. Les filles, je vous jure, ils les battent à plate couture. Elles, tout ce qu'elles sont capables d'inventer, c'est de remonter l'ourlet de leurs jupes de plus en plus haut, ce qui ne les avance pas à grand-chose vu que ça les oblige à se mettre de plus en plus de sous-vêtements. Elles dépensent tout leur argent pour ce qu'elles appellent des bodys ou des collants. De mon temps, il n'y avait qu'au music-hall que les filles portaient ça. Mais les garçons, parole d'honneur, ils ont l'air de martins-pêcheurs, de paons ou d'oiseaux de paradis. Bon, j'aime bien voir un peu de couleur et j'ai toujours pensé que ça devait être amusant, autrefois, tout ce qui se trouve sur les illustrations. Vous voyez ce que je veux dire, tout le monde avec des boucles, des dentelles, des chapeaux à plumet. Les filles, elles avaient de quoi s'en mettre plein les yeux. Surtout avec les justaucorps et les chausses... D'après ce que j'ai pu voir, tout ce que les filles ont été capables d'imaginer, dans ces temps historiques, ç'a été de gonfler leurs jupes – plus tard on a appelé ça des crinolines – et de se mettre des fraises autour du cou ! Ma grand-mère me disait que ses jeunes maîtresses – elle servait dans une bonne famille victorienne, voyez-vous – donc que ses jeunes maîtresses – c'était avant l'époque de Victoria, il me semble, quand le roi qui avait la tête en forme de poire était sur le trône : Guillaume IV, Guillaume le Demeuré, qu'on l'appelait – bon, eh bien que ses jeunes maîtresses, je veux parler des jeunes maîtresses de ma grand-mère, très collet monté, qui portaient des robes de mousseline qui leur descendaient jusqu'aux chevilles, eh bien elles avaient l'habitude de mouiller la mousseline pour qu'elle colle à la peau. Elle leur collait de telle façon, comprenez-vous, qu'elle laissait voir tout ce qu'il y avait à voir. Et elles faisaient les pudiques, avouez que ça devait chatouiller les hommes, pour sûr.

» J'ai prêté ma boule de sorcière à Mme Drake pour la fête. Je l'avais achetée dans une vente de charité je ne sais plus où. Elle est là, maintenant, suspendue près de la cheminée, vous la voyez ? Elle est d'un beau bleu, profond et brillant. Je la garde au-dessus de ma porte.

— Vous dites la bonne aventure ?

— Je ne devrais pas, hein ? répondit-elle en pouffant. La police n'aime pas ça. Ce n'est pas qu'ils trouvent à redire aux bobards que je raconte. C'est facile comme bonjour. Dans des trous perdus comme celui-ci, vous savez toujours qui fréquente qui, alors ce n'est pas bien malin.

— Pouvez-vous regarder maintenant dans votre boule de sorcière et voir qui a tué la petite Joyce ?

— Vous confondez tout, se récria Mme Goodbody. Pour voir des choses, il faut regarder dans une boule de cristal, pas dans une boule de sorcière. Si je vous disais à qui je pense, cela ne vous plairait pas. Vous trouveriez que c'est contre nature. Mais il se passe plein de choses contre nature, par les temps qui courent.

— Vous n'avez peut-être pas tort.

— Il fait bon vivre ici, dans l'ensemble. Pour la plupart, les habitants sont de braves gens, mais où que vous alliez, vous trouvez toujours quelques créatures du diable. Nées pour faire le mal et qui s'y emploient.

— Vous voulez parler... de la magie noire ?

— Non, pas ça, riposta Mme Goodbody d'un ton méprisant. Ça, c'est rien que des bêtises. Tout juste bonnes pour les gens qui aiment se déguiser et faire un tas d'âneries. Sexuelles et tout ça. Non, je veux parler de ceux sur qui le diable a posé sa main. Ils ont été conçus comme ça. Enfants de Lucifer. Ils ont été conçus de façon à ce que tuer n'ait aucune importance pour eux dans la mesure où ils en profitent. Quand ils veulent quelque chose, ils le veulent. Et ils ne reculent devant rien pour l'obtenir. Même s'ils ont l'air beaux comme des anges. J'ai connu une petite fille, un jour. À sept ans, elle avait tué son petit frère et sa petite sœur. Des jumeaux de cinq ou six mois, pas plus. Elle les avait étouffés dans leur landau.

— Cela s'est passé à Woodleigh Common ?

— Non, non, pas à Woodleigh Common. Autant que je me souvienne, c'était dans le Yorkshire. Sale histoire. Une petite créature ravissante. Vous auriez pu lui attacher des ailes dans le dos, l'installer sur une estrade et chanter des hymnes de Noël, elle aurait eu l'air faite pour le rôle. Mais elle ne l'était pas. Elle était pourrie de l'intérieur. Vous comprenez certainement ce que je veux dire. Vous n'êtes plus jeune. Vous savez ce qu'il existe de méchanceté de par le monde.

— Hélas ! déplora Poirot. Vous avez raison. Je ne le sais que trop. Si Joyce a vraiment vu commettre un meurtre...

— Qui a dit ça ?

— Mais elle-même.

— Ce n'est pas une raison pour en être convaincu. C'était une petite menteuse. Vous ne le croyez pas ? ajouta-t-elle en lançant à Poirot un regard acéré.

— Si, répliqua-t-il, je le crois. Trop de gens me l'ont dit pour que je continue à en douter.

— Il se passe de drôles de choses dans les familles, remarqua Mme Goodbody. Prenez les Reynolds, par exemple. M. Reynolds est dans l'immobilier. N'a jamais fait d'étincelles et n'en fera jamais. N'a pas vraiment fait son chemin, comme on dit. Quant à Mme Reynolds, elle passe son temps à se ronger les sangs. Aucun des trois enfants ne ressemble aux parents. Ann, elle a de la cervelle. Elle réussit bien à l'école et elle ira sans doute à l'université. Cela ne m'étonnerait pas qu'elle se destine à être professeur. Cela dit, elle est très contente d'elle-même. Tellement contente que personne ne peut la supporter. Les garçons n'y reviennent pas à deux fois. Et puis il y avait Joyce. Elle n'était pas aussi intelligente qu'Ann, ni que son petit frère Léopold, mais elle s'efforçait de l'être. Elle voulait toujours en savoir plus que tout le monde, en faire plus que tout le monde, et elle était prête à dire n'importe quoi pour se faire remarquer.

Mais il fallait bien se garder de croire un mot de ce qu'elle disait parce que, neuf fois sur dix, ce n'était pas vrai.

— Et le garçon ?

— Léopold ? Il n'a que neuf ou dix ans, je crois, mais il est certainement intelligent. Habile de ses mains et de bien d'autres façons. Il veut faire de la physique, vous voyez le genre. Il est bon en mathématiques aussi. Il les a épatés, à l'école. Oui, il est intelligent. Ce sera sans doute un scientifique, plus tard. Mais si vous voulez mon avis, tout ce qu'il pourra faire et inventer en tant que savant, ce ne pourra être que mauvais, comme la bombe atomique, par exemple ! Il est du genre à imaginer quelque chose qui détruira la moitié du globe et nous tous avec, pauvres de nous. Méfiez-vous de Léopold. Il joue des tours aux gens et il les espionne. Il découvre tous leurs secrets. J'aimerais bien savoir d'où il tire son argent de poche. Ni de sa mère ni de son père, en tout cas. Ils n'ont pas les moyens de lui en donner beaucoup. Et il en a toujours qu'il garde dans un tiroir, sous ses chaussettes. Il achète des choses. Un tas de gadgets très chers. D'où lui vient cet argent ? Voilà ce qui me turlupine. À mon avis, il perce à jour des secrets et se fait payer son silence.

Elle s'arrêta pour reprendre haleine.

— Enfin, je crains bien de ne pas pouvoir vous aider, ni d'une façon ni d'une autre.

— Vous m'avez beaucoup aidé, riposta Poirot. Qu'est devenue la fille étrangère qui s'est enfuie, d'après ce qu'on dit ?

— M'est avis qu'elle n'est pas allée bien loin. *Cui, cui, cui, l'oiseau est au fond du puits*. C'est ce que j'ai toujours pensé, en tout cas.

17

— Excusez-moi, madame, je peux vous parler une minute ?

Mme Oliver, qui se trouvait sur la véranda de la maison de son amie, était en train de guetter Hercule Poirot qui avait annoncé son arrivée par téléphone. Elle se retourna.

Une femme d'âge moyen, vêtue avec soin, se tordait nerveusement les mains dans ses gants de coton.

— Oui ? fit Mme Oliver avec un point d'interrogation dans l'intonation.

— Pardon si je m'excuse de vous déranger, madame, mais je m'suis dit... eh bien, je m'suis dit...

Mme Oliver n'essaya pas de la presser. Elle se demandait ce qui pouvait bien la tourmenter autant.

— Vous êtes bien la dame qui écrit des histoires, pas vrai ? Des histoires de crimes, de meurtres et de tout un tas d'horreurs comme ça ?

— Oui, reconnut volontiers Mme Oliver, c'est bien moi.

Sa curiosité était maintenant éveillée. S'agissait-il d'un prologue à une demande d'autographe, voire peut-être de photographie dédicacée ? On ne sait jamais. Il faut toujours s'attendre à n'importe quoi.

— J'ai pensé que vous seriez la mieux placée pour me le dire, reprit la femme.

— Commencez donc par vous asseoir, lui conseilla Mme Oliver.

Elle voyait déjà que Mme Quel-que-soit-son-nom – Mme, puisqu'elle portait une alliance – n'était pas du genre à aller droit au but. Celle-ci s'assit tout en continuant à se tordre les mains.

— Vous êtes inquiète ? demanda Mme Oliver, entreprenante.

— Eh bien, j'aimerais avoir un avis, c'est bien vrai. C'est à propos de quelque chose qui est arrivé il y a bien longtemps, et ça ne m'avait pas vraiment inquiétée, à l'époque. Mais vous savez comment c'est. Vous y repensez sans cesse et vous voudriez bien pouvoir vous adresser à quelqu'un.

— Je comprends, dit Mme Oliver, espérant, grâce à cette déclaration fallacieuse, lui inspirer confiance.

— Quand on voit ce qui est arrivé pas plus tard que récemment, on ne sait jamais, pas vrai ?

— Vous voulez parler de... ?

— Je veux parler de ce qui s'est passé à la fête d'Halloween, ou Dieu sait comment ils l'appellent. Ça montre bien qu'il y a des gens, ici, à qui on ne peut pas se fier, non ? Et ça vous montre les choses autrement qu'elles étaient avant. Je veux dire qu'elles pourraient ne pas avoir été ce qu'elles vous paraissaient être, si vous voyez ce que je veux dire.

— Oui ? répéta Mme Oliver, insistant encore sur l'intonation interrogative de sa monosyllabe. Je ne connais pas votre nom, il me semble, ajouta-t-elle.

— Leaman. Mme Leaman. Je fais des ménages pour rendre service aux dames, ici. Après la mort de mon mari, il y a de cela cinq ans, j'ai travaillé pour Mme Llewellyn-Smythe, la dame qui vivait dans la Maison de la Carrière, avant l'arrivée du colonel et de Mme Weston. Je ne sais pas si vous l'avez connue.

— Non, répondit Mme Oliver, je ne l'ai pas connue. C'est la première fois que je viens à Woodleigh Common.

— Je vois. Alors vous ne savez peut-être pas grand-chose de ce qui s'est passé à ce moment-là, et de ce qu'on a raconté à l'époque.

— J'en ai beaucoup entendu parler depuis que je suis ici, remarqua Mme Oliver.

— Vous comprenez, je ne connais rien du tout aux lois et ça me soucie quand il faut avoir affaire aux avocats. Ils sont toujours prêts à vous entortiller, tous autant qu'ils sont. Et puis ça ne me plairait pas de m'adresser à la police. La police n'a rien à y voir, quand il s'agit d'histoires de lois, n'est-ce pas ?

— Sans doute pas, répondit prudemment Mme Oliver.

— Vous savez peut-être ce qu'on a dit à l'époque sur le code, je ne sais pas exactement, codici... un mot comme ça.

— Un codicille au testament ? suggéra Mme Oliver.

— Oui, c'est ça. C'est ce que je voulais dire. Vous voyez, Mme Llewellyn-Smythe a fait un de ces cod... codicilles et elle a laissé tout son argent à la fille étrangère qui s'occupait d'elle. Et ça, ça a été une surprise, parce qu'elle avait de la famille ici, des parents, et qu'elle était venue justement pour vivre auprès d'eux. Elle leur était très attachée, à M. Drake surtout. Et les gens ont trouvé ça bizarre, vraiment. Et puis les avocats, les notaires ont commencé à dire des choses, vous comprenez. Ils ont dit que Mme Llewellyn-Smythe n'avait pas du tout écrit ce codicille. Que c'était l'étrangère au pair qui l'avait fait pour rafler tout l'argent. Et que

Mme Drake allait contretester le testament... si c'est bien le mot.

— Les avocats allaient contester le testament. Oui, je crois avoir entendu parler de ça, répondit Mme Oliver pour l'encourager. Et vous savez quelque chose à ce propos, peut-être ?

— C'est pas que j'aie eu de mauvaises intentions, déclara Mme Leaman avec un petit gémissement, d'un genre que Mme Oliver connaissait bien.

D'une certaine façon, se dit-elle, il ne fallait sans doute pas faire exagérément confiance à Mme Leaman : elle fourrait peut-être son nez partout, écoutait aux portes...

— Je n'ai rien dit à l'époque, reprit Mme Leaman, parce que, voyez-vous, je ne savais pas au juste. Mais, vous comprenez, j'ai trouvé ça étrange et je peux avouer à une dame comme vous, qui connaît la vie, que j'ai voulu savoir la vérité. J'avais travaillé un certain temps pour Mme Llewellyn-Smythe, et ça vous donne envie de comprendre ce qui s'est passé.

— Parfaitement, dit Mme Oliver.

— Bien sûr, si j'avais pensé que je n'aurais pas dû faire ce que j'avais fait, je l'aurais avoué. Mais je ne pensais pas avoir fait quoi que ce soit de mal, vous savez. Pas à ce moment-là, si vous pouvez comprendre, ajouta-t-elle.

— Oh ! oui, hasarda Mme Oliver. Je suis certaine de pouvoir comprendre. Continuez. C'était à propos de ce codicille.

— Oui, un jour, voyez-vous, Mme Llewellyn-Smythe... elle ne se sentait pas très bien ce jour-là et alors elle nous a appelés. C'est-à-dire, moi et le jeune Jim, qui travaillait dans le jardin, rentrait le bois et le charbon, des occupations comme ça. Alors nous sommes entrés dans sa chambre, où elle était avec des papiers devant elle, sur son bureau. Elle s'est tournée vers la fille étrangère – on l'appelait Mlle Olga – et elle a dit : « Sortez de la pièce maintenant, mon petit, parce que vous ne devez pas assister à cette partie de l'affaire » ou quelque chose comme ça. Alors Mlle Olga est sortie et Mme Llewellyn-Smythe nous a demandé de nous approcher et elle a dit : « Ceci est mon testament. » Il y avait un buvard sur le haut de la feuille, mais le bas était vierge. Elle a dit : « Je vais écrire quelque chose ici, sur cette feuille de papier, et je veux que vous soyez témoins de ce que j'écris et de ma signature à la fin. » Alors elle s'est mise à écrire sur la page. Elle se servait toujours d'une plume qui gratte, elle n'utilisait jamais un stylo ou un crayon bille quelconque. Elle a fait deux ou trois lignes d'écriture et elle a signé son nom, et puis elle m'a dit : « Maintenant, madame Leaman, écrivez votre nom ici. Votre nom et votre adresse. » Et puis elle a dit à Jim : « Et maintenant, vous écrivez votre nom dessous, et votre adresse aussi. Ici. Ça ira. Maintenant, vous m'avez vue écrire ça, vous avez vu ma signature et vous avez écrit vos noms, tous les deux, pour dire que c'est bien ça. » Et puis elle a dit : « C'est tout. Merci beaucoup. » Alors, on est partis. Ma foi, je n'ai rien pensé de plus à ce moment-là, j'étais seulement un peu étonnée. Et juste comme je sortais de la chambre, je me suis retournée. Vous comprenez, la porte ne se referme pas toujours comme il faut, on doit la pousser pour entendre le déclic. J'étais en train de faire ça quand... je ne regardais pas vraiment, si vous comprenez ce que je veux dire...

— Je comprends très bien, lui assura Mme Oliver.

— Et alors j'ai vu Mme Llewellyn-Smythe se lever de son fauteuil... elle avait de l'arthrite et bougeait avec peine, quelquefois... je l'ai donc vue se lever et aller sortir un livre de la bibliothèque où elle a mis le papier qu'elle venait de signer, dans une enveloppe. Un grand et gros livre, du rayon du bas. Après, je n'y ai plus jamais pensé. Non, vraiment pas. Mais quand toute cette histoire est arrivée, j'ai... du moins, je...

Elle se tut.

Mme Oliver eut une de ses providentielles intuitions.

— Évidemment, vous n'avez pas attendu aussi longtemps...

— Bon, je vais vous dire la vérité. Je l'avoue, j'étais curieuse. Après tout, quand vous avez signé quelque chose, vous avez envie de savoir ce que vous avez signé, non ? Pour moi, ça fait partie de la nature humaine. C'est humain, comme dit l'autre.

— Oui, c'est humain, approuva Mme Oliver.

La curiosité, se dit-elle, faisait à coup sûr grandement partie de la nature humaine de Mme Leaman.

— J'avoue que le lendemain, quand Mme Llewellyn-Smythe est partie pour Medchester et que je faisais sa chambre comme d'habitude – une chambre-salon, parce qu'elle devait se reposer souvent –, j'ai pensé : « Bon, quand on a signé quelque chose, on doit savoir ce qu'on a signé. » Avec ces achats à crédit, on dit toujours qu'il faut lire ce qui est écrit en petits caractères.

— Ou, dans le cas présent, ce qui était écrit à la main, remarqua Mme Oliver.

— Alors je me suis dit, ma foi, il n'y a pas de mal à ça... ce n'est pas comme si je prenais quelque chose. Je veux dire, comme j'avais signé mon nom là-dessus, je pensais que j'avais le droit de savoir ce que j'avais signé. Alors j'ai cherché sur les étagères – elles avaient besoin d'un coup de plumeau de toute façon – et je l'ai trouvé tout en bas. C'était un vieux livre, du genre reine Victoria. Et j'ai trouvé l'enveloppe, avec le papier plié dedans, et le titre du livre c'était *Tout sur tout*. On aurait dit que c'était fait exprès, si vous voyez ce que je veux dire.

— Oui, approuva Mme Oliver, c'était visiblement fait exprès. Alors vous avez pris le papier et vous l'avez examiné.

— C'est bien ça, madame. Je ne sais pas si j'ai eu tort ou raison, quoi qu'il en soit, je l'ai fait. C'était bien un document de chez le notaire. Un document légal, comme on dit. Ce qu'elle avait écrit la veille figurait sur la dernière page. Une nouvelle inscription avec une nouvelle plume qui gratte. C'était très lisible, malgré son écriture pleine de pointes.

— Et qu'est-ce que ça disait ? demanda Mme Oliver dont la curiosité s'était maintenant élevée au niveau de celle qu'avait ressentie alors Mme Leaman.

— Autant que je m'en souvienne – je ne suis pas sûre des mots exacts –, ça disait quelque chose à propos d'un codicille, et qu'après les legs mentionnés dans son testament, elle laissait toute sa fortune à Olga – je ne suis pas sûre du nom de famille, ça commençait par un S... Seminov, quelque chose comme ça – en récompense de sa grande gentillesse et de ses soins pendant sa maladie. Et puis elle avait signé, et j'avais signé, et Jim avait signé. Alors j'ai remis le papier où je l'avais pris parce que je ne voulais pas que Mme Llewellyn-Smythe sache que je fouillais dans ses affaires.

— Ça alors je me suis tout de suite dit, ça, pour une surprise c'est une surprise. Pas croyable qu'une étrangère hérite de tout cet argent, parce que nous savions tous que Mme Llewellyn-Smythe était très riche. Son mari était dans la construction navale et lui avait laissé une grosse fortune, et je me suis dit, eh bien il y en a qui ont de la chance. Remarquez, Mlle Olga ne m'était pas particulièrement sympathique. Elle était souvent désagréable et elle avait mauvais caractère. Mais je dois dire qu'elle était toujours attentionnée, polie et tout avec la vieille dame. Elle cherchait à se faire bien voir et elle est arrivée à ses fins. Eh bien, je me suis dit, enlever tout cet argent à sa famille... Et puis je me suis dit, ma foi, peut-être qu'elle a eu des disputes avec eux et, probablement, ça va se calmer, et alors elle déchirera le testament et en fera un autre, ou un autre codicille. Quoi qu'il en soit, c'était bien ça, je l'ai remis en place et je n'y ai plus pensé.

— Mais quand le testament a provoqué toute cette histoire et qu'on a dit que c'était un faux, que Mme Llewellyn-Smythe n'aurait jamais pu écrire ce codicille elle-même... parce que c'était ce qu'ils disaient, remarquez, que c'était quelqu'un d'autre qui avait écrit ça...

— Je vois, déclara Mme Oliver. Et alors, qu'avez-vous fait ?

— Je n'ai rien fait du tout. C'est bien ce qui me tourmente... Je n'ai pas saisi la balle au bond, comme dit l'autre. Et après avoir réfléchi un peu, je n'ai pas su exactement ce que je devais faire, j'ai pensé, eh bien, que tout ça c'était parce que les avocats sont contre les étrangers, comme tout le monde, d'ailleurs. Moi non plus je n'aime pas beaucoup les étrangers, je l'admets. En tout cas, c'était comme ça et la jeune dame se pavanait, fière comme Artaban, et je me suis dit, peut-être qu'il y a une question de légalité quelconque et ils vont dire qu'elle n'a pas droit à l'argent parce qu'elle n'est pas de la famille. Alors tout rentrera dans l'ordre. Et dans un sens, ça a bien été le cas parce que, voyez-vous, ils ont renoncé à l'idée de faire un procès. Ça n'est pas passé devant le tribunal et, autant qu'on le sache, Mlle Olga s'est enfuie. Elle est retournée quelque part sur le continent, d'où elle était venue. Comme s'il y avait eu une espèce de tour de passe-passe de sa part. Peut-être qu'elle avait menacé la vieille dame et qu'elle l'avait obligée à le faire. On ne sait jamais, n'est-ce pas ? Un de mes neveux, qui sera bientôt docteur, dit qu'on peut faire des merveilles avec l'hypnotisme. Peut-être qu'elle avait hypnotisé la vieille dame.

— Il y a longtemps de ça ?

— Mme Llewellyn-Smythe est morte depuis... laissez-moi voir... depuis près de deux ans.

— Et cela ne vous a pas troublée ?

— Non, pas à l'époque. Parce que, voyez-vous, je n'ai pas compris tout de suite que c'était important. Tout allait bien, Mlle Olga ne s'était pas sauvée avec l'argent et je ne voyais pas en quoi on aurait eu besoin de moi...

— Mais maintenant vous voyez les choses autrement ?

— C'est à cause de cette mort... de cette gamine qui a été poussée dans une bassine de pommes. Elle a dit des choses à propos d'un meurtre, elle a dit qu'elle avait vu, ou qu'elle savait quelque chose à propos d'un meurtre. Et j'ai pensé que peut-être cette Mlle Olga avait tué la vieille dame parce qu'elle savait que tout cet argent devait lui revenir, et qu'après ça elle avait pris peur avec toute cette histoire, ces avocats et la police, et alors qu'elle s'était enfuie. Alors je me suis dit, eh bien, peut-être que je devrais... enfin, il fallait que je le dise à quelqu'un, et je me suis dit que vous étiez une dame qui deviez avoir des amis chez les hommes de loi. Peut-être même dans la police, et que vous pourriez leur expliquer que j'enlevais seulement la poussière sur les étagères et que ce papier était là, dans un livre, et que je l'ai remis à sa place. Je ne l'ai pas emporté, j'ai rien fait.

— Mais c'est bien ce qui s'est passé, n'est-ce pas, ce jour-là ? Vous avez vu Mme Llewellyn-Smythe écrire un codicille à son testament. Vous l'avez vue signer et, vous et ce Jim, vous étiez tous les deux présents, et vous avez signé tous les deux aussi. C'est bien ça, non ?

— C'est ça.

— Donc, si vous avez vu tous les deux Mme Llewellyn-Smythe signer, sa signature ne pouvait pas avoir été contrefaite, n'est-ce pas ?

— Je l'ai vue moi-même signer, et c'est la vérité vraie. Et Jim dirait pareil, seulement il est en Australie. Il y a un an qu'il est parti, et je ne connais pas son adresse ni rien. Il n'était pas de là-bas, en tout cas.

— Et que voulez-vous que je fasse ?

— Eh bien, je voudrais que vous me disiez si je devrais dire, ou faire, quelque chose maintenant. Personne ne m'a rien demandé, remarquez. Personne ne m'a jamais demandé si je savais quelque chose à propos d'un testament.

— Vous vous appelez Leaman. Quel est votre prénom ?

— Harriet.

— Harriet Leaman. Et Jim, quel est son nom de famille ?

— Eh bien, attendez... qu'est-ce que c'était ? Jenkins. C'est ça. James Jenkins. Je vous serais très obligée si vous pouviez m'aider parce que ça me tourmente, vous savez. Tous ces ennuis qui arrivent, et si cette Mlle Olga l'avait fait, si elle avait tué Mme Llewellyn-Smythe je veux dire, et que la petite Joyce l'avait vue faire... Elle était tellement fière de tout ça, Mlle Olga, je veux dire de ce que les avocats lui avaient annoncé qu'elle allait avoir tout un tas d'argent. Mais ça a été différent quand la police s'est mise à lui poser des questions et elle est partie brusquement. Personne ne m'a jamais posé de questions. Mais maintenant, je me demande si je n'aurais pas dû dire quelque chose à l'époque.

— Je pense que vous devriez probablement raconter votre histoire au notaire de Mme Llewellyn-Smythe. Je suis sûre qu'il comprendrait vos sentiments et vos raisons.

— C'est-à-dire, je suis sûre que si vous, une dame qui sait de quoi elle parle, pouviez lui en toucher un mot pour moi et lui expliquer que je n'ai jamais eu l'intention de, enfin de faire quoi que ce soit de malhonnête. Je veux dire, tout ce que j'ai fait...

— Tout ce que vous avez fait, c'est de ne rien dire, affirma Mme Oliver. Cela me paraît une explication tout à fait raisonnable.

— Mais si elle pouvait venir de vous, si vous lui en touchiez d'abord un mot pour moi, je vous en serais très reconnaissante.

— Je ferai mon possible, répondit Mme Oliver, dont le regard s'était tourné vers la silhouette qu'elle voyait approcher dans le jardin.

— Eh bien, merci infiniment. Vous êtes une très gentille dame, à ce qu'on dit, et pour sûr que je vous suis vraiment très reconnaissante.

Elle se leva, remit ses gants de coton que, dans son angoisse, elle avait fini par enlever à force de les tordre, esquissa une espèce de révérence et s'en fut.

Mme Oliver guetta Poirot qui approchait.

— Venez ici, lui dit-elle, et asseyez-vous. Qu'est-ce qui vous arrive ? Vous n'avez pas l'air dans votre assiette.

— J'ai horriblement mal aux pieds, avoua Poirot.

— C'est à cause de ces abominables bottines vernies trop étroites que vous vous obstinez à porter, répliqua Mme Oliver. Asseyez-vous. Racontez-moi ce que vous étiez venu me raconter et ensuite c'est moi qui vous raconterai quelque chose que vous serez fort surpris d'entendre.

18

Poirot s'assit et étendit ses jambes.

— Ouf ! Je me sens déjà mieux.

— Ôtez vos chaussures, lui enjoignit Mme Oliver. Et laissez vos pieds se reposer.

— Non, non, pour rien au monde je ne pourrais faire ça ! s'écria Poirot, choqué.

— Allons donc, nous sommes de vieux amis, riposta Mme Oliver, et Judith n'y verra certainement rien à redire si tout à coup elle apparaît. Vous savez, si vous permettez que je vous le dise, vous ne devriez pas porter des bottines vernies à la campagne. Pourquoi ne vous achèteriez-vous pas une paire de jolies chaussures de daim ? Ou de ces choses informes que portent aujourd'hui tous les garçons à l'allure hippie ? Vous savez, ces espèces de chaussures qu'on enfile et qu'on n'a jamais besoin de nettoyer – qui, par je ne sais quel miracle, doivent être autonettoyantes. Une de ces trouvailles qui vous évitent du travail.

— Je n'en voudrais pas pour un empire, s'indigna Poirot. Non, vraiment pas !

— L'ennui avec vous, reprit Mme Oliver en se mettant à défaire un paquet posé sur la table – une nouvelle acquisition qu'elle venait visiblement d'effectuer – ... l'ennui, avec vous, disais-je, c'est que vous tenez absolument à être chic. Vous vous souciez plus de vos vêtements, de votre moustache, de ce que vous portez et de l'effet que vous produisez que de votre confort. Et pourtant, le confort c'est l'essentiel. Une fois passé, mettons... la cinquantaine, le confort est la seule jouissance qui compte réellement.

— Madame, très chère madame, je ne crois pas pouvoir m'accorder avec vous sur ce point.

— Eh bien, c'est dommage. Parce que, dans ce cas, vous allez devoir beaucoup souffrir, et ce sera pire de jour en jour.

Mme Oliver extirpa de son papier d'emballage une boîte au couvercle joyeusement décoré, le souleva et en sortit une friandise qu'elle transféra dans sa bouche. Puis elle se lécha les lèvres, les suça presque, les essuya avec un mouchoir et marmonna :

— Ça poisse.

— Vous ne mangez plus de pommes ? Je vous ai toujours vue avec un sac de pommes à la main, en train d'en manger, ou, quand le sac se déchirait, avec des pommes qui roulaient à vos pieds.

— Je vous ai déjà dit, s'emporta Mme Oliver, je vous ai déjà dit que je ne voulais plus voir une pomme de ma vie. Non, j'exècre les pommes. Cela me passera sans doute un de ces jours et je pourrai en remanger mais, pour l'instant... eh bien, je n'aime pas ce qu'elles évoquent.

— Et qu'est-ce que vous mangez maintenant ? s'enquit Poirot en attrapant le couvercle coloré où figurait un palmier. « Dattes de Tunis », lut-il. Ah ! des dattes, vraiment !

— Eh oui ! Des dattes.

Elle en prit une autre qu'elle se mit dans la bouche, recracha le noyau qu'elle lança dans un buisson et continua à mâchonner.

— Des dattes, répéta Poirot. C'est extraordinaire.

— Qu'y a-t-il d'extraordinaire à manger des dattes ? Je ne suis pas la seule à le faire.

— Non, non, ce n'est pas ce que je voulais dire. Ce qui est extraordinaire, ce n'est pas de les manger, c'est que vous m'ayez dit ça, des dattes... des dates.

— Pourquoi ? voulut savoir Mme Oliver.

— Mais parce que, répondit Poirot, encore et toujours, c'est vous qui m'indiquez le chemin que je dois prendre, ou que j'aurais déjà dû prendre. Les dates. Jusqu'à présent, je ne m'étais pas rendu compte de l'importance des dates.

— Je ne vois pas ce que les dates ont à voir avec ce qui s'est passé ici. Je veux dire que le temps ne fait rien à l'affaire. Tout cela a eu lieu il y a cinq jours seulement.

— Il y a quatre jours exactement. Oui, c'est on ne peut plus vrai. Mais un événement a toujours un passé. Un passé qui fait partie maintenant du présent, mais qui existait hier, ou le mois dernier, ou l'année dernière. Le présent plonge toujours ses racines dans le passé. Il y a un an, ou deux, ou même trois, un meurtre a été commis. Une enfant a assisté à ce meurtre. Et parce que cette enfant a assisté à ce meurtre à une certaine date déjà lointaine, cette enfant est morte il y a quatre jours. Ce n'est pas ça ?

— Si, c'est bien ça. C'est à supposer, du moins. Mais cela pourrait ne pas être. Il pourrait s'agir d'un malade mental qui adore tuer les gens et pour qui jouer avec de l'eau consiste à y plonger la tête de quelqu'un et à l'y maintenir. On pourrait décrire ça comme le jeu du joyeux dérangé mental qui se donne du bon temps au cours d'une soirée.

— Ce n'est pas ce que vous aviez en tête quand vous avez fait appel à moi, madame.

— Non, reconnut Mme Oliver. Non, ce n'est pas ce que j'avais en tête. Quelque chose ne me plaisait pas, dans cette histoire. Et quelque chose ne m'y plaît toujours pas.

— Je suis d'accord avec vous. Vous avez raison. Et quand quelque chose ne vous plaît pas, il faut savoir pourquoi. Vous ne me croyez peut-être pas, mais je m'efforce obstinément de le savoir, ce pourquoi.

— En allant parler avec les gens pour découvrir s'ils sont sympathiques ou non, et en leur posant des questions ?

— Exactement.

— Et qu'avez-vous appris ?

— Des faits, répondit Poirot. Des faits qu'il faudra, le moment venu, insérer à leur place selon leur date, dirons-nous.

— C'est tout ? Et qu'avez-vous appris d'autre ?

— Que personne ne croit à ce qu'a dit Joyce Reynolds.

— Qu'elle a vu tuer quelqu'un ? Mais je l'ai entendu de mes propres oreilles.

— Oui, elle l'a bien dit. Mais personne ne pense que c'est vrai. Il est donc probable que ce n'est pas vrai. Qu'elle n'a rien vu de pareil.

— J'ai l'impression, remarqua Mme Oliver, que vos faits vous ramènent en arrière plutôt que de vous laisser sur place ou aller de l'avant.

— Il faut que les faits concordent. Prenez l'épisode du codicille, par exemple. Pour tout le monde, une étrangère, la fille au pair, a si bien su se faire aimer par une vieille et riche veuve que cette riche veuve a fait un testament, ou un codicille à un testament, par lequel elle lui laissait tout son argent. Cette fille a-t-elle fabriqué un faux testament ou est-ce quelqu'un d'autre qui l'a fait ?

— Qui d'autre aurait pu le faire ?

— Il y avait un autre faussaire au village. Quelqu'un, c'est-à-dire, qui avait été accusé de faux en écritures mais qui s'en était tiré avec une peine légère comme délinquant primaire avec circonstances atténuantes.

— C'est un nouveau personnage ? Quelqu'un que je connais ?

— Non, vous ne le connaissez pas. Il est mort.

— Oh ! Et quand ça ?

— Il y a deux ans, environ. J'ignore encore la date exacte. Mais il faudra que je me renseigne. C'est quelqu'un qui a fait des faux et qui a habité ici. Et à cause de problèmes de jalousie féminine et de ressentiments variés, il a été poignardé un beau soir et il en est mort. J'ai dans l'idée, voyez-vous, qu'un bon nombre de ces incidents sans rapport apparent entre eux pourraient bien être beaucoup plus étroitement liés qu'on ne le pense. Pas tous. Probablement pas tous, mais certains d'entre eux.

— Cela me paraît intéressant, remarqua Mme Oliver, mais je ne vois pas...

— Je ne vois pas non plus pour l'instant, déclara Poirot. Mais, à mon avis, les dates peuvent nous aider. Les dates de certains événements. Où se trouvaient les gens à telle date et à telle heure ? Que leur est-il alors arrivé ? Que faisaient-ils au juste ? Tout le monde pense que l'étrangère a forgé un faux testament et il est probable que tout le monde ait raison. Elle avait tout à y gagner, non ? Attendez... attendez...

— Attendez quoi ? demanda Mme Oliver.

— Une idée vient de me passer par la tête, expliqua Poirot.

Mme Oliver soupira et prit une autre datte.

— Vous allez rentrer à Londres, madame, ou comptez-vous encore séjourner ici ?

— Je rentre après-demain, répondit Mme Oliver. Je ne peux pas rester plus longtemps. Il s'est accumulé tellement de choses...

— Dites-moi, dans votre appartement, ou votre maison, je ne me rappelle plus ce que vous avez maintenant, vous avez déménagé si souvent ces derniers temps... vous avez une chambre d'amis ?

— Je ne reconnais jamais que j'en ai une, répondit Mme Oliver. Si vous admettez que vous disposez d'une chambre d'amis dans laquelle on peut descendre gratuitement à Londres, tout le monde va vous la réclamer. Tous vos amis, et pas seulement vos amis, toutes vos relations, tous vos cousins au troisième degré, ils vont tous vous écrire pour vous demander si cela ne vous dérangerait pas de les héberger pour une nuit. Eh bien, oui, ça me dérange. Il faut leur offrir les draps, les taies d'oreiller, le blanchissage, le petit déjeuner et même, le plus souvent, ils espèrent les repas. Alors je ne fais pas savoir que j'ai une chambre disponible. J'ai des amis qui viennent chez moi. Des gens que j'ai vraiment envie de voir. Mais les autres... non, je ne suis pas serviable, je n'aime pas qu'on m'exploite.

— Qui aime ça ? répliqua Poirot. Vous êtes la sagesse même.

— Et pourquoi cette question ?

— Vous pourriez loger une ou deux personnes, si le besoin s'en faisait sentir ?

— Je pourrais, grinça Mme Oliver. Qui voulez-vous me faire héberger ? Pas vous, j'imagine. Vous avez un appartement splendide, ultra-moderne, très abstrait, tout en carrés et en cubes.

— Il pourrait se trouver que ce soit une sage précaution à prendre.

— Pour qui ? Encore quelqu'un qui risque de se faire assassiner ?

— J'espère bien que non, mais c'est dans le domaine du possible.

— Mais qui ? Qui ? Je ne comprends pas.

— Jusqu'à quel point connaissez-vous votre amie ?

— Jusqu'à quel point je la connais ? Pas très bien. C'est-à-dire, nous avons sympathisé au cours d'une croisière et nous avions pris l'habitude de tout faire ensemble. Elle s'était montrée... comment dire ? ... très intéressante. Différente de la majorité des gens.

— Vous aviez vu en elle le futur personnage d'un de vos romans ?

— Je déteste qu'on me dise ça. Les gens n'arrêtent pas de le répéter, et ce n'est pas vrai. Non, les gens que je rencontre, les gens que je connais, je ne les mets pas dans mes romans.

— N'est-il pourtant pas vrai, madame, que vous y mettez parfois des gens ? Des gens que vous avez rencontrés, mais pas, je suis d'accord, des gens que vous connaissez. Cela n'aurait rien d'amusant.

— Vous avez tout à fait raison, reconnut Mme Oliver. Vous avez vraiment le don de percevoir parfois certaines subtilités. Cela se passe effectivement comme ça. Je veux dire, vous voyez une grosse femme dans l'autobus en train de manger un petit pain aux raisins et, en même temps qu'elle le mange, ses lèvres remuent et vous comprenez qu'elle parle à quelqu'un, ou qu'elle pense à un coup de téléphone qu'elle doit donner, ou peut-être à une lettre qu'elle doit écrire. Vous la regardez, vous examinez ses chaussures, sa jupe et son chapeau, vous essayez de deviner son âge, si elle a ou non une alliance et autres menus détails complémentaires. Et puis vous descendez du bus. Vous n'avez aucune envie de la revoir, mais vous tenez désormais une histoire à propos d'une dénommée Mme Carnaby qui rentre chez elle en bus après une étrange entrevue quelque part avec quelqu'un, dans une pâtisserie, et qui lui a rappelé une personne qu'elle n'avait vue qu'une fois, dont elle avait entendu dire qu'elle était morte mais qui, apparemment, ne l'était pas. Seigneur !

soupira Mme Oliver, en reprenant son souffle. C'est vrai, vous savez. J'ai voyagé en face de quelqu'un, dans un bus, juste avant de quitter Londres et c'est en train de s'échafauder merveilleusement dans ma tête. L'histoire sera bientôt au point. Avec tout son enchaînement, à commencer par ce qu'elle a dit avant et si ça va la mettre en danger, ou mettre quelqu'un d'autre en danger. Je crois que je connais même son prénom. Elle s'appelle Constance. Constance Carnaby. Il n'y a qu'un coup de malchance qui pourrait tout gâcher.

— Et lequel ?

— Eh bien que je la rencontre de nouveau dans l'autobus, ou que je lui parle, ou qu'elle me parle, ou que je me mette à apprendre des détails sur son compte. Cela démolirait tout, évidemment.

— Oui, oui. C'est votre histoire, votre personnage. Votre enfant. C'est vous qui l'avez créée, vous commencez à la comprendre, vous savez ce qu'elle ressent, où elle vit et ce qu'elle fait. Mais tout cela a pour origine un être humain en chair et en os, et si vous découvriez ce qu'est réellement cet être humain... eh bien, il n'y aurait plus d'histoire, n'est-ce pas ?

— Très juste encore une fois, reconnut Mme Oliver. Quant à ce que vous disiez à propos de Judith, je pense que c'est exact. Nous avons passé beaucoup de temps ensemble pendant cette croisière, nous avons visité les lieux ensemble, mais je n'ai pas appris vraiment à la connaître. Elle est veuve, son mari est mort, il l'a laissée seule et sans ressources avec une enfant, la petite Miranda que vous avez vue. Et il est encore exact qu'elles me font une drôle d'impression. Comme si elles étaient impliquées dans une espèce de drame passionnant. Je ne veux pas savoir de quoi il s'agit. Je ne veux pas qu'elles me le disent. Je veux réfléchir au genre de drame auquel j'aimerais qu'elles soient mêlées.

— Oui, oui. Je vois qu'elles sont... eh bien, candidates à se trouver introduites dans un nouveau best-seller d'Ariadne Oliver.

— Vous êtes un vrai butor, parfois, protesta Mme Oliver. Vous faites paraître tout cela si vulgaire ! ... Bah ! après tout, ça l'est peut-être, au fond, ajouta-t-elle, songeuse.

— Non, non, ce n'est pas vulgaire. C'est tout simplement humain.

— Et vous voulez que j'invite Judith et Miranda chez moi, à Londres ?

— Pas tout de suite, répondit Poirot. Pas avant que je sois certain de la valeur d'une de mes petites idées.

— Vous et vos petites idées ! Cela dit, j'ai des nouvelles pour vous.

— Vous m'en voyez enchanté, madame.

— N'en soyez pas si sûr. Elles vont probablement vous les chambouler, vos fameuses idées. Que diriez-vous si je vous apprenais que le faux dont vous n'arrêtez pas de nous rebattre à tous les oreilles n'était pas le moins du monde un faux ?

— Que me dites-vous là ?

— Que Mme Ap Jones Smythe, ou quel que soit son nom, avait bien rédigé un codicille à son testament, que par le codicille en question elle laissait tout son argent à cette fille au pair, et que ce codicille elle l'a signé en présence de deux témoins qui l'ont, à leur tour, contresigné. Mettez-vous ça sous la moustache et fumez-le.

19

— Mme Leaman, répéta Poirot en inscrivant le nom.

— C'est ça. Harriet Leaman. Et l'autre témoin est en principe un certain James Jenkins. Aux dernières nouvelles, parti pour l'Australie. Ainsi que Mlle Olga Seminov qui serait retournée en Tchécoslovaquie, ou Dieu sait d'où elle venait. Tout le monde semble être parti ailleurs.

— Dans quelle mesure peut-on, d'après vous, faire confiance à Mme Leaman ?

— Je ne pense pas qu'elle ait inventé tout ça, si c'est ce que vous voulez dire. Je suis persuadée qu'elle a bien signé un papier quelconque et que, la curiosité aidant, elle a saisi la première occasion de savoir ce qu'elle avait signé.

— Elle sait lire et écrire ?

— J'imagine. Mais je reconnais que bien des gens ont parfois du mal à déchiffrer l'écriture des vieilles personnes. Quand il a circulé des bruits, plus tard, à propos du testament ou de son codicille, elle a pu penser que c'était ce qu'elle avait lu dans cette écriture presque indéchiffrable.

— Un document authentique, approuva Poirot. Mais il y a eu aussi un faux codicille.

— Qui a dit ça ?

— Les notaires.

— Il n'était peut-être pas faux du tout.

— Les notaires sont des gens très méticuleux en ces matières. Ils s'apprêtaient à porter l'affaire devant le tribunal avec l'assistance d'experts.

— Bon ! alors, ce n'est pas bien sorcier de deviner ce qui a dû se passer, non ? réfléchit Mme Oliver.

— Qu'est-ce qui n'est pas sorcier ? Qu'est-ce qui a dû se passer ?

— Eh bien, le lendemain, ou quelques jours plus tard, ou même une semaine plus tard, Mme Llewellyn-Smythe se sera sans l'ombre d'un doute chamaillée avec sa dévouée assistante au pair, ou se sera bien-heureusement réconciliée avec son neveu, Hugo, ou sa nièce, Rowena, sur quoi elle aura déchiré son testament, ou raturé son codicille – quelque chose comme ça –, ou encore brûlé le tout.

— Et après ça ?

— Oh, après ça, je suppose qu'elle est morte, que la fille a tenté sa chance et rédigé un nouveau codicille, en gros dans les mêmes termes et de la même écriture que Mme Llewellyn-Smythe, et reproduit aussi bien qu'elle le pouvait les signatures des témoins. Elle connaissait probablement bien celle de Mme Leaman, qui devait figurer sur sa carte de Sécurité sociale ou un autre papier de ce genre. Elle a produit cette pièce mais le faux ne devait pas être convaincant et c'est là que les ennuis ont commencé.

— Me permettez-vous, madame, de me servir de votre téléphone ?

— Oui, je vous permets de vous servir de l'appareil de Judith Butler.

— Où est-elle ?

— Oh ! elle est allée chez le coiffeur. Et Miranda est partie se promener. Allez-y, il est dans la pièce qu'on voit par cette fenêtre.

Poirot pénétra dans la maison et ressortit dix minutes plus tard.

— Eh bien ? Qu'avez-vous fait ?

— J'ai appelé le notaire, M. Fullerton. Je vais vous dire une bonne chose. Le codicille, le faux qui a été présenté à l'homologation, n'avait pas eu pour témoin Harriet Leaman. Il était signé d'une certaine Mary Doherty qui avait été au service de Mme Llewellyn-Smythe mais qui est morte récemment. L'autre témoin était James Jenkins qui, comme vous l'a dit votre amie Mme Leaman, est parti pour l'Australie.

— Alors il y a bien eu un faux codicille, s'ébaubit Mme Oliver. Et il semble bien qu'il y ait eu aussi un vrai codicille. Écoutez, Poirot, est-ce que ça ne devient pas un tout petit peu trop compliqué ?

— Compliqué, cela le devient incroyablement, renchérit Hercule Poirot. Il y a, si l'on peut dire, un peu trop de falsifications dans l'histoire.

— Le vrai testament, avec le vrai codicille, se trouve peut-être encore dans la bibliothèque de la Maison de la Carrière, dans les pages de *Tout sur tout*.

— Si j'ai bien compris, à la mort de Mme Llewellyn-Smythe, tout ce qu'il y avait dans la maison a été vendu, à l'exception de quelques meubles et tableaux de famille.

— Ce qu'il nous faudrait, s'anima Mme Oliver, ce serait un bouquin comme *Tout sur tout*, ici tout de suite. C'est un titre prometteur, non ? Je me rappelle que ma grand-mère en avait un exemplaire. Vous y trouviez absolument n'importe quoi. Des renseignements juridiques, des recettes de cuisine, comment enlever les taches d'encre sur du lin, comment fabriquer soi-même de la poudre de riz qui ne vous brouille pas le teint. Oh ! et encore tout un tas de merveilles. Vous ne voudriez pas un livre comme ça, maintenant ?

— Je doute qu'il me donnerait la recette pour traiter les pieds meurtris.

— Il ne vous en donnerait pas une, il vous en donnerait cent. Mais pourquoi ne portez-vous pas des chaussures prévues pour la campagne ?

— Parce que, madame, j'aime à soigner mon apparence.

— Eh bien, dans ce cas, portez ce qui vous torture et acceptez vos tourments. Cela dit, je n'y comprends plus rien, maintenant. Ce que m'a raconté cette dame Leaman ne serait donc qu'un tissu de bobards ?

— C'est bien possible.

— Et ces bobards, ne me les aurait-elle pas racontés sur l'ordre de quelqu'un ?

— Cela n'est pas impossible non plus.

— Quelqu'un l'aurait-il payée pour ça ?

— Continuez, l'encouragea Poirot, continuez. Vous vous débrouillez très bien.

— J'imagine, poursuivit Mme Oliver tout en réfléchissant, que Mme Llewellyn-Smythe, comme beaucoup de femmes riches, adorait faire son testament. Elle a dû en faire un bon nombre dans sa vie. Au profit d'untel, puis de tel autre, voyez-vous, en changeant les bénéficiaires comme on change de chemise. Les Drake, de toute façon, vivaient dans l'aisance. Elle a quand même toujours dû leur réserver de jolis petits legs, mais je me demande si elle a jamais laissé à quelqu'un d'autre que cette Olga autant qu'il y paraît si l'on en croit Mme Leaman et le faux testament. J'aimerais bien en savoir un peu plus sur cette fille. Au fait, elle a très opportunément disparu, vous ne trouvez pas ?

— J'espère en savoir plus sur son compte très prochainement, lui déclara Hercule Poirot.

— Par quel moyen ?

— J'attends des renseignements pour bientôt.

— Je sais que vous avez cherché à vous renseigner par ici.

— Pas seulement. J'ai un agent à Londres qui m'obtient des informations aussi bien à l'étranger que dans le pays. Je compte avoir bientôt des nouvelles en provenance de Bosnie-Herzégovine.

— Saurez-vous si elle est bien retournée là-bas ?

— C'est une des précisions qui devraient m'être communiquées, mais je recevrai plus probablement des renseignements d'un autre ordre : des lettres, écrites pendant son séjour ici, mentionnant des amis qu'elle aurait pu s'y faire et avec lesquels elle aurait pu devenir intime.

— Et pour ce qui est de cette enseignante ?

— Laquelle ?

— Celle qui s'est fait étrangler, celle dont Elizabeth Whittaker vous a parlé ? Entre parenthèses, je ne l'aime pas beaucoup, cette Elizabeth Whittaker. Elle est intelligente, à mon avis, mais assommante. Et, de vous à moi, ajouta-t-elle rêveusement, elle aurait été mouillée dans une histoire de meurtre que ça ne m'étonnerait pas outre mesure.

— Dans celui de sa collègue étranglée, vous voulez dire ?

— On ne saurait écarter aucune possibilité.

— Comme d'habitude, je vais me fier à votre intuition, madame.

Songeuse, Mme Oliver prit une autre datte.

20

Après avoir quitté la maison de Mme Butler, Poirot reprit le chemin que lui avait montré Miranda. Il lui sembla que la brèche dans la haie était légèrement plus large que la première fois. Quelqu'un de plus corpulent que la fillette était peut-être passé par là. Il grimpa la côte de la carrière, frappé une fois de plus par la beauté du paysage alentour. Un endroit merveilleux mais qui pourtant, d'une certaine façon, Poirot en eut encore l'impression, pouvait être hanté. On sentait dans l'air une espèce de cruauté païenne. C'était sûrement du haut de ces sentiers en zigzag que les sorcières précipitaient leurs victimes ou qu'une froide déesse décrétait qu'il fallait se livrer à des sacrifices.

Poirot ne comprenait que trop bien que ce ne soit pas devenu un lieu de pique-nique. On ne se voyait pas ici, assis par terre avec ses œufs durs, sa laitue et ses oranges, en train de rire et de raconter des blagues. Non, c'était autre chose, tout autre chose. Il aurait sans doute mieux valu, se dit-il soudain, que Mme Llewellyn-Smythe n'ait pas fait opérer cette féerique transformation. Un modeste jardin encaissé aurait peut-être conjuré cette atmosphère, mais sa propriétaire était une femme ambitieuse, ambitieuse et très riche. Ce qui, de fil en aiguille, amena Poirot à penser aux testaments, à ceux que rédigent les femmes riches, aux mensonges colportés sur ce genre de testament, aux endroits dans lesquels les riches veuves les cachent parfois, et il essaya de se mettre dans l'état d'esprit d'un faussaire. Le testament qui avait été présenté pour être homologué était indubitablement un faux. M. Fullerton était un notaire prudent et compétent. C'était incontestable. Le genre d'homme qui ne conseillerait jamais à un client d'engager des poursuites s'il n'avait pas de preuves de nature à les justifier.

Parvenu à un tournant du chemin, il sentit qu'en cet instant ses pieds étaient pour lui d'une beaucoup plus grande importance que toutes ces spéculations. Allait-il ou non prendre un raccourci pour se rendre chez le commissaire Spence ? À vol d'oiseau, l'idée paraissait préférable, mais la route principale serait peut-être plus douce à ses pieds. Ce chemin n'était ni herbu ni moussu, il avait toute la rudesse de la pierre.

Soudain, il s'arrêta. Il venait d'apercevoir deux silhouettes. Celle de Michael Garfield, assis sur un rocher, un carnet d'esquisses sur les genoux, en train de dessiner et tout à ce qu'il faisait. Et un peu plus loin, celle de Miranda Butler, debout près d'un minuscule mais mélodieux cours d'eau qui cascadait de roche en roche. Hercule Poirot en oublia aussitôt ses pieds, oublia les souffrances et les maux auxquels est sujet le corps humain pour se fixer une fois encore sur la beauté à laquelle certains humains peuvent atteindre. Michael Garfield était incontestablement très beau. Poirot ne savait pas très bien s'il le trouvait sympathique ou non. Il est toujours difficile de savoir si quelqu'un de beau vous plaît. La beauté fait plaisir à contempler, mais en même temps elle vous déplaît quasiment par principe. Les femmes ont le droit d'être belles, mais Hercule Poirot n'était pas très sûr d'approuver la beauté chez les hommes. Personnellement, il n'aurait pas voulu être un bel homme, même si la question ne se posait pas vraiment. Il n'y avait en lui qu'une seule particularité physique qui lui plaisait vraiment, c'était l'exubérance de sa moustache et la façon dont elle réagissait aux soins, à la coupe et à la mise en forme. Elle était splendide. Il ne connaissait personne qui soit doté d'une moustache aussi belle. Mais il n'avait, en toute certitude, jamais été beau.

Et Miranda ? Il trouva encore, comme la première fois, que c'était à son air grave qu'elle devait son charme. Qu'avait-elle en tête ? On ne le saurait jamais. Elle ne devait pas se livrer facilement. Lui demanderait-on ce à quoi elle pensait qu'elle ne le dirait sans doute pas. Elle possédait, à son avis, un esprit original, porté à la réflexion. Il estimait aussi qu'elle était vulnérable. Très vulnérable. Il y avait encore d'autres choses qu'il savait sur elle, ou qu'il pensait savoir. Ce n'était certes jusque-là que conjectures, mais il était presque sûr de son fait.

Michael leva la tête.

— Ah, Señor Moustachios ! Bonjour, très cher monsieur.

— Puis-je jeter un œil à ce que vous êtes en train de faire ou cela vous gêne-t-il ? Je ne voudrais pas me montrer indiscret.

— Allez-y, répondit Michael Garfield, je n'y vois aucun inconvénient. Je me fais énormément plaisir, ajouta-t-il avec douceur.

Poirot regarda par-dessus son épaule et hocha la tête. C'était un dessin très délicat, aux lignes presque imperceptibles. « Il sait dessiner, se dit Poirot. Et pas seulement des jardins. »

— Exquis ! dit-il tout bas.

— C'est aussi mon avis, répliqua Michael Garfield, sans préciser s'il parlait du modèle ou de son dessin.

— Pourquoi ? demanda Poirot.

— Pourquoi je fais ça ? Parce que vous pensez que je dois avoir un motif ?

— Vous pourriez en avoir un.

— Vous avez raison. Je vais partir d'ici et il y a certaines choses que j'aimerais me rappeler. Miranda est l'une d'elles.

— Vous pourriez l'oublier facilement ?

— Très facilement. Je suis comme ça. Mais oublier quelque chose ou quelqu'un, ne pas pouvoir rappeler à soi un visage, la courbe d'une épaule, un geste, un arbre, une fleur, un paysage, savoir ce qu'on éprouvait devant eux mais être incapable de s'en former une image, il y a là de quoi ressentir parfois... comment dire ? ... quasiment de l'angoisse. Vous avez vu, vous avez enregistré et puis soudain plus rien : tout a disparu.

— Non, pas le jardin de la carrière ni le parc. Rien de tout cela n'a disparu.

— Vous croyez ? Cela ne tardera pourtant pas s'il ne reste plus personne pour veiller sur leur intégrité. La nature reprendra le dessus. Jardin et parc ont besoin d'amour, d'attentions, de soins, de savoir-faire. Si le conseil municipal en hérite – c'est ce qui arrive le plus souvent de nos jours –, ils seront, comme ces gens-là disent, « entretenus ». On y plantera la dernière espèce d'arbrisseaux en vogue, on ouvrira de nouveaux chemins, on installera des bancs à distances régulières. On y mettra peut-être même des corbeilles à papier et autres poubelles. Oh ! ils vous préservent ça avec tant de sollicitude ! Mais on ne peut pas préserver ceci. C'est sauvage. Garder quelque chose à l'état sauvage, c'est tout autre chose que l'entretenir.

— Monsieur Poirot !

La voix de Miranda lui parvint par-dessus le bruit de l'eau. Poirot s'approcha à portée d'oreille.

— Ainsi c'est ici que je te trouve ! Tu es venue te faire faire ton portrait ?

Elle secoua la tête.

— Non, pas du tout. Ça s'est juste trouvé comme ça.

— Oui, confirma Michael Garfield, ça s'est trouvé comme ça. Il arrive qu'on ait un coup de chance.

— Tu te promenais simplement dans ton jardin favori ?

— En fait, je cherchais le puits, expliqua Miranda.

— Un puits ?

— Il y avait un puits aux souhaits autrefois, dans le bois.

— Dans l'ancienne carrière ? Je ne savais pas qu'on creusait des puits dans les carrières.

— Il y a toujours eu un bois autour de la carrière. Michael sait où se trouve le puits, mais il ne veut pas me le dire.

— C'est beaucoup plus amusant pour toi de le chercher, répliqua Michael Garfield. Et encore plus si tu n'es pas sûre qu'il existe.

— La vieille Mme Goodbody le sait, elle. C'est une sorcière, ajouta-t-elle.

— Exact, confirma Michael. C'est la sorcière locale, monsieur Poirot. Presque tous les villages ont leur sorcière, vous savez. Elles ne se donnent pas toujours pour sorcières, mais personne n'en doute.

Elles disent la bonne aventure, jettent un sort sur vos bégonias, ratatinent vos pivoines, empêchent une vache de donner du lait, ou préparent aussi bien des philtres d'amour.

— C'était le puits aux souhaits, reprit Miranda. Les gens venaient là faire un vœu. Ils devaient en faire trois fois le tour à reculons, et comme il se trouvait sur le flanc de la colline, ce n'était pas toujours très commode. Je le découvrirai un de ces jours, déclara-t-elle en regardant Michael Garfield, même si vous ne voulez rien me dire. Il est ici, quelque part, mais Mme Goodbody prétend qu'il a été fermé. Oh, il y a des années ! Parce qu'on le trouvait dangereux. Un enfant est tombé dedans il y a très longtemps. Kitty Je-ne-sais-trop-quoi. Quelqu'un d'autre aurait pu y tomber encore.

— Bon, continue comme ça, dit Michael Garfield. C'est une jolie légende locale, sans plus. Mais il y a vraiment un puits aux souhaits à Little Belling.

— Évidemment, répliqua Miranda. Je le connais, celui-là. Il est très banal. Tout le monde le connaît d'ailleurs et c'est complètement idiot. Les gens y jettent des pièces de monnaie, mais comme il n'y a plus d'eau dedans, on n'entend même pas un floc !

— Tu m'en vois désolé.

— Je vous le dirai quand je l'aurai trouvé, lui assura Miranda.

— Il ne faut pas toujours croire ce que disent les sorcières. Je ne pense pas qu'un enfant soit jamais tombé dans ce puits. Un oiseau peut-être, une fois, s'y est noyé.

— *Cui, cui, cui, l'oiseau est au fond du puits*, récita Miranda. Je dois partir, maintenant, ajouta-t-elle en se levant. Maman m'attend.

Elle quitta prudemment sa place, leur fit à tous les deux un sourire et descendit par un chemin encore plus escarpé qui passait de l'autre côté du cours d'eau.

— *Cui, cui, cui*, répéta rêveusement Poirot. On croit ce qu'on veut bien croire. Elle a raison ou non, Michael Garfield ?

Celui-ci le regarda, pensif, puis sourit.

— Elle a tout à fait raison. Il y a bien un puits et il est bien fermé, comme elle l'a dit. Il était probablement dangereux. Mais je ne pense pas qu'il ait jamais été un puits aux souhaits. Ça, ça fait partie des inventions de Mme Goodbody. Il y a un arbre aux souhaits, ou il y en a eu un. Un hêtre, à mi-chemin sur la colline, dont les gens, d'après ce qu'on dit, faisaient trois fois le tour à reculons en faisant un vœu.

— Et qu'est-ce qui lui est arrivé ? On ne tourne plus autour de lui ?

— Non. Je crois qu'il a été abattu par la foudre il y a six ans. Coupé en deux. Et cette belle histoire a perduré.

— L'avez-vous dit à Miranda ?

— Non. J'ai préféré la laisser avec son puits. Un hêtre foudroyé, ce ne serait pas très amusant pour elle, non ?

— Je dois y aller maintenant, déclara Poirot.

— Vous retournez chez votre ami, le policier ?

— Oui.

— Vous avez l'air fatigué.

— Je suis effectivement fatigué, répondit Poirot. Extrêmement fatigué.

— Vous seriez plus à votre aise dans des chaussures de toile ou des sandales.

— Ah, ça, jamais !

— Je vois. Vous avez des prétentions vestimentaires.

Il examina Poirot.

— L'ensemble est parfait, mais avec surtout, permettez-moi de le souligner, une mention spéciale pour votre somptueuse moustache.

— Je suis content que vous l'ayez remarquée, s'émut Poirot.

— Il serait plus juste de se demander comment on pourrait ne pas le faire.

Hercule Poirot pencha la tête de côté.

— Vous m'avez dit que vous faisiez ce dessin pour vous rappeler la petite Miranda. Cela signifie-t-il que vous allez réellement partir ?

— J'y songe, oui.

— Vous êtes pourtant ici, me semble-t-il, comme un poisson dans l'eau ?

— Oh oui ! on ne saurait mieux dire. J'ai une maison, petite mais que j'ai dessinée moi-même, et j'ai mon travail, mais il est moins satisfaisant qu'auparavant. Si bien que j'ai envie de changement.

— Pourquoi votre travail est-il moins satisfaisant ?

— Parce que les gens veulent me faire faire les choses les plus atroces. Ceux qui veulent embellir leur jardin, ceux qui ont acheté un bout de terrain pour y construire une maison et désirent un jardin paysager.

— Vous ne vous occupez pas du jardin de Mme Drake ?

— Elle le voudrait, oui. Je lui ai fait des suggestions et elle a l'air prête à les accepter. Cependant, ajouta-t-il d'un air rêveur, je ne lui fais pas vraiment confiance.

— Vous craignez qu'elle ne vous laisse pas agir à votre guise ?

— Je pense qu'elle voudra certainement n'en faire qu'à sa tête, et bien que les idées que je lui ai proposées lui plaisent, elle me demandera brusquement quelque chose de tout à fait différent. Sans doute quelque chose d'utilitaire, de cher et de tape-à-l'œil. Elle va sûrement me tyranniser. Elle exigera que j'applique ses idées. Je ne serai pas d'accord et nous nous disputerons. Et ceci est valable non seulement en ce qui concerne Mme Drake, mais aussi pour ce qui est de nombreux autres habitants. Il me paraît par conséquent plus raisonnable de partir avant d'en arriver là. Je suis assez connu pour n'avoir pas besoin de m'éterniser au même endroit. Je peux me trouver un autre coin en Angleterre, ou même en Normandie ou en Bretagne.

— Quelque part où vous pourrez embellir, ou seconder, la nature ? Quelque part où vous pourrez vous livrer à des expériences, faire pousser d'étranges plantes qu'on n'y avait jamais vues auparavant, qui ne seront ni brûlées par le soleil ni détruites par le gel ? Une belle étendue de terrain nu où vous pourrez de nouveau vous amuser à jouer les Adam ? Vous avez toujours eu du mal à tenir en place ?

— Je ne reste jamais très longtemps nulle part.

— Vous êtes allé en Grèce ?

— Oui, et j'aimerais y retourner. Oui, vous avez raison. Un jardin sur une colline grecque. Avec des cyprès, parce qu'il n'y a pas grand-chose d'autre. Du rocher nu. Mais, si on voulait, que ne pourrait-il pas y avoir ?

— Un jardin où les dieux pourraient se promener...

— Oui. Vous lisez dans les pensées, monsieur Poirot, non ?

— J'aimerais bien. Il y a tant de choses que je voudrais savoir et que je ne sais pas.

— C'est à des choses tout à fait prosaïques que vous faites allusion maintenant, n'est-ce pas ?

— Malheureusement, oui.

— Incendie criminel, meurtre et mort brutale ?

— Plus ou moins. Mais je ne m'intéresse pas particulièrement aux incendies criminels. Dites-moi, M. Garfield, vous qui vivez ici depuis déjà longtemps, avez-vous connu un jeune homme du nom de Lesley Ferrier ?

— Oui, je m'en souviens. Il travaillait dans une étude de notaire, non ? Fullerton, Harrison & Leadbetter. Comme clerc, ou quelque chose comme ça. Beau garçon.

— Il est mort subitement, n'est-ce pas ?

— Oui. Il s'est fait poignarder un soir. Des histoires de femmes, je crois. Tout le monde a l'air de penser que la police connaît le coupable mais qu'elle n'en a pas la preuve. Il était plus ou moins lié à une dénommée Sandra – je n'arrive pas à me rappeler son nom de famille pour le moment – Sandra Quelque Chose, oui. Son mari tenait le pub local. Elle avait une liaison avec le jeune Lesley, qui s'est soudain intéressé à une autre femme. Du moins, c'est ce qu'on raconte.

— Et Sandra n'a pas apprécié ?

— Non, pas du tout. Remarquez, il avait un succès fou auprès des filles. Il sortait toujours avec deux ou trois d'entre elles.

— Toujours des Anglaises ?

— Pourquoi cette question ? Non, je ne crois pas qu'il se limitait aux Anglaises. Toutes les filles lui convenaient à condition qu'elles comprennent plus ou moins les fadaises qu'il leur débitait et qu'il puisse à son tour comprendre ce qu'elles disaient.

— Des étrangères, il en vient sans doute de temps en temps dans les parages ?

— Bien sûr. Y a-t-il des endroits où il n'en vient pas ? Les filles au pair font désormais partie de la vie quotidienne. Des jolies, des moches, des honnêtes, des malhonnêtes, celles qui sont d'un grand secours pour les mères débordées, celles qui ne servent à rien et celles encore qui prennent la poudre d'escampette.

— Comme Olga, par exemple.

— Exactement. Comme Olga.

— Lesley était-il un ami d'Olga ?

— Ah ! c'est ça ce qui vous trotte par la tête. Oui, c'était bien le cas. Je ne pense pas que Mme Llewellyn-Smythe était au courant. Olga était très prudente, je crois. Elle parlait très sérieusement de quelqu'un qu'elle espérait épouser un jour, dans son pays. J'ignore si c'était vrai ou si elle l'avait inventé. Comme je vous l'ai dit, ce Lesley était un garçon très séduisant. Olga n'était pas très jolie, je ne sais pas ce qu'il lui trouvait... Il y avait en elle quelque chose de très intense, remarqua-t-il après avoir réfléchi. Pour un jeune Anglais, cela avait peut-être son charme. Quoi qu'il en soit, Lesley fréquentait Olga, ce qui ne plaisait pas du tout aux autres filles.

— Voilà qui est très intéressant, commenta Poirot. Je savais bien que vous pourriez me fournir les renseignements dont j'avais besoin.

Michael Garfield le dévisagea avec curiosité.

— Pourquoi ? De quoi s'agit-il ? Que vient faire Lesley là-dedans ? Pourquoi fouiller dans le passé ?

— Eh bien, il est des faits dont il faut être informé. Et dont il est indispensable de comprendre le pourquoi et le comment. Je remonte même plus loin encore que cela dans le passé. Avant l'époque où ces deux-là, Olga Seminov et Lesley Ferrier, se rencontraient secrètement sans que Mme Llewellyn-Smythe en soit informée.

— Enfin, ça, je n'en jurerais pas. C'est seulement... c'est seulement une idée à moi. Je voyais souvent Olga, mais elle ne s'est jamais confiée à moi. Quant à Lesley Ferrier, je le connaissais à peine.

— J'aimerais remonter plus loin encore. Si j'ai bien compris, il avait préalablement eu certains ennuis ?

— Je crois, oui. Du moins, c'est ce qu'on racontait ici. M. Fullerton l'avait embauché dans l'espoir de le voir regagner le droit chemin. C'est un brave homme, le vieux Fullerton.

— Lesley s'était rendu coupable de falsification de comptabilité et de faux en écritures, c'est bien ça ?

— Oui.

— C'était un délinquant primaire, et il avait des circonstances atténuantes. Il avait une mère malade, ou un père alcoolique, ou je ne sais quoi d'approchant. Quoi qu'il en soit, il s'en était sorti avec une peine légère.

— Je n'ai jamais connu les détails exacts. Il avait commencé par agir en toute impunité, et puis des comptables étaient arrivés qui avaient découvert le pot aux roses. Tout cela est pour moi très vague. Je ne le sais que par ouï-dire. Falsification de comptabilité. Oui, c'était bien ça. Et faux en écritures.

— Et quand Mme Llewellyn-Smythe est morte et que son testament a dû être homologué, on a constaté qu'il avait été aussi falsifié.

— Oui. Je vois où vous voulez en venir. Vous pensez que les deux affaires sont liées.

— Nous avons un faussaire, certes plus ou moins malchanceux mais faussaire quand même. Un faussaire devenu le petit ami d'une fille qui, si un certain testament était homologué, héritait de la majeure partie d'une immense fortune.

— Oui, oui, c'est exactement ça.

— Cette fille et notre faussaire étaient au minimum grands amis. Il avait abandonné sa compagne du moment pour se lier avec cette étrangère.

— Vous insinuez donc que le faux testament serait l'œuvre de Lesley Ferrier ?

— Cela paraît assez vraisemblable, non ?

— Olga avait la réputation de savoir très bien imiter l'écriture de Mme Llewellyn-Smythe, mais j'en ai toujours douté. Elle écrivait des lettres pour elle, mais je ne pense pas que leurs écritures étaient vraiment semblables. En tout cas, pas assez pour donner le change. Mais si Lesley et elle étaient de mèche, alors c'est différent. Il aurait pu faire du bon travail et se convaincre qu'il résisterait à l'examen. C'est ce qu'il avait cru la première fois mais il s'était trompé, et je suppose qu'il s'est trompé aussi cette fois-ci. Quand l'affaire a été éventée, quand les notaires ont commencé à soulever des difficultés et que les experts consultés se sont mis à poser des questions, elle a dû prendre peur et se disputer avec Lesley. C'est alors qu'elle s'est sauvée, espérant qu'il endosserait la responsabilité du délit.

Il secoua vigoureusement la tête.

— Pourquoi venez-vous me parler de choses pareilles dans mon merveilleux bois ?

— Je veux savoir la vérité.

— Mieux vaut ne pas la savoir. Ne jamais la savoir. Mieux vaut laisser les choses en l'état. Ne pas tout remuer, ne pas y fourrer son nez.

— Vous désirez la beauté. La beauté à tout prix. Quant à moi, c'est la vérité qui compte. Toujours la vérité.

Michael Garfield éclata de rire.

— Allez retrouver vos policiers d'amis et laissez-moi à mon petit coin de paradis. Arrière, Satan !

21

Poirot remonta la colline. Ses pieds ne le faisaient soudain plus souffrir. Une certitude lui était venue. Le lien qui faisait tenir ensemble tous les éléments de l'affaire et qu'il avait depuis le début soupçonné sans parvenir à en démêler l'écheveau s'imposait désormais à lui dans toute sa complexité. Et en même temps s'affirmait plus que jamais en lui la conscience d'un danger, d'un danger qui menaçait de près quelqu'un à moins que des dispositions ne soient prises pour l'écarter. D'un très sérieux danger.

Elspeth McKay vint lui ouvrir la porte.

— Vous avez l'air éreinté, lui dit-elle. Venez vous asseoir.

— Votre frère est là ?

— Non, il est allé au poste. Il est arrivé quelque chose, je crois.

— Quelque chose ? répéta Poirot.

Il n'en revenait pas.

— Déjà ? Ce n'est pas possible !

— Eh ? s'exclama Elspeth. Que voulez-vous dire par là ?

— Rien, rien. Il est arrivé malheur à quelqu'un, c'est ça ?

— Oui, mais je ne sais pas exactement quoi. En tout cas, Tim Raglan a téléphoné et lui a demandé de venir. Je vous prépare une tasse de thé ?

— Non, merci beaucoup. Je crois... je crois que je vais rentrer.

Il ne pouvait pas se faire à l'idée d'un thé noir et amer. Il chercha un prétexte pour masquer son impolitesse.

— Mes pieds, expliqua-t-il. Mes pieds ne sont pas convenablement équipés pour la campagne. Un changement de chaussures serait hautement souhaitable.

Elspeth McKay y jeta un coup d'œil.

— En effet, acquiesça-t-elle. Vous avez raison. Les chaussures vernies meurtrissent les pieds. Au fait, il est arrivé une lettre pour vous. Avec un timbre étranger, « aux bons soins du commissaire Spence, Pine Crest ». Je vous l'apporte.

Elle revint au bout d'une minute et la lui donna.

— Si vous n'avez pas besoin de l'enveloppe, j'aimerais bien l'avoir pour un de mes neveux qui fait collection de timbres.

— Bien sûr, répondit Poirot en lui rendant l'enveloppe après en avoir extrait le contenu.

Elle le remercia et rentra dans la maison.

Poirot déplia sa lettre et lut.

Le service étranger de M. Goby se montrait aussi efficace que son équivalent anglais. Il ne regardait certes pas à la dépense mais obtenait des résultats rapides.

Pour dire la vérité, ces résultats n'allaient pas bien loin, mais Poirot n'en attendait guère plus.

Olga Seminov n'était pas rentrée dans son pays. Il n'existait plus de survivants de sa famille. Elle avait eu une amie, une femme âgée, à laquelle elle envoyait par intermittence des nouvelles de sa vie en Angleterre ; elle lui racontait qu'elle était en bons termes avec sa patronne, qui se révélait parfois exigeante mais pouvait aussi se montrer généreuse.

Les dernières lettres d'Olga dataient d'environ un an et demi. Elle y faisait allusion à un jeune homme et à un mariage possible, mais le jeune homme, dont elle ne donnait pas le nom, devait d'abord faire son chemin avant toute décision définitive. Dans sa dernière lettre, elle parlait d'heureuses perspectives. Quand la dame âgée cessa de recevoir des lettres d'Olga, elle en conclut que cette dernière avait dû épouser son Anglais et changer d'adresse. Cela arrivait fréquemment avec les filles qui partaient pour l'Angleterre. La plupart du temps, quand elles étaient heureusement mariées, elles cessaient d'écrire. Elle ne s'était donc pas inquiétée.

Cela concordait, se dit Poirot. Lesley avait parlé mariage, sans forcément avoir l'intention de le faire. Mme Llewellyn-Smythe était qualifiée de « généreuse ». Quelqu'un avait donné de l'argent à Lesley, Olga peut-être – de l'argent qu'elle tenait de sa patronne –, afin de le convaincre de faire un faux pour son compte.

Elspeth McKay réapparut sur le seuil de la véranda. Poirot lui demanda si elle pensait comme lui qu'Olga et Lesley avaient été liés.

Elle réfléchit un moment, puis l'oracle se prononça :

— Si tel était le cas, ils se sont montrés très discrets. Aucun bruit n'a jamais couru sur eux. Ce qui ne manque en général pourtant pas dans un endroit comme celui-ci.

— Le jeune Ferrier avait une liaison avec une femme mariée. Il avait peut-être demandé à la jeune fille de n'en rien dire à sa patronne.

— C'est assez vraisemblable. Mme Smythe devait savoir que Lesley Ferrier n'était pas un personnage recommandable et elle l'aurait prévenue contre lui.

Poirot replia la lettre et la mit dans sa poche.

— Vous ne voulez vraiment pas que je vous apporte une tasse de thé ?

— Non, non, je dois rentrer et changer de chaussures. Vous ne savez pas quand votre frère sera de retour ?

— Aucune idée. Ils n'ont pas dit pourquoi ils avaient besoin de lui.

Poirot prit la route qui conduisait à sa pension de famille, à quelques centaines de mètres de là. La propriétaire elle-même, charmante jeune femme d'une trentaine d'années, lui ouvrit la porte.

— Il y a là une dame qui veut vous voir, lui annonça-t-elle. Elle attend depuis un bon moment déjà. Je lui ai dit que j'ignorais où vous étiez allé et quand vous reviendriez, mais elle a tenu à rester. C'est Mme Drake, ajouta-t-elle. Elle est dans tous ses états. Comme ce n'est pas son genre, il faut qu'elle ait reçu un choc quelconque. Elle est au salon. Souhaitez-vous du thé ou autre chose ?

— Non, répondit Poirot, ça ne me paraît pas très indiqué pour l'instant. Je vais d'abord écouter ce qu'elle a à dire.

Il gagna le salon. Rowena Drake était debout près d'une fenêtre. Mais pas celle qui donnait sur l'allée principale, si bien qu'elle ne l'avait pas vu arriver. Elle se retourna brusquement en entendant le bruit de la porte.

— Monsieur Poirot. Enfin ! Cela m'a paru si long.

— Je suis désolé, madame. Je m'étais rendu dans le Bois de la Carrière, et puis je suis passé bavarder avec mon amie, Mme Oliver. Ensuite de quoi j'ai été parler avec deux garçons, Nicolas et Desmond.

— Nicolas et Desmond ? Oui, je sais. Je me demande... oh ! on se fait toutes sortes d'idées...

— Vous avez l'air toute retournée, lui dit Poirot avec gentillesse.

Rowena Drake bouleversée, ayant cessé d'être maîtresse des événements, de tout organiser, d'exercer son autorité sur tous, il n'aurait jamais imaginé voir ça un jour.

— Vous êtes au courant, n'est-ce pas ? Oh ! et puis peut-être que non...

— De quoi devrais-je donc être au courant ?

— De quelque chose d'épouvantable. Il... Il est mort. Quelqu'un l'a tué.

— Qui est mort, madame ?

— Alors vous ne savez rien ! Et ce n'était qu'un enfant, lui aussi, et moi qui avais cru... oh ! quelle idiote j'ai été. J'aurais dû vous en parler. J'aurais dû vous le dire quand vous me l'avez demandé. Je suis effondrée... je me sens horriblement coupable d'avoir pensé que j'adoptais la meilleure solution et d'avoir imaginé... mais je croyais agir pour le mieux, monsieur Poirot, je le croyais vraiment.

— Asseyez-vous, madame, asseyez-vous et calmez-vous. Racontez-moi. Un enfant est mort ? Encore un autre enfant ?

— Son frère, répondit Mme Drake. Léopold.

— Léopold Reynolds ?

— Oui. On l'a trouvé dans un sentier de la prairie. En rentrant de l'école, il a dû quitter son chemin pour aller jouer à côté, dans le ruisseau. Quelqu'un lui a plongé la tête dans ce ruisseau... la lui a maintenue sous l'eau.

— Comme à Joyce ?

— Oui, oui. Je vois bien que ça doit être... un genre de folie. Et on ne sait pas quel est le coupable, c'est ça le plus terrible. On n'en a pas la moindre idée. Et moi qui pensais que je le savais. Je le pensais vraiment... C'était sans doute, oui, sans doute, la pire idée que j'aie jamais eue...

— Il faut tout me dire, madame.

— Oui, c'est bien pour ça que je suis ici. Parce que, comprenez-vous, vous êtes venu chez moi après avoir parlé à Elizabeth Whittaker, après qu'elle vous a raconté que j'avais été surprise par quelque chose. Que j'avais vu quelque chose. Quelque chose dans le hall de la maison, de ma maison. Je vous ai répondu que je n'avais rien vu et que rien ne m'avait surprise parce que, voyez-vous, je m'étais imaginé...

Elle s'arrêta.

— Qu'aviez-vous vu ?

— J'aurais dû vous le dire à ce moment-là. J'avais vu la porte de la bibliothèque s'ouvrir prudemment et... et puis il était sorti. Ou plutôt non, il n'était pas vraiment sorti. Il était resté planté sur le seuil, et puis il était rentré brusquement en tirant la porte derrière lui.

— Qui était-ce ?

— Léopold. Léopold, le gosse qu'on vient de tuer maintenant. Vous voyez, je m'étais dit... oh ! quelle erreur, quelle abominable erreur ! Si je vous en avais parlé, peut-être, peut-être auriez-vous compris ce qui se cachait derrière ça.

— Vous aviez pensé que Léopold avait tué sa sœur ? C'est ça ?

— Oui. C'est bien ça. Pas sur l'instant, évidemment, parce que j'ignorais qu'elle était morte. Mais lui, je lui avais trouvé une drôle d'expression. Ç'avait toujours été un enfant bizarre. Dans un sens, il vous faisait un petit peu peur parce que vous sentiez qu'il n'était pas tout à fait normal. Très intelligent, avec un Q.I. très élevé, mais quand même, il lui manquait une case.

— Et je m'étais demandé : « Pourquoi Léopold sort-il de là alors qu'il devrait être au Snapdragon ? » Et puis je m'étais demandé aussi : « Qu'est-ce qu'il a bien pu faire pour avoir l'air si bizarre ? » Et puis, après ça, je n'y ai plus repensé, mais je suppose que son allure étrange m'avait troublée et que c'est pour ça que j'avais laissé tomber mon vase. Elizabeth m'a aidée à ramasser les morceaux, je suis retournée dans la pièce du Snapdragon et j'ai tout oublié. Jusqu'à ce que nous découvrions le cadavre de Joyce. C'est alors que je me suis persuadée...

— Que c'était l'œuvre de Léopold ?

— Oui. Oui, je n'ai rien envisagé d'autre. J'ai estimé que cela expliquait son attitude. Je croyais savoir. J'ai toujours cru... toute ma vie j'ai été persuadée que je savais tout, que j'avais raison sur tout. Mais il m'arrive d'avoir tort sur toute la ligne. Parce que, voyez-vous, s'il a été tué, c'est que cela signifiait tout autre chose. Il avait dû entrer là et trouver sa sœur morte, ce qui lui avait causé un terrible choc, et il était terrifié. Alors il a voulu sortir de la bibliothèque sans être vu, mais en levant les yeux il m'a aperçue, est rentré précipitamment dans la pièce, a fermé la porte et a attendu qu'il n'y ait plus personne dans le hall pour tenter une nouvelle sortie. Mais pas parce qu'il l'avait tuée. Non. À cause du choc. Parce qu'il avait trouvé son cadavre.

— Et pourtant vous n'avez rien dit ? Vous n'avez pas dit qui vous aviez vu, même après qu'on eut découvert que Joyce avait été tuée ?

— Non, je... oh ! je ne pouvais pas. Il est... voyez-vous, il est si jeune... il était si jeune, devrais-je dire maintenant. Dix ans. Dix ou onze ans au plus, alors... il me semblait qu'il n'avait pas pu avoir conscience de son geste, que ce n'était pas vraiment sa faute. Qu'il ne devait pas être moralement responsable. Il avait toujours été un peu bizarre et je pensais qu'il fallait le soigner. Ne pas l'abandonner dans les mains de la police. Ne pas l'enfermer dans une institution spécialisée. Je me disais qu'on pourrait lui faire suivre un traitement psychologique spécial, si nécessaire. Je... mes intentions étaient bonnes. Croyez-moi, je pensais agir pour le mieux.

Quelle tristesse dans ces propos, se dit Poirot. On ne pouvait imaginer plus triste au monde.

Mme Drake eut l'air de percevoir ses pensées.

— Oui, répéta-t-elle, je pensais agir pour le mieux. L'enfer est pavé de bonnes intentions. On est toujours persuadé de savoir ce qui vaut le mieux pour autrui, mais on ne le sait pas. Parce que, voyez-vous, s'il avait l'air si décontenancé, c'était soit qu'il avait vu le meurtrier, soit qu'il avait vu quelque chose qui pouvait trahir le meurtrier. Quelque chose qui avait dû donner au meurtrier lui-même le sentiment d'être en danger. Et par conséquent... par conséquent ce monstre a attendu de se trouver seul avec l'enfant pour le noyer dans le ruisseau et l'empêcher ainsi de parler. Si seulement je vous l'avais dit, si je vous l'avais dit, à vous, ou à la police, ou à n'importe qui... Mais non, non, je me pensais plus maligne...

— C'est seulement aujourd'hui, déclara Poirot après être resté un moment silencieux à regarder Mme Drake réprimer ses sanglots, c'est seulement aujourd'hui que j'ai appris que Léopold disposait de pas mal d'argent, ces derniers temps. Quelqu'un devait acheter son silence.

— Mais qui ? Qui ?

— Nous allons le découvrir. Nous n'allons plus tarder à le savoir, lui assura Poirot.

22

Cela ne ressemblait pas beaucoup à Poirot de demander aux autres leur opinion. D'habitude, la sienne lui suffisait amplement. Quoi qu'il en soit, toute règle souffre des exceptions. Et celle-ci en était une. Il avait eu une brève conversation avec Spence, ensuite de quoi il était entré en rapport avec un service de location de voitures avec chauffeur, et, après une ultime conversation avec son ami et l'inspecteur Raglan, il avait pris la route. Il était convenu que la voiture le ramènerait à Londres, mais avec un bref arrêt en route. Il se fit conduire aux Ormes, avisa le chauffeur qu'il en avait tout au plus pour un quart d'heure et demanda à voir Mlle Emlyn.

— Je suis désolé de vous déranger à pareille heure. Vous êtes sans doute en train de dîner.

— Je dois au moins vous faire l'honneur de reconnaître, monsieur Poirot, que vous ne me dérangeriez pas à l'heure du dîner sans une solide raison.

— Vous êtes trop bonne. Pour être honnête, j'ai besoin de votre avis.

— Vraiment ?

Mlle Emlyn sembla plutôt étonnée. Plus encore qu'étonnée – sceptique :

— Cela ne vous ressemble guère, monsieur Poirot. Le vôtre ne vous suffit-il pas, d'habitude ?

— En effet, mais cela me soulagerait et m'encouragerait si quelqu'un, dont je respecte l'opinion, tombait d'accord avec moi.

Elle ne répondit pas et se contenta de le regarder d'un air interrogateur.

— Je sais qui a tué Joyce Reynolds, déclara Poirot. Et j'ai la conviction que vous le savez aussi.

— Je n'ai jamais dit ça.

— Non, vous ne l'avez pas dit. Ce qui pourrait m'inciter à penser qu'il ne s'agit guère, de votre part, que d'une opinion que rien ne vient corroborer.

— Une intuition ? suggéra Mlle Emlyn, d'un ton plus froid que jamais.

— Je préférerais ne pas employer ce mot. J'aimerais mieux dire que vous avez une opinion ferme et arrêtée.

— Très bien. Je veux bien admettre que j'ai une opinion ferme. Et arrêtée. Mais cela ne signifie pas que je sois prête à vous la donner.

— Ce que je vous propose, mademoiselle, c'est d'écrire quatre mots sur un bout de papier. Puis je vous demanderai si vous êtes d'accord avec ce que j'ai écrit.

Mlle Emlyn se leva, alla prendre une feuille de papier sur son bureau et revint la donner à Poirot.

— Quatre mots, répéta-t-elle. Vous m'intriguez.

Poirot avait sorti un stylo de sa poche. Il écrivit les mots en question sur le papier, le plia et le lui tendit. Elle s'en empara, le déplia et le parcourut des yeux.

— Alors ? demanda Poirot.

— Pour ce qui est des deux premiers mots, oui, je suis d'accord. Pour les deux autres, c'est plus difficile. Je n'ai pas de preuve et, en vérité, j'ai du mal à me faire à cette idée.

— Mais en ce qui concerne les deux premiers mots, vous en avez la preuve ?

— Je pense, oui.

— De l'eau, déclara Poirot rêveusement. Dès que vous avez entendu ça, vous avez su. Et dès que je l'ai entendu, j'ai su à mon tour. Vous en êtes sûre et j'en suis sûr. Et maintenant, poursuivit-il, un petit garçon a été noyé dans une rivière. Vous l'avez entendu dire ?

— Oui, quelqu'un m'a téléphoné. Le frère de Joyce a été assassiné. En quoi était-il mêlé à tout ça ?

— Il voulait de l'argent, répondit Poirot. Et il en a obtenu. Dès lors, et sitôt que l'occasion s'en est présentée, on l'a noyé.

Son ton n'avait pas changé. Et s'il l'avait fait, ce n'aurait pas été pour donner dans la douceur – il se serait plutôt durci.

— La personne qui m'en a informé, reprit-il, était éperdue de compassion, absolument bouleversée. Mais ce n'est pas mon cas. Il était jeune, ce second enfant qui a trouvé la mort, mais sa mort n'a pas été un accident. Elle a été, comme tant de tragédies dans la vie, la conséquence logique de ses actes. Il voulait de l'argent et il a pris un risque. Il était assez malin, assez intelligent pour comprendre qu'il prenait un risque, mais cet argent, il y tenait. Il n'avait que dix ans, mais le lien de cause à effet est le même à cet âge-là qu'à trente, cinquante ou quatre-vingt-dix ans. Vous savez ce qui me vient d'abord à l'idée, dans ces cas-là ?

— Selon moi, répondit Mlle Emlyn, vous êtes beaucoup plus féru de justice que de compassion.

— La compassion de ma part ne serait d'aucune aide pour Léopold. On ne peut plus l'aider. La justice – si nous obtenons justice, vous et moi, car j'ai bien l'impression que nos idées vont dans le même sens –, la justice n'aidera pas non plus Léopold. Mais elle pourra aider un autre Léopold, elle pourra aider à sauver la vie d'un autre enfant, si tant est que nous puissions l'obtenir assez tôt. C'est dangereux un assassin qui a déjà tué plus d'une fois et à qui le meurtre est apparu comme sa seule planche de salut. Je suis en route pour Londres. Je vais y rencontrer certaines personnes afin de discuter de la marche à suivre. Et les amener à partager, peut-être, ma propre conviction en ce qui concerne cette affaire.

— Votre tâche sera sans doute ardue, remarqua Mlle Emlyn.

— Non, je ne crois pas. Peut-être en ce qui concerne les moyens à employer, mais j'estime pouvoir les convertir à ma façon de penser sur ce qui s'est passé. Parce qu'ils sont formés à comprendre les esprits criminels. Maintenant, il y a encore un point sur lequel j'aimerais avoir votre opinion. Je ne vous demande pas de preuve, cette fois, uniquement une opinion. Votre opinion sur le caractère de Nicolas Ransom et Desmond Holland. Me conseilleriez-vous de leur faire confiance ?

— On peut, à mon avis, leur faire pleinement confiance, à l'un comme à l'autre. Ils sont totalement farfelus par bien des côtés, mais c'est chez eux un état passager. Fondamentalement, ils sont sains. Aussi sains que peuvent l'être des pommes non véreuses.

— On en revient toujours aux pommes, soupira Hercule Poirot. Il faut que je m'en aille. Ma voiture m'attend et j'ai encore une visite à faire.

23

— Vous savez ce qui se passe dans le Bois de la Carrière ? demanda Mme Cartwright en mettant des barres de chocolat au riz soufflé et un baril de lessive Superblanc dans son caddie.

— Dans le Bois de la Carrière ? répéta Elspeth McKay. Non, je n'ai rien entendu dire de particulier, répondit-elle en choisissant un paquet de céréales.

Toutes deux faisaient leurs courses matinales dans le supermarché ouvert depuis peu.

— Il paraîtrait que les arbres sont dangereux, là-bas. Deux forestiers sont arrivés ce matin. Il y a un arbre qui penche sur le versant le plus escarpé de la colline. Vous imaginez le travail, s'il venait à tomber. Déjà qu'il y en a un qui a été foudroyé, l'hiver dernier, mais c'était plus haut, je crois. En tout cas, ils creusent autour des racines, et même un peu plus profond que ça. Si c'est pas malheureux. Ils vont tout abîmer.

— Bah ! j'imagine qu'ils savent ce qu'ils font, répliqua Elspeth McKay. Quelqu'un a dû les appeler, je suppose.

— Même qu'ils ont pris deux policiers avec eux pour empêcher les gens d'approcher. Pour les tenir à distance, comme on dit. Il paraît qu'ils cherchent d'abord à repérer les arbres malades.

— Je comprends, dit Elspeth McKay.

Peut-être comprenait-elle en effet. Non que quelqu'un le lui ait expliqué, mais Elspeth n'avait jamais besoin qu'on lui explique quoi que ce soit.

*

Ariadne Oliver défroissa le télégramme qu'on venait juste de lui délivrer. Elle était si habituée à recevoir désormais ses télégrammes par téléphone – ce qui l'obligeait chaque fois à chercher frénétiquement un crayon pour le noter et à exiger sur tous les tons qu'on lui envoie confirmation par écrit – qu'elle avait été toute surprise par l'arrivée de ce qu'elle appelait un « vrai télégramme comme au bon vieux temps » :

PRIERE HÉBERGER IMMÉDIATEMENT MME BUTLER ET MIRANDA CHEZ VOUS – STOP – PAS UNE MINUTE À PERDRE – STOP – IMPORTANT CONSULTER MÉDECIN EN VUE OPÉRATION

Elle se rendit dans la cuisine où Judith Butler était en train de faire de la gelée de coing.

— Judy, lui dit-elle, montez vite faire vos valises. Je rentre à Londres et je vous emmène, Miranda et vous.

— C'est très aimable de votre part, Ariadne, mais j'ai un tas de choses en train, ici. De toute façon, vous n'avez pas besoin de partir d'urgence aujourd'hui, non ?

— Si, il le faut, j'ai reçu des instructions.

— De qui ? De votre gouvernante ?

— Non, de quelqu'un d'autre. D'une des rares personnes auxquelles j'obéis. Allez. Dépêchez-vous.

— Je ne veux pas partir maintenant. Je ne peux pas.

— Vous devez venir, répliqua Mme Oliver. La voiture est prête. Elle est devant la porte. Nous pouvons partir tout de suite.

— Je préfère ne pas emmener Miranda. Je peux la laisser chez quelqu'un, chez les Reynolds ou chez Rowena Drake.

— Miranda doit venir aussi, rétorqua Mme Oliver, inflexible. Ne tergiversez pas, Judy. C'est sérieux. Et je ne comprends pas comment vous pouvez envisager de la laisser avec les Reynolds. Deux des enfants Reynolds ont déjà été tués, non ?

— Oui, oui, c'est bien vrai. Vous pensez qu'il y a quelque chose d'anormal dans cette maison ? Je veux dire, qu'il y a quelqu'un, là, qui... oh ! qu'est-ce que je raconte ?

— Nous perdons un temps précieux, s'énerva Mme Oliver. Quoi qu'il en soit, si quelqu'un devait être tué, ce serait plus vraisemblablement Ann Reynolds.

— Que se passe-t-il avec cette famille ? Pourquoi faut-il qu'ils se fassent tuer les uns après les autres ? Oh ! Ariadne, c'est terrifiant !

— Oui, convint Mme Oliver, mais il y a des moments où il est tout à fait légitime d'être terrifié. Je viens de recevoir un télégramme et j'agis en conséquence.

— Ah ? Je n'ai pas entendu le téléphone.

— Je ne l'ai pas reçu par téléphone. Il est arrivé par porteur.

Après avoir hésité un instant, elle le tendit à son amie.

— Qu'est-ce que cela signifie ? s'étrangla cette dernière. Quelle opération ?

— Les amygdales, probablement, hasarda Mme Oliver. Miranda a eu mal à la gorge la semaine dernière, non ? Alors, qu'elle ait besoin de consulter un spécialiste à Londres, quoi de plus vraisemblable ?

— Vous êtes devenue folle, Ariadne ?

— Sans doute, répliqua Mme Oliver, folle à lier. Allez, venez. Miranda va être enchantée d'aller à Londres. Ne vous inquiétez pas. Elle ne va subir aucune opération. C'est ce qu'on appelle une « couverture » dans les romans d'espionnage. Nous allons l'emmener au théâtre, ou à l'opéra, ou au ballet, où ses goûts nous porteront. Tout bien réfléchi, j'estime qu'il vaudrait mieux lui faire voir un ballet.

— Je suis terrifiée, gémit Judith.

Ariadne Oliver regarda son amie. Elle tremblait légèrement. Plus que jamais, songea la digne romancière, elle ressemblait à Ondine. Elle paraissait étrangère à toute réalité.

— Venez, lui enjoignit Mme Oliver. J'ai promis à Hercule Poirot de vous transporter chez moi quand il m'en donnerait l'ordre. Et voilà, cet ordre est arrivé.

— Que se passe-t-il donc dans ce village ? soupira Judith. Je me demande ce que je suis venue faire ici.

— Moi aussi, je me le demande parfois, dit Mme Oliver, mais on ne sait jamais pourquoi les gens choisissent de vivre ici plutôt que là. Un de mes amis a décidé un jour d'aller s'installer à Moreton-in-the-Marsch. Quand je lui ai demandé pourquoi il voulait soudain vivre là-bas, il m'a répondu qu'il avait toujours eu l'intention de s'y retirer. Je lui ai alors dit que, sans y être jamais allée moi-même et sans trop d'ailleurs savoir pourquoi, j'avais l'impression que la région devait être humide. Était-ce effectivement le cas ? À quoi il m'a répondu qu'il n'en savait rien parce qu'il n'y avait encore jamais mis les pieds. Mais que, aussi loin que remontent ses souvenirs, c'était là qu'il avait toujours voulu finir ses jours. Or, c'était un individu tout à fait sain d'esprit.

— Il y est allé ?

— Oui.

— Et ça lui a plu ?

— Eh bien, je n'en ai plus entendu parler depuis, répondit Mme Oliver. Mais les gens sont étranges, non ? Les lubies qu'ils peuvent avoir, les obligations qu'ils se fabriquent...

Elle alla crier dans le jardin :

— Miranda ! Nous partons pour Londres.

Miranda approcha lentement.

— Pour Londres ?

— Ariadne va nous y conduire, lui dit sa mère. Là-bas, nous irons au théâtre. Mme Oliver pense qu'elle peut nous avoir des billets pour le ballet. Tu voudrais aller voir un ballet ?

— J'adorerais ça, répondit Miranda.

Ses yeux brillèrent.

— Il faut que j'aille dire au revoir à un de mes amis.

— Nous partons tout de suite.

— Oh ! ça ne me prendra qu'une minute, mais il faut que j'explique la situation. Il y a des choses que j'ai promis de faire.

Elle courut dans le jardin, franchit la grille et disparut.

— Qui sont les amis de Miranda ? demanda Mme Oliver, curieuse.

— Je l'ignore, répondit Judith. Elle ne dit jamais rien, vous savez. Parfois, il me semble que ses seuls amis sont les oiseaux qu'elle va voir dans les bois. Ou les écureuils, ou Dieu sait quoi encore. Je crois que tout le monde l'aime, mais je ne pense pas qu'elle ait des amis en particulier. Elle ne ramène jamais personne pour prendre le thé ni quoi que ce soit. Pas comme les autres filles. En vérité, je crois que sa meilleure amie était Joyce Reynolds. Joyce lui racontait des histoires fantastiques d'éléphants et de tigres, ajouta-t-elle rêveusement. Bon, reprit-elle en se secouant, il faut que j'aille faire mes valises, puisque vous y tenez. Mais je n'ai pas envie de partir. J'ai un tas de choses en train, comme cette gelée et...

— Il faut que vous veniez, déclara fermement Mme Oliver.

Judith revint avec deux valises au moment précis où Miranda, à bout de souffle, réapparaissait par la porte de côté.

— Est-ce que nous allons déjeuner d'abord ? demanda-t-elle.

Malgré ses airs de nymphe des bois, c'était une enfant en bonne santé qui faisait honneur aux repas.

— Nous nous arrêterons en route, répondit Mme Oliver. Nous déjeunerons à Haversham, au *Black Boy*. Ce sera parfait. C'est à environ trois quarts d'heure d'ici et la nourriture y est très bonne. Allez, Miranda, cette fois il faut partir.

— Je ne vais pas avoir le temps de prévenir Cathy que je ne pourrai pas aller au cinéma avec elle demain. Oh ! après tout, je peux peut-être lui téléphoner ?

— Allez, allez, dépêche-toi, lui enjoignit sa mère.

Miranda se précipita dans le salon, où se trouvait le téléphone. Judith et Mme Oliver enfournèrent les valises dans la voiture. Miranda réapparut.

— J'ai laissé un message, dit-elle, hors d'haleine. Tout va bien maintenant.

— Je pense que vous êtes folle, Ariadne, dit Judith en montant dans la voiture. Complètement folle. À quoi rime toute cette histoire ?

— Nous le saurons en temps voulu, j'imagine, dit Mme Oliver. Je ne sais pas qui est fou, si c'est moi ou si c'est lui.

— Lui ? Qui, lui ?

— Hercule Poirot.

*

Ledit Hercule Poirot siégeait pour l'heure à Londres en compagnie de quatre hommes. Le premier était l'inspecteur Timothy Raglan, mine impassible et attitude respectueuse comme toujours en présence de ses supérieurs. Le second était le commissaire Spence. Le troisième était Alfred Richmond, chef de la police du comté. Quant au quatrième, visage austère et œil glacé, il représentait le bureau du procureur. Ils regardaient Poirot avec des expressions diverses, ou plus exactement avec ce qu'on pourrait appeler des non-expressions.

— Vous avez l'air bien sûr de vous, monsieur Poirot.

— J'en suis tout à fait sûr, répondit Poirot. Quand des faits s'articulent selon un schéma donné, on en vient naturellement à conclure que ce schéma doit être le bon et on s'emploie à chercher toutes les raisons qui prouveraient que tel n'est pas le cas. Si on n'en trouve aucune, alors on se voit confirmé dans son opinion première.

— Les mobiles, permettez-moi de vous le dire, me paraissent pour le moins compliqués.

— Non, répliqua Poirot, absolument pas. Plutôt si simples, au contraire, qu'on a du mal à les percevoir clairement.

Le représentant du bureau du procureur avait l'air sceptique.

— Nous n'allons pas tarder à en avoir une preuve indiscutable, fit remarquer l'inspecteur Raglan. Évidemment, s'il y avait erreur sur ce point...

— *Cui, cui, cui, pas d'oiseau au fond du puits ?* suggéra Hercule Poirot. C'est ce que vous voulez dire ?

— Ma foi, vous devez reconnaître qu'il s'agit seulement d'une supposition de votre part.

— Tout converge dans cette direction. Quand une fille disparaît, les raisons ne sont pas légion. La première, c'est qu'elle est partie avec un homme. La seconde, c'est qu'elle est morte. Il faudrait aller chercher très loin pour en trouver une autre et cela n'arrive pratiquement jamais.

— N'y a-t-il aucun autre point sur lequel vous aimeriez attirer notre attention, monsieur Poirot ?

— Si. Je suis entré en rapport avec une agence immobilière très connue. Des amis à moi, spécialisés dans les Antilles, la mer Égée, l'Adriatique, la Méditerranée et autres. Ils vendent du soleil et leurs clients sont en général fortunés. Voici un achat récent qui pourra vous intéresser.

Il leur tendit une feuille de papier.

— Vous pensez que cela confirme vos dires ?

— J'en suis convaincu.

— Je croyais que la vente d'îles était interdite précisément par ce gouvernement-là ?

— L'argent trouve toujours une porte ouverte.

— Encore autre chose à nous soumettre ?

— Il est possible que, d'ici vingt-quatre heures, je puisse produire de quoi régler la question.

— De quoi s'agit-il ?

— Un témoin visuel.

— Vous voulez dire... ?

— Un témoin visuel du crime.

L'homme du bureau du procureur jeta sur Poirot un regard incrédule.

— Et où se trouve ce témoin en ce moment ?

— En route vers Londres, du moins je l'espère.

— Vous paraissez... mal à l'aise.

— C'est vrai. J'ai pris toutes les précautions possibles, mais je reconnais que j'ai peur. Oui, j'ai peur, malgré tout. Car, voyez-vous, nous sommes... comment expliquer ça ? ... nous avons affaire à quelqu'un d'impitoyable, aux réactions foudroyantes, avide au-delà des limites humaines et peut-être – je n'en suis pas sûr mais je pense que c'est possible – atteint d'une pointe, disons, de folie. Qui n'était pas là au départ, mais qu'on a cultivée. Une graine qui a pris racine et a poussé rapidement. Et qui maintenant lui inspire, face à la vie, une attitude inhumaine.

— Il nous faudra quelques opinions supplémentaires sur ce point, souligna l'homme du bureau du procureur. Nous ne pouvons pas juger précipitamment. Bien entendu, beaucoup dépendra de cette... euh... histoire forestière. Dans l'affirmative, nous pourrons poursuivre, mais dans la négative, il nous faudra revoir la question.

Hercule Poirot se leva.

— Je m'en vais. Je vous ai fait part de tout ce que je sais, de tout ce que je crains et envisage comme possible. Je resterai en contact avec vous.

Il leur serra la main à tous et s'en alla.

— Il est un tantinet charlatan, se renfrogna l'homme du bureau du procureur. Vous ne croyez pas qu'il est lui aussi un petit peu atteint ? Atteint à la tête, j'entends. De toute façon, il a déjà un certain âge. Je ne sais pas si on peut faire confiance aux facultés d'un homme de cet âge-là.

— Je pense qu'on peut lui faire confiance, déclara le chef de la police du comté. Du moins, c'est mon impression. À votre avis, Spence, vous que je connais depuis des années et qui êtes son ami, vous le croyez devenu un peu sénile ?

— Non, loin de moi cette idée, répondit Spence. Et vous, qu'en pensez-vous, Raglan ?

— Je ne le connais que depuis très peu de temps, monsieur. Au début, j'ai trouvé ses... enfin, ses manières de parler, ses idées vraiment bizarres. Mais tout compte fait, j'ai changé d'avis. Je pense qu'il a raison et qu'il va nous en donner la preuve.

24

Mme Oliver s'était installée à une table de la terrasse vitrée du *Black Boy*. Il était relativement tôt et il n'y avait pas beaucoup de monde dans la salle à manger. Judith Butler, qui était allée se repoudrer le nez, revint s'asseoir en face d'elle et se mit à étudier le menu.

— Qu'aime Miranda ? demanda Mme Oliver. Nous pourrions commander pour elle. Je suppose qu'elle va être là d'une minute à l'autre.

— Le poulet rôti.

— Bon, c'est facile. Et vous ?

— Je prendrai la même chose.

— Trois poulets rôtis, commanda Mme Oliver.

Elle se renfonça contre le dossier de sa chaise et examina son amie.

— Pourquoi me regardez-vous de cette façon ?

— Je réfléchissais.

— À quoi ?

— Au fait que je ne sais presque rien de vous.

— C'est le cas avec tout le monde, non ?

— Vous voulez dire qu'on ne sait jamais tout de quelqu'un ?

— Il me semble, oui.

— Vous avez sans doute raison.

Toutes deux restèrent un moment silencieuses.

— Ils sont plutôt lents à servir, ici.

— Ça vient, je crois, dit Mme Oliver.

Une serveuse arriva avec un plateau chargé.

— Miranda est bien longue. Elle sait où se trouve la salle à manger ?

— Oui, naturellement. Nous l'avons vue en passant.

Judith se leva avec impatience.

— Je vais aller la chercher.

— La voiture l'a peut-être rendue malade ?

— C'était le cas quand elle était plus petite.

Elle revint quatre ou cinq minutes plus tard.

— Elle n'est pas dans les toilettes, déclara-t-elle. Il y a une porte qui donne sur le jardin. Peut-être est-elle sortie pour observer un oiseau ou Dieu sait quoi. C'est assez son genre.

— Ce n'est pas le moment d'observer les oiseaux. Allez l'appeler. Nous devons nous remettre en route.

*

Elspeth McKay piqua quelques saucisses avec une fourchette, les posa sur un plat allant au four, le mit dans le réfrigérateur et entreprit de peler des pommes de terre.

Le téléphone sonna.

— Madame McKay ? Sergent Goodwin à l'appareil. Votre frère est là ?

— Non. Il est à Londres pour la journée.

— Je l'ai appelé là-bas, mais il était parti. Quand il rentrera, dites-lui que nous avons un résultat positif.

— Vous voulez dire que vous avez trouvé un corps au fond du puits ?

— Inutile de garder le secret. La nouvelle court déjà.

— Qui est-ce ? La fille au pair ?

— On dirait bien.

— La pauvre. Elle s'était jetée dedans, ou quoi ?

— Ce n'est pas un suicide, elle a été poignardée. Il s'agit bel et bien d'un meurtre.

*

Après que sa mère fut sortie des toilettes, Miranda attendit un instant, ouvrit la porte avec précaution et jeta un coup d'œil au-dehors. Puis elle ouvrit la porte voisine, qui donnait sur le jardin, et prit en courant le chemin qui menait à l'arrière de la maison, dans la cour qui servait autrefois de relais de poste et qui maintenant était devenue un garage. Elle passa ensuite un étroit portillon par lequel les piétons pouvaient rejoindre une allée. Un peu plus loin, dans cette allée, une voiture attendait. Assis au volant, un homme aux sourcils proéminents et à la barbe grise lisait un journal. Miranda grimpa à côté de lui.

— Ce que vous avez l'air drôle ! dit-elle en riant.

— Ris tant que tu voudras, rien ne t'en empêche.

Il démarra, tourna à droite au bout de l'allée, puis à gauche, puis de nouveau à droite, et déboucha sur une route secondaire.

— Nous sommes à l'heure, remarqua l'homme à la barbe. Au moment voulu, tu verras la hache à deux tranchants comme elle doit être vue. Et Kilterbury Down aussi. C'est magnifique.

Une voiture les doubla de si près qu'elle faillit les précipiter dans la haie.

— Petits crétins ! s'exclama l'homme à la barbe.

L'un des deux jeunes gens portait des cheveux longs jusqu'aux épaules et de grandes lunettes de hibou. L'autre, avec des rouflaquettes, affectait des airs plus espagnols.

— Vous ne pensez pas que maman va se faire du souci pour moi ? demanda Miranda.

— Elle n'en aura pas le temps. Quand elle commencera à s'inquiéter, tu seras là où tu veux aller.

*

À Londres, Hercule Poirot décrocha le téléphone. L'appel émanait de Mme Oliver :

— Nous avons perdu Miranda.

— Comment ça, « perdu » ? Que voulez-vous dire ?

— Nous avons déjeuné au *Black Boy*. Elle est allée aux toilettes. Elle n'est pas revenue. Quelqu'un prétend l'avoir vue partir en voiture avec un vieux monsieur. Mais ce n'était peut-être pas elle. C'était...

— Quelqu'un aurait dû rester avec elle. Vous n'auriez dû ni l'une ni l'autre la quitter des yeux. Je vous avais prévenue qu'il y avait du danger. Mme Butler est très inquiète ?

— Évidemment, elle est inquiète. Qu'est-ce que vous croyez ? Elle est hystérique. Elle veut absolument alerter la police.

— Oui, c'est la mesure la plus normale à prendre. Je vais les appeler aussi.

— Mais pourquoi Miranda serait-elle en danger ?

— Vous ne le savez pas ? Vous devriez déjà être au courant. On a trouvé le cadavre. Je viens de l'apprendre...

— Quel cadavre ?

— Le cadavre au fond du puits.

25

— C'est splendide ! s'extasia Miranda en regardant autour d'elle.

Bien que ses vestiges ne fussent en rien mémorables, Kilterbury Ring était une des beautés de la région. Démantelée plusieurs centaines d'années auparavant, on y trouvait encore cependant, çà et là, debout, une grande pierre mégalithique qui témoignait d'un long passé de culte rituel.

— Pourquoi est-ce qu'ils avaient toutes ces pierres, ici ?

— Pour leur rituel. Leur culte rituel. Les sacrifices rituels. Tu sais ce que sont ces sacrifices, Miranda ?

— Je crois, oui.

— Ils doivent avoir lieu. C'est très important.

— Vous voulez dire que ce n'est pas une espèce de punition ? Que c'est quelque chose d'autre ?

— Oui, c'est quelque chose d'autre. Vous mourez pour que d'autres vivent. Pour que vive la beauté. Pour qu'elle soit. C'est là l'important.

— Je pensais que, peut-être...

— Oui, Miranda ?

— Je pensais que si on devait mourir, c'était parce qu'on avait provoqué la mort de quelqu'un d'autre.

— D'où sors-tu cette idée ?

— Je pensais à Joyce. Si je ne lui avais pas raconté quelque chose que j'avais vu, elle ne serait pas morte, n'est-ce pas ?

— Peut-être pas.

— Je me sens mal à l'aise depuis que Joyce est morte. Je n'aurais pas dû lui raconter ça, n'est-ce pas ? Je l'ai fait parce que je voulais avoir quelque chose de valable à lui dire. Elle était allée en Inde et elle parlait toujours des tigres et des éléphants, avec leurs harnachements, leurs tapisseries dorées et leurs décorations. Et puis aussi... tout à coup j'ai eu envie que quelqu'un d'autre sache, parce que, voyez-vous, avant ça, je n'y avais pas vraiment pensé.

Elle s'interrompit, puis :

— Est-ce que... est-ce que c'était un sacrifice, ça aussi ?

— Dans un sens, oui.

Miranda resta quelque temps en contemplation.

— Ce n'est pas le moment, maintenant ? demanda-t-elle enfin.

— Le soleil n'est pas encore exactement où il faut. Dans cinq minutes, sans doute, il tombera directement sur la pierre.

Ils restèrent de nouveau assis en silence, à côté de la voiture.

— Maintenant, nous y voilà, je crois bien, déclara le compagnon de Miranda, les yeux fixés sur le ciel où le soleil plongeait vers l'horizon. C'est un moment merveilleux. Il n'y a personne. Personne ne grimpe au sommet de Kilterbury Down à cette heure du jour pour contempler Kilterbury Ring. Il fait trop froid en novembre et il n'y a plus de mûres. Je vais te montrer d'abord la hache à deux tranchants. Sur la pierre. La hache à deux tranchants gravée là quand ils sont arrivés de Mycène ou de Crète, il y a des centaines d'années. C'est magnifique, n'est-ce pas, Miranda ?

— Oui, c'est magnifique, répéta Miranda. Montrez-la-moi.

Ils grimpèrent jusqu'à la pierre la plus haute. À côté d'elle, une autre gisait, tombée, et, un peu plus bas sur la pente, s'en trouvait encore une autre, légèrement penchée, comme accablée par le poids des ans.

— Tu es heureuse, Miranda ?

— Oui, je suis très heureuse.

— Voilà le signe, ici.

— Est-ce vraiment la hache à double tranchant ?

— Oui, elle a été un peu effacée par le temps, mais c'est bien elle. C'est le symbole. Pose ta main dessus. Et maintenant... maintenant, nous allons boire au passé, au futur et à la beauté !

— Oh ! c'est fantastique, balbutia Miranda.

Son compagnon lui mit une coupe dorée entre les mains et, d'un flacon, y versa un liquide doré.

— Il a un goût de fruit, de pêche. Bois, Miranda, et tu seras encore plus heureuse.

Miranda porta la coupe dorée à son nez et la renifla.

— Oui, oui, cela sent la pêche. Oh ! regardez, voici le soleil. Vraiment rouge or... il a l'air couché au bord du monde.

Il la fit pivoter dans la direction des derniers rayons du couchant.

— Lève ta coupe et bois.

Obéissante, elle se tourna, une main toujours sur la pierre mégalithique et son signe à moitié effacé. Son compagnon se tenait maintenant debout derrière elle. Plus bas, deux silhouettes courbées, qui avaient été cachées sous la pierre inclinée, s'en échappèrent. Là-haut, les deux autres leur tournaient le dos et ne remarquèrent rien. Rapidement, mais à pas de loup, les premiers grimpèrent vers eux.

— Bois à la beauté, Miranda.

— Il ne manquerait plus que ça qu'elle le fasse ! s'écria une voix dans leur dos.

Une veste de velours rose se trouva projetée sur une tête, un couteau violemment arraché à une main qui se levait lentement. Nicolas Ransom s'empara de Miranda et la serra étroitement contre lui tout en l'écartant des deux autres qui se battaient.

— Espèce de petite idiote ! s'écria Nicolas Ransom. Venir ici avec un cinglé de meurtrier ! Tu aurais dû savoir ce que tu faisais !

— En un sens, je le savais, répondit Miranda. J'allais être offerte en sacrifice, je pense, parce que, voyez-vous, tout est de ma faute. C'est à cause de moi que Joyce a été tuée. Alors, il était juste que je sois sacrifiée, non ? Ç'aurait été une sorte de meurtre rituel.

— Arrête de divaguer à propos de meurtres rituels. Ils ont trouvé l'autre fille. Tu sais, la fille au pair qui avait disparu depuis si longtemps. Depuis deux ans ou quelque chose comme ça. Tout le monde croyait qu'elle s'était enfuie parce qu'elle avait falsifié le testament. Mais elle ne s'était pas enfuie. On a retrouvé son cadavre au fond du puits.

— Oh ! s'écria Miranda. Pas au fond du puits aux souhaits ? Pas au fond du puits que je tenais tellement à découvrir ? Oh ! je ne veux pas qu'elle soit au fond du puits aux souhaits. Qui... qui l'avait jetée dedans ?

— La même personne qui t'a amenée ici.

26

Une fois encore, quatre hommes étaient assis face à Poirot : Timothy Raglan, le commissaire Spence et le chef de la police du comté qui avait le regard plein d'espoir du chat qui s'attend à chaque instant à voir se matérialiser un pot de crème. Le quatrième avait encore l'expression de celui qui a besoin de voir pour croire.

— Eh bien, monsieur Poirot, dit le chef de la police du comté, prenant en charge la direction des débats. Nous sommes tous là...

Poirot fit un geste de la main. L'inspecteur Raglan sortit et revint, précédant une femme d'une trentaine d'années, une petite fille et deux jeunes gens.

Il les présenta au chef de la police :

— Mme Butler, Mlle Miranda Butler, M. Nicolas Ransom et M. Desmond Holland.

Poirot se leva et prit Miranda par la main.

— Assieds-toi ici, près de ta mère, Miranda. M. Richmond, qui est le chef de la police du comté, veut te poser quelques questions. Il te demande d'y répondre. Elles concernent une scène à laquelle tu as assisté il y a plus d'un an maintenant, bientôt deux. Tu l'avais racontée à une personne et, si j'ai bien compris, à une personne seulement. C'est exact ?

— Je l'avais racontée à Joyce.

— Et qu'avais-tu dit exactement à Joyce ?

— Que j'avais vu commettre un meurtre.

— Et tu ne l'avais dit à personne d'autre ?

— Non. Mais je pense que Léopold l'avait deviné. Il écoute aux portes, vous comprenez. Il fait un tas de choses de ce genre. Il aime connaître les secrets des gens.

— Tu as entendu dire que, dans l'après-midi qui a précédé la fête d'Halloween, Joyce s'était vantée d'avoir vu commettre un meurtre. C'était vrai ?

— Non. Elle ne faisait que répéter ce que je lui avais dit... mais en voulant faire croire que ça lui était arrivé à elle.

— Veux-tu nous dire maintenant ce que tu avais vu ?

— Je n'avais pas compris tout de suite que c'était un meurtre. J'avais d'abord pensé que c'était un accident. J'avais cru qu'elle était tombée de la falaise.

— Où cela se passait-il ?

— Dans le Jardin des Profondeurs, dans la pente où se trouvait autrefois la fontaine. J'étais perchée dans un arbre. J'épiais un écureuil et il faut rester absolument immobile ou sinon ils se sauvent. Les écureuils sont très rapides.

— Raconte-nous ce que tu as vu.

— Un homme et une femme qui la soulevaient et l'emportaient le long du sentier. J'ai pensé qu'ils l'emmenaient à l'hôpital ou à la Maison de la Carrière. Et puis tout à coup la femme s'est arrêtée, elle a regardé mon arbre et elle a dit : « Quelqu'un nous observe. » Ça m'a donné froid dans le dos. J'ai fait bien attention de ne pas bouger. L'homme a dit : « Absurde », et ils ont repris leur chemin. J'ai vu qu'il y avait du sang sur une écharpe et un couteau avec du sang dessus... alors je me suis dit que quelqu'un avait peut-être essayé de se suicider... et j'ai continué à me tenir tranquille.

— Parce que tu avais peur ?

— Oui, mais je ne savais pas pourquoi.

— Tu n'en as pas parlé à ta mère ?

— Non. Je me suis dit que je n'aurais peut-être pas dû rester là à les observer. Et comme le lendemain il n'a pas été question d'un accident, j'ai tout oublié. Je n'y ai plus jamais repensé jusqu'à ce que...

Elle s'arrêta brusquement. Le chef de la police du comté ouvrit la bouche... puis la referma. Il fit un petit geste en direction de Poirot.

— Oui, Miranda, intervint Poirot. Jusqu'à ce que quoi ?

— C'était comme si tout recommençait. Il s'agissait d'un pivert, cette fois, que j'observais sans faire de bruit, derrière un buisson. Et ces deux-là étaient assis et bavardaient, à propos d'une île, d'une île grecque. Elle, elle disait quelque chose comme : « Tout est réglé. C'est à nous, nous pouvons y aller quand bon nous semblera. Mais il vaut mieux ne rien précipiter. » Et alors le pivert s'est envolé et j'ai bougé. Alors elle a dit : « Chut... tais-toi... quelqu'un nous observe », juste comme elle l'avait dit la première fois, avec la même expression sur sa figure, et j'ai eu peur de nouveau et je me suis rappelé... Et alors, j'ai compris. J'ai compris que c'était un meurtre que j'avais vu et que c'était un cadavre qu'ils emportaient pour le cacher quelque part. Vous voyez, je n'étais plus une gamine. Je comprenais les choses et ce qu'elles signifiaient, le sang, le couteau et le corps tout flasque...

— Cela s'est passé quand ? demanda le chef de la police du comté. Il y a combien de temps ?

Miranda réfléchit un instant.

— À la fin mars... juste avant Pâques.

— Pouvez-vous nous dire avec certitude qui étaient ces gens, Miranda ?

— Bien sûr que je peux, répondit Miranda, l'air surpris.

— Vous les avez vus de face ?

— Oui.

— Qui étaient-ils ?

— Mme Drake et Michael...

Ce n'était pas une dénonciation en forme de coup de théâtre. Le ton était calme, avec comme une pointe d'étonnement, mais sans la moindre hésitation.

— Vous n'en avez parlé à personne. Pourquoi ?

— J'ai pensé... j'ai pensé qu'il s'agissait peut-être d'un sacrifice.

— Qui vous avait parlé de ça ?

— Michael. Il disait que les sacrifices sont nécessaires.

— Tu l'aimais bien, Michael ? lui demanda gentiment Poirot.

— Oh oui ! répondit Miranda. Je l'aimais beaucoup.

27

— Maintenant que je vous tiens, je veux que vous me disiez tout sur tout, déclara Mme Oliver d'un ton déterminé. Pourquoi n'êtes-vous pas venu plus tôt ? ajouta-t-elle sévèrement.

— Mille excuses, madame, mais j'ai été très occupé à seconder la police dans ses enquêtes.

— Ce sont les criminels qui d'ordinaire se livrent à ce genre de bénévolat. Qu'est-ce qui vous a amené à penser que Rowena Drake pouvait être mêlée à un meurtre ? Ce ne serait venu à l'idée de personne !

— Cela coulait de source, à partir du moment où je disposais de l'indice essentiel.

— Qu'appelez-vous l'indice essentiel ?

— L'eau. Il me fallait quelqu'un qui ait assisté à la fête et qui soit mouillé alors qu'il n'aurait pas dû l'être. Celui, ou celle, qui avait tué Joyce Reynolds devait nécessairement s'être mouillé. Si vous maintenez la tête d'une enfant vigoureuse dans une bassine pleine d'eau, il y aura obligatoirement lutte et éclaboussures, et vous serez obligatoirement mouillé. Il vous faudra donc trouver le moyen de fournir une explication innocente au fait que vous soyez mouillé. Quand tout le monde s'est rassemblé dans la salle à manger pour le Snapdragon, Mme Drake a entraîné Joyce dans la bibliothèque. Si votre hôtesse vous demande de la suivre, il va de soi que vous la suivez. Et d'ailleurs Joyce ne se méfiait certainement pas de Mme Drake. Tout ce que Miranda lui avait dit, c'est qu'elle avait un jour vu commettre un meurtre, sans plus. Et c'est ainsi que Joyce a été tuée et sa meurtrière trempée jusqu'à l'os. Il devait y avoir une raison valable à cette inondation, et elle se mit en devoir de la créer de toutes pièces. Il lui fallait de surcroît un témoin de la façon dont l'accident s'était produit. Elle attendit donc sur le palier, avec dans les bras un énorme vase de fleurs rempli d'eau. À un moment donné, Mlle Whittaker, qui avait trop chaud, est sortie de la pièce du Snapdragon. Mme Drake a fait semblant de sursauter et a laissé tomber le vase, en prenant bien soin, tandis qu'il allait s'écraser en bas, dans le hall, de se faire inonder au passage. Elle a descendu l'escalier quatre à quatre et s'est mise, avec Mlle Whittaker, à ramasser fleurs et morceaux de verre épars tout en se lamentant sur la perte de son beau vase. Elle s'est, ce faisant, arrangée pour donner l'impression à Mlle Whittaker qu'elle avait vu quelqu'un sortir de la pièce où le meurtre avait été commis. Mlle Whittaker a pris les dires de Mme Drake pour argent comptant, mais quand elle a raconté ça à Mlle Emlyn, celle-ci a compris le véritable intérêt de la chose. Elle a donc insisté auprès de Mlle Whittaker pour qu'elle vienne me rapporter l'histoire. Et c'est ainsi, conclut Poirot en se frisant la moustache, que j'ai su, moi aussi, qui était l'assassin de Joyce.

— Et, en fait, Joyce n'avait jamais vu commettre le moindre meurtre !

— Mme Drake n'en savait rien. Mais elle avait toujours soupçonné que quelqu'un se trouvait dans le Bois de la Carrière et l'avait vue tuer Olga Seminov avec l'aide de Michael Garfield.

— Et quand avez-vous su, vous, que ce n'était pas Joyce, mais Miranda ?

— Dès que j'ai été obligé de m'incliner devant le verdict unanime, à savoir que Joyce était une menteuse. Miranda était alors clairement désignée. Elle allait souvent dans le Bois de la Carrière observer les oiseaux et les écureuils. Et Miranda m'avait dit que Joyce était sa meilleure amie. « On se disait tous nos secrets », m'avait-elle déclaré. Miranda n'étant pas de la fête, Joyce, la menteuse impénitente, pouvait s'emparer de l'histoire et prétendre avoir vu commettre un meurtre, avec la probable intention de vous impressionner, madame, vous, le célébrissime auteur de récits criminels.

— C'est ça, mettez-moi tout sur le dos !

— Mais non, mais non.

— Rowena Drake, murmura rêveusement Mme Oliver. Je n'arrive pas encore à le croire.

— Elle avait toutes les qualités nécessaires. Je m'étais toujours demandé, ajouta-t-il, quelle sorte de femme était lady Macbeth. Et à quoi elle aurait ressemblé si on l'avait rencontrée dans la vie. Eh bien, je crois que je l'ai bel et bien rencontrée.

— Et Michael Garfield ? C'est un couple tellement invraisemblable...

— Mais intéressant : lady Macbeth et Narcisse. Une combinaison inattendue.

— Lady Macbeth, murmura Mme Oliver, songeuse.

— Une belle femme, efficace et compétente, une organisatrice-née et une actrice au talent tout à fait imprévu. Vous auriez dû l'entendre se lamenter à propos de la mort du petit Léopold et pleurer à gros sanglots dans un mouchoir sec.

— C'est à vomir.

— Vous vous rappelez que je vous ai un jour interrogée sur les gens que vous trouviez ou non sympathiques ?

— Ne m'en parlez pas. Mais ce Michael Garfield, il était amoureux d'elle ?

— Je doute que Michael Garfield ait jamais été amoureux de qui que ce soit à part lui-même. Ce qu'il voulait c'était de l'argent, beaucoup d'argent. Il a peut-être espéré d'abord que Mme Llewellyn-Smythe s'enticherait de lui au point de faire un testament en sa faveur, mais Mme Llewellyn-Smythe n'était pas de ce bois-là.

— Et cette histoire de faux ? Je n'ai encore pas compris à quoi il avait bien pu servir.

— À première vue, il y avait de quoi s'y perdre. Trop de falsifications, aurait-on dit. Mais réflexion faite, le but était clair. Il suffit de voir ce qui s'est passé. Toute la fortune de Mme Llewellyn-Smythe est allée à Rowena Drake. Le codicille présenté était si manifestement faux que n'importe quel notaire l'aurait remarqué. Il serait contesté, récusé à la suite des expertises et le testament original serait adopté. Et comme le mari de Rowena Drake était mort récemment, elle hériterait de tout.

— Mais... et le codicille pour la signature duquel la femme de ménage avait été témoin ?

— Mon hypothèse, c'est que Mme Llewellyn-Smythe avait découvert que Michael Garfield et

Rowena Drake avaient une liaison, probablement avant même la mort du mari. Dans sa fureur, elle a ajouté un codicille à son testament, laissant tout à la fille au pair. Laquelle en aura parlé à Michael, qu'elle espérait épouser.

— Je croyais que c'était avec le jeune Ferrier qu'elle avait une liaison ?

— Ça, c'est l'histoire, très plausible au demeurant, que m'avait racontée Michael. Mais rien n'est venu la confirmer.

— Mais alors, s'il connaissait l'existence de ce véritable codicille, pourquoi n'a-t-il pas épousé Olga et obtenu l'argent par ce moyen ?

— Parce qu'il estimait à juste titre qu'on ne le lui donnerait pas. Il existe ce qu'on appelle l'abus d'influence. Mme Llewellyn-Smythe était une vieille femme, malade de surcroît. Tous ses précédents testaments avaient été faits en faveur de ses parents et amis, des testaments bien raisonnables comme la justice les aime. Cette étrangère, qu'elle ne connaissait que depuis un an, n'avait aucune espèce de droit sur elle. Bien qu'authentique, ce codicille aurait pu être récusé. De plus, je ne pense pas qu'Olga aurait pu mener à bien l'achat d'une île en Grèce, ni même qu'elle aurait été désireuse de le faire. Elle n'avait pas d'amis influents ni de relations dans le milieu des affaires. Elle était sous le charme de Michael, mais elle le considérait en premier lieu comme un bon parti, avant tout susceptible de lui permettre de vivre en Angleterre, ce qui était son souci majeur.

— Et Rowena Drake ?

— Elle, elle en était follement amoureuse. Son mari était un invalide depuis de nombreuses années.

Dans le champ de cette femme, d'âge mûr mais de tempérament passionné, voilà que se présentait un jeune homme d'une beauté hors du commun. Seulement voilà... si la gent féminine lui tombait facilement dans les bras, lui, ce n'était pas à proprement parler les femmes qui l'intéressaient, mais la possibilité de pouvoir, à travers elles, satisfaire son impérieux besoin de créer de la beauté. Et pour cela il lui fallait de l'argent, toujours plus d'argent. Quant à l'amour... il n'aimait que lui-même. C'était Narcisse. Il y a une vieille chanson française que j'ai entendue il y a des années...

Il se mit à fredonner doucement :

Regarde, Narcisse
Regarde dans l'eau...
Regarde, Narcisse, que tu es beau
Il n'y a au monde
Que la Beauté
Et la Jeunesse
Hélas ! Et la Jeunesse...
Regarde, Narcisse,
Regarde dans l'eau...

— Je n'arrive pas à croire. Je ne peux tout bonnement pas croire que quelqu'un en arrive à tuer juste pour qu'il lui soit donné de créer un jardin sur une île grecque, déclara Mme Oliver, incrédule.

— Non ? Vous ne pouvez pas vous représenter ce qu'il avait en tête ? Des rochers nus peut-être, mais dont les formes recelaient mille possibilités. De la terre, des cargaisons de terre pour habiller la nudité du roc, et puis des plantes, des graines, des buissons, des arbres. Il avait peut-être lu dans un journal l'histoire d'un millionnaire qui avait transformé une île en jardin pour la femme qu'il aimait. Alors il lui est venu à l'idée qu'il créerait un jardin, lui aussi, mais pas pour une femme : pour lui-même.

— Cela ne m'en semble pas moins complètement cinglé.

— Je vous l'accorde. Mais c'est ainsi. Je doute que son mobile lui ait même paru sordide. Il n'y voyait qu'une étape nécessaire à la création de plus de beauté encore. Il était fou de création. La beauté du Bois de la Carrière, du Jardin des Profondeurs, la beauté d'autres jardins qu'il avait dessinés et fait naître... Et maintenant il envisageait mieux encore : toute une île de beauté. Et Rowena Drake se trouvait là, qui était folle de lui. Que pouvait-elle signifier d'autre, pour lui, qu'une source d'argent avec lequel il pourrait créer de la beauté ? Oui, il était peut-être devenu fou. Ceux que Dieu veut détruire, il commence par les rendre fous.

— Il la désirait donc si passionnément, cette île ? Même au prix d'une Rowena Drake pendue à son cou ? Et passant son temps à le régenter ?

— Ça arrive, les accidents. Rowena Drake aurait pu en avoir un, le moment venu.

— Encore un meurtre de plus ?

— Oui. Cela a commencé simplement. Il fallait se débarrasser d'Olga parce qu'elle était au courant du codicille. Et elle devait aussi servir de bouc émissaire, être la faussaire désignée. Mme Llewellyn-Smythe ayant caché le document original, j'imagine qu'on a payé le jeune Ferrier pour qu'il contrefasse un document similaire. Et si visiblement contrefait qu'il soulèverait aussitôt les soupçons. Ce qui signait son arrêt de mort. J'avais été très tôt convaincu que Lesley Ferrier n'avait eu ni liaison amoureuse ni association d'aucune sorte avec Olga. Cette version des faits m'avait été suggérée par Michael Garfield, mais je pense que c'était lui qui avait soudoyé Lesley en lui versant la forte somme trouvée en sa possession. C'était lui qui faisait le siège de la fille au pair, qui lui conseillait de taire à tous leur liaison et de ne surtout rien dire à sa patronne, qui lui parlait mariage mais qui, dans le même temps, la destinait froidement au rôle de victime dont Rowena et lui auraient besoin au cas – éminemment probable – où l'argent leur reviendrait. Il n'était d'ailleurs pas nécessaire qu'Olga Seminov soit accusée de faux et poursuivie. Il suffisait qu'elle soit soupçonnée. Car après tout c'était indubitablement à elle que profitait le faux. Et c'était elle, encore une fois, qui pouvait facilement l'avoir forgé de toutes pièces : n'avait-on pas la preuve qu'elle imitait couramment l'écriture de sa patronne ? Et si enfin elle venait à disparaître subitement, on en déduirait que non seulement elle était coupable du faux, mais qu'elle avait sans doute aidé sa patronne à mourir brusquement. Olga Seminov fut donc tuée. Lesley Ferrier fut poignardé soi-disant par une femme jalouse ou au cours d'une rixe. Mais le couteau qu'on a trouvé au fond du puits correspond très exactement aux blessures qui lui ont été infligées. Je savais que le cadavre d'Olga devait se trouver caché quelque part dans les environs, mais je ne savais pas où jusqu'à ce qu'un jour j'entende Miranda demander à Michael Garfield où se trouvait le puits aux souhaits. Elle insistait pour qu'il l'y conduise, et il le lui refusait. Peu après, comme je me demandais où cette fille avait bien pu disparaître, Mme Goodbody m'a déclaré d'un ton sibyllin : « Cui, cui, cui, l'oiseau est au fond du puits. » Alors j'ai été quasiment sûr que le cadavre de la fille au pair devait être au fond du puits aux souhaits. Je découvris que celui-ci se trouvait dans le Bois de la Carrière, au creux d'une déclivité, non loin de chez Michael Garfield et je me suis dit que Miranda pouvait avoir, au choix : vu se commettre le meurtre, ou bien, plus tard, vu transporter le cadavre. Mme Drake et Michael craignaient d'avoir eu un témoin, sans la moindre idée de qui cela pouvait être, mais comme rien ne s'était passé, ils se croyaient en sécurité. Ils se mirent à faire des plans ; ils n'étaient pas pressés mais ils mettaient les choses en train. Elle parlait d'acheter des terres à l'étranger pour que les gens se fassent à l'idée qu'elle voulait quitter Woodleigh Common. Trop de tristes pensées s'y rattachaient, prétendait-elle, faisant allusion à la mort de son mari. Tout allait donc pour le mieux quand vint le choc d'Halloween, les propos vantards de Joyce affirmant avoir été le témoin d'un meurtre. C'est ainsi que Rowena sut, ou crut savoir, qui s'était trouvé dans le bois ce jour-là. Sa réaction ne se fit pas attendre. Mais l'affaire ne s'arrêta pas là. Le jeune Léopold réclama de l'argent – une « participation » à des achats qu'il avait souhaité faire, disait-il. Ils ignoraient ce qu'il avait deviné ou ce qu'il savait au juste, mais comme il s'agissait du frère de Joyce, ils ont probablement envisagé le pire. Et c'est ainsi qu'il est mort, lui aussi.

— Elle, vous l'avez soupçonnée à cause de l'eau, remarqua Mme Oliver. Mais Michael Garfield, comment en êtes-vous arrivé à le suspecter ?

— Il était, si je puis dire, idéalement taillé pour le rôle, répondit en toute simplicité Poirot. Et puis, la dernière fois que je lui ai parlé, je n'ai plus douté de sa culpabilité. Il m'a dit en riant : « Arrière, Satan. Allez retrouver vos policiers d'amis. » Alors j'ai été sûr, en toute certitude. C'était le contraire. Je me suis dit en moi-même : « C'est moi qui te laisse en arrière, Satan. » Un Satan jeune et beau, comme Lucifer peut apparaître aux mortels...

L'autre femme qui se trouvait dans la pièce, et qui jusqu'à présent n'avait pas ouvert la bouche, remua dans son fauteuil.

— Lucifer, répéta-t-elle. Oui, je comprends maintenant. C'est ce qu'il a toujours été.

— Il était très beau, reprit Poirot, et il aimait la beauté. Cette beauté qu'il créait de ses mains, avec son cerveau et son imagination. Pour elle, il était prêt à tout sacrifier. À sa manière, je pense qu'il aimait la petite Miranda, mais il n'aurait pas hésité à la sacrifier pour se sauver lui-même. Il avait soigneusement préparé sa mort, il en avait fait un rituel et avait, pourrait-on dire, réussi à l'endoctriner. Quand elle quitterait Woodleigh Common, elle devait le lui faire savoir et il lui avait donné pour instruction de le rejoindre à l'auberge où Mme Oliver et vous avez déjeuné. On devait la retrouver à Kilterbury Ring, près du signe de la hache à double tranchant, avec un gobelet d'or à côté d'elle... un sacrifice rituel.

— Il devait être fou, dit Judith Butler. Complètement fou.

— Votre fille est sauve, madame, mais il y a quelque chose que j'aimerais bien savoir.

— Vous méritez de savoir tout ce que je suis en mesure de vous dire, monsieur Poirot.

— Miranda est votre fille. Mais ne serait-elle pas aussi la fille de Michael Garfield ?

Judith resta silencieuse un moment.

— Si, répondit-elle enfin.

— Mais elle ne le sait pas ?

— Non. Elle n'en a pas la moindre idée. Le rencontrer ici a été un pur hasard. Je l'avais connu quand j'étais jeune fille. J'étais tombée follement amoureuse de lui et puis... et puis soudain j'avais pris peur.

— Peur ?

— Oui. Je ne sais pas pourquoi. Non qu'il ait fait quoi que ce soit, non. Peur de lui, de sa nature. De la froideur et de la cruauté que je sentais derrière sa gentillesse. J'avais même peur de sa passion pour la beauté, pour la création. Je ne lui avais jamais dit que j'attendais un enfant. Je l'ai quitté, je suis partie et le bébé est né. J'ai inventé l'histoire d'un mari pilote, mort dans un accident. Je restais rarement en place. Je suis venue à Woodleigh Common plus ou moins par hasard. Je connaissais des gens à Medchester où j'espérais trouver un poste de secrétaire.

— Et puis, un beau jour, Michael Garfield est venu travailler ici, dans le Bois de la Carrière. Je n'y ai pas attaché d'importance. Lui non plus. Toute cette histoire était loin. Mais plus tard, bien que je ne me sois jamais rendu compte à quel point Miranda allait souvent dans le bois, j'ai commencé à m'inquiéter...

— Oui, approuva Poirot, il existait un lien entre eux. Une affinité naturelle. Leur ressemblance m'a frappé – sauf que Michael Garfield, le disciple du beau Lucifer, était habité par le diable, tandis qu'il n'y avait chez votre fille qu'innocence et sagesse, rien de diabolique.

Il alla chercher une enveloppe sur son bureau et en tira un très joli dessin.

— Votre fille, dit-il.

Judith le regarda. Il était signé « Michael Garfield ».

— Il a fait ça dans le Bois de la Carrière, près de la cascade, expliqua Poirot. Pour ne pas l'oublier, a-t-il dit. Il avait peur de l'oublier, mais cela ne l'aurait pas empêché de la tuer.

Il lui montra un mot écrit au crayon en haut à gauche du dessin.

— Pouvez-vous lire ça ?

Elle le déchiffra lentement :

— Iphigénie.

— Oui, confirma Poirot, Iphigénie. Agamemnon a sacrifié sa fille pour que des vents favorables conduisent ses bateaux jusqu'à Troie. Michael aurait sacrifié sa fille pour obtenir un nouveau Jardin d'Éden.

— Il était conscient de ce qu'il faisait, dit Judith. Je me demande... je me demande s'il en aurait jamais éprouvé des remords.

Poirot ne répondit pas. Il voyait se tracer à grands traits dans son esprit le tableau d'un jeune homme, d'une beauté singulière, couché sur une pierre mégalithique marquée d'une hache à double tranchant, serrant encore dans ses mains privées de vie le gobelet d'or qu'il avait saisi et bu lorsque le châtiment était venu brutalement le livrer à la justice et sauver sa victime.

C'est ainsi que Michael Garfield était mort – d'une mort qui lui allait bien, se dit Poirot – mais, hélas, il n'y aurait pas de jardin à fleurir sur une île des mers grecques...

Au lieu de quoi, il y aurait Miranda, jeune, belle et vivante.

Il prit la main de Judith et la baisa.

— Au revoir, madame, et rappelez-moi au bon souvenir de votre fille.

— Elle devrait se souvenir à jamais de vous et de ce qu'elle vous doit.

— Mieux vaudrait qu'elle n'en fasse rien. Certains souvenirs gagnent à être enterrés.

Il alla vers Mme Oliver.

— Bonsoir, madame. Cela a été remarquablement intéressant. Lady Macbeth et Narcisse... Je dois vous remercier d'avoir attiré mon attention sur eux.

— C'est ça ! s'emporta Mme Oliver, hors d'elle. Comme toujours, il faut que ce soit sur moi que ça retombe !

PAPIER À BASE DE FIBRES CERTIFIÉES

Le Livre de Poche s'engage pour l'environnement en réduisant l'empreinte carbone de ses livres. Celle de cet exemplaire est de :
150 g éq. CO_2
Rendez-vous sur
www.livredepoche-durable.fr

Composition réalisée par PCA

Achevé d'imprimer en France par
CPI BRODARD & TAUPIN (72200 La Flèche)
en août 2023
N° d'impression : 3054356
Dépôt légal 1re publication : septembre 2023
LIBRAIRIE GÉNÉRALE FRANÇAISE
21, rue du Montparnasse – 75298 Paris Cedex 06

14/4526/2